KB166734

사랑은 불꽃처럼 ①

조안나 린지 지음
박 지 영 옮김

현대문화센타

옮긴이 : 박 지 영
서울 출생
이화여자대학교 경영학과 졸업
역서로는 「사랑의 불청객」이 있음

사랑은 불꽃처럼 ①
(Gentle Rogue)

초판 1쇄 인쇄일 : 1996년 10월 14일
초판 1쇄 발행일 : 1996년 10월 21일

지은이 : 조안나 린지
옮긴이 : 박 지 영
펴낸이 : 양 장 목
펴낸곳 : 현대문화센타
(122-030) 서울시 은평구 대조동 191-1
전화 : 384-0690/1 팩시밀리 : 384-0692
출판등록일 : 1992년 11월 19일 (제3-448호)

값 6,000원

ISBN 89-7428-052-3 03840

Gentle Rogue

Johanna Lindsey

Gentle Rogue
by
Johanna Lindsey

사랑은 불꽃처럼

1

1818년, 런던

조지애나 앤더슨'은 접시에서 껍질을 벗긴 당근 한 조각을 스푼에 올린 다음 뒤로 당겨 반대편 벽을 향해 힘껏 날렸다. 애석하게도 겨냥했던 커다란 바퀴벌레는 맞추지 못했다. 당근은 목표물에서 몇 센티미터 떨어진 벽에 맞았고, 바퀴벌레는 갈라진 벽의 틈바구니로 잽싸게 뛰어들었다. 어쨌거나 목적은 이뤘군. 눈에 뜨이지만 않는다면 저 징그러운 벌레들과 한 공간을 쓰지 않는 체할 수 있으니 말이야.

그녀는 다시 반쯤 먹은 저녁 식사로 눈을 돌려 삶은 음식을 잠시 쳐다보다간 얼굴을 찡그리면서 접시를 밀어 버렸다. 바로 지금 이 형편없는 음식을 한나의 맛있는 일곱 코스 식사 중 하나와 바꿀 수만 있다면 뭐든지 주겠어. 앤더슨 가문의 요리사로 12년을 보낸 한나는 가족 하나하나의 식성을 죄 꿰뚫고 있건만!

배에서 주는 음식으로 한 달을 살은 후라 그리 놀라운 일도 아니지만, 조지애나는 한나의 요리를 너무나 그리워하고 있었다. 닷새 전에 영국에 도착한 후로 딱 한번 음식다운 음식을 맛보았는데, 이 땅에 발을 디딘 첫날 앨버니 호텔에 방을 잡고 나서 맥이 훌륭한 레스토랑으로 데려갔을 때였다. 그 다음 날 두 사람은 앨버니 호텔을 나와 아주 아주 더 싼 숙소로 방을 옮겨야만 했다. 트렁크 안에 넣어둔 돈이 몽땅 사라져 버렸음을 안 이상 달리 어찌할 도리가 없었다.

가족과 친구들에게서 곧잘 사려 깊다는 말을 듣는 조지애나도 맥과 그녀의 돈이 모두 없어졌다는 것을 발견했을 때, 호텔 측에 아무런 책임이 없다고 인정하기란 상당히 어려웠다. 특히나 다른 층에 있는 다른 방에서도 똑같은 일이 일어났을 때엔.

물론, 트렁크가 함께 있었던 이스트 엔드의 항구에서 유명한 앨버니 호텔이 있는 웨스트 엔드의 피카딜리로 오는 길에 도둑맞았을 가능성이 더 컸다. 맥과 조지애나가 생전 처음 보는 런던 시내에 넋을 잃고 빠져 있는 동안 트렁크는 빌린 마차 지붕에 묶인 채 마부와 그의 조수가 그 앞에 있었다.

운이 더럽게 나쁜 건 거기서 시작된 게 아니야, 아니고 말고. 지난 주에 영국에 도착했을 때 이미 운이 더럽기 시작했어. 승객들이야 운 좋게도 나룻배로 내릴 수 있었다지만, 화물은 사흘 가까이나 배에 그냥 묶여 있어야 했지. 부두에 빈 공간이 남아 있지 않았거든. 하지만 놀라운 일도 아냐, 템즈 강의 혼잡이야 유명하잖아. 빌어먹게도 변덕스러운 바람과 날씨 때문에 주기적으로 드나드는 수많은 배들의 입항이 예사로 지연되니까 말이다.

조지애나가 타고 온 배는 미국에서 동시에 도착한 열두 척 가운데 하나였을 뿐이다. 하지만 항구는 세계 각지에서 몰려온 수백 척의 배들로 가득 메워져 부두엔 발디딜 틈조차 찾아보기 어려웠다. 끔찍하리 만치 혼잡한 템즈 강이 빚어내는 갖가지 사고들을 피하자는 게 앤더슨 가의 상선이 전쟁이 끝난 후에도 런던을 무역로에서 제외시킨 이유 중의 하나였다. 사실, 영국이 프랑스와 전쟁을 치르느라 유럽의 반 정도를 봉쇄하기 시작한 1807년 이후부터는 종달새 호가 런던에 간 적이 없었다. 종달새 호는 그만큼 이익을 남기면서도 훨씬 덜 골치 아픈 극동과 서인도 제도를 상대로 무역을 해왔다.

1814년 말에 조약을 맺어 영국과 타협을 맺은 후조차도 부족한 창고 문제는 여전히 해결될 기미를 보이지 않아 종달새 상선은 항로를 바꾸지 않았다. 이스트 엔드 항은 그야말로 말썽을 달고 있는 항구였다. 일 년에 50만 파운드의 상품을 훔쳐 가는 도둑들과 변덕스런 날씨에도 부패하기 쉬운 화물을 부두 근처에 남겨놔야만 하는 경우가 다반사인 데다, 어쩌다가 날씨가 망쳐놓지 않으면 온 항구를 날아다니는 석탄 가루가 기어이 망쳐놓기 일쑤였다. 다른 항로도 충분한 이익을 남겨 주는데 손실을 감수하면서까지 영국 무역을 고집해 사정을 더 악화시킬 필요는 없었다.

바로 그 때문에 조지애나는 이번 런던 여행에 종달새 상선을 타고 올 수가 없었고, 또한 집으로 돌아갈 무료 배편을 구할 수도 없었다. 산 넘어 산이라니, 아마 이런 경우를 가리키는 말일 게다. 맥과 그녀에게는 달랑 25달러밖에는 돈이 남아 있지 않은 형편이고, 이걸로 얼마나 버틸 수 있을는지 알 수가 없었다. 그래서 조지애나는 현재 사우스 워크 외곽에 있는 선술집 위층에 방을 빌려 숨어 있을 수밖에 없는 가련한 처지가 되었다.

선술집이라고! 만약 오빠들이 이 사실을 안다면……. 아무렴 어때, 집에 돌아가기만 하면 알리지도 않고 이곳을 다녀왔다며 날 죽이려고 들 텐데. 오빠들이 다 자기 배를 타고 세계 곳곳에 떨어져 있다곤 해도 어쨌든 허락을 받지 않고 이곳에 왔으니까 말이야. 하지만 몇 년은 족히 방에 갇혀서 오빠들한테 얻어맞을지라도 더 이상 기다릴 순 없었다고.

사실, 오빠들은 소리만 지르고 말지도 모르지만, 덩치가 큰 다섯이나 되는 오빠가 화가 날 대로 나서 한목소리로 소리를 질러 대며 모든 분노를 내게 뿜어 대는 것은 생각만 해도 끔찍해. 너무나 걱정도 되고 말이야. 그러나 상상이 가능한 그 모든 예견에도 불구하고 조지애나는 영국으로 올 수밖에 없었다. 이안 맥도넬이 보호자이자 동반자로 함께 왔으나 그는 '오빠들' 중의 하나가 아니었다. 즉 그녀는 보호자도 없이 혼자서 런던에 온 셈이나 마찬가지고, 하나뿐인 여동생에 관한 한 오빠들에게는 상식이 통하지 않았다.

조지애나가 초라한 식사가 놓인 작은 식탁에서 몸을 일으켰을 때 문 두들기는 소리가 났다. 습관적으로 '들어오세요'라고 말할 뻔한 충동을 누르며 여기는 집이 아니라는 생각을 떠올렸다. 그녀는 스물두 해를 살아오는 동안에 코네티컷 주 브리지포드에 있는 자신의 집, 자신의 방, 자신의 침대와 종달새 호의 해먹이 아닌 다른 데서 자본 적이 없었다. 그곳의 문을 두들기는 사람은 하인이 아니면 가족이었다. 적어도 지난달까지는 그랬다. 물론 들어오라고 하던 그러지 않던 잠겨진 문으로는 아무도 들어올 수가 없었다. 맥은 항상 문을 잠그고 있으라는 것과 같은 사소한 주의사항을 그녀에게 거듭 일깨워 주려고 무척 애를 썼다. 그 낯설고 초라한 방이 자신의 집에서 천리만리 떨어져 있고 이 불친절하고 범죄가 만연한 도시에서는 누구도 믿지 말아야 한다는 사실을 상기시켜 주는 데 별 효험은 없을지라도 그렇게 했다.

그러나 지금 온 사람은 아는 사람이었다. 문 저 편에서 들려오는 스코틀랜드 사투리로 보아 '이안 맥도넬'이라는 것을 알아차린 조지애나는 문을 열어 준 후에 그가 들어올 수 있도록 옆으로 비켜섰다. 키가 큰 그가 들어서자 작은 방이 꽉 차는 느낌이었다.

「좋은 소식이 있나요?」

그녀가 방금 전에 일어선 의자에 도로 앉으면서 초조한 기색으로 묻자 그가 코웃음을 쳤다.

「그걸 어떻게 보느냐에 따라 다르지.」

「다시 돌아가야만 하는 것은 아니겠죠?」

「그거야, 그러나 내 생각엔 막다른 곳보다는 나을성 싶은데.」

「저도 그렇게 생각해요.」

그녀는 풀 죽은 목소리로 대답했다.

앞으로 나아갈 수 있는 정보가 거의 없는 상황에선 섣부른 기대를 하지 말았어야만 했다. 그리고 두 사람은 아주 빈약한 정보만을 —오래 전에 사라진 그녀의 약혼자를 봤다고 '확신한다'는 게 전부인 —손에 쥐고 무모한 영국행을 단행했다. '토마스'

오빠의 선박에서 일하는 킴벌은 포투너스가 코네티컷으로 돌아오는 길에 스쳐지나간 배 중에서 영국 상선인 포그럼에 타고 있는 '말콤 카메론'을 봤다고 주장했었다.

포그럼이 시야에서 사라질 때까지 킴벌이 아무 말도 하지 않아 토마스는 사실 여부를 확인조차 하지 못했지만, 그나마 말콤이 1812년 6월 전쟁이 시작된 직후, '워렌' 오빠의 선박인 네레우스에서 다른 두 사람과 함께 징집된 지 무려 육 년만에 그녀가 약혼자에 대해 들은 첫번째 소식이었다. 만약 그게 사실이라면, 포그럼이 유럽 쪽으로 항해하던 중이었으므로 곧바로 영국으로 가지는 않더라도 조만간에 모국의 항구로 돌아갈 가능성이 컸다.

영국 해군에 의한 미국 선원의 징집은 그 전쟁이 일어난 이유 중의 하나였다. 말콤이 단지 어린 시절에 살았던 영국 콘월지방의 엑센트가 남아있다는 이유로 처음 나선 항해에서 징집 당한 것은 지독히도 운이 나빴다는 말 외에는 다른 설명을 붙일 수가 없었다. 영국 군함의 징집 담당자는 일말의 고려도 해보지 않았지만, 지금은 돌아가신 그의 부모님이 다시는 영국으로 돌아가지 않을 작정을 하고 브리지포드로 이주한 해가 1806년으로, 당시 말콤은 분명 미국인이었다. 더구나 그들이 가능한 한 모든 사람을 징집하기 위해 얼마나 결사적으로 덤볐는지를 보여 주는 흉터가 워렌의 뺨에 나 있었다.

조지애나는 그 후에 영국 군함의 징집이 전쟁 중에 없어져 그때까지 징집된 사람들은 다른 전함으로 뿔뿔이 흩어졌다는 소식만을 들었다. 이때까지 다른 소식은 하나도 없었다. 전쟁이 끝난 지금 말콤이 영국 상선에서 무엇을 하고 있는지는 문제가 되지 않았다. 적어도 조지애나는 말콤을 찾을 수 있는 단서를 발견한 거고, 그를 찾을 때까지 영국을 떠나지 않을 각오였다.

「이번에 만난 사람은 누구죠? 누군가를 아는 또 다른 누군가요? 아님 그가 어디에 있는지를 알지도 모르는 사람을 아는 사람인가요?」

조지애나가 한숨을 쉬면서 물었다.

맥은 싱그레 웃음을 머금었다.

「마치 끝없이 돌고 도는 것처럼 말하는구나. 아직 나흘밖에 찾아보지 않았는데 말이야. 네겐 토마스처럼 진득하니 참아 내는 끈기가 필요해.」

「제게 토마스에 대해 말도 꺼내지 마세요, 맥 아저씨. 토마스 오빠가 절 대신해 말콤을 찾으러 오지 않은 데 대해 전 아직도 엄청나게 화가 나 있다구요.」

「그는 그럴려고…….」

「여섯 달 후에요! 오빠는 서인도 제도에서 돌아오기까지 여섯 달이나 기다려 주기를 원했단 말이에요. 그리곤 오빠가 이곳까지 오는 데 몇 달이 걸릴 테고, 말콤을 찾아 함께 돌아오는 데만 또 몇 달이 더 걸렸겠죠. 전 이미 육 년이나 기다렸고, 더 이상은 하루도 안 돼요.」

「사 년이지. 네가 열여덟 살이 될 때까지는 네 오빠들이 결혼시키지 않았을 테니 말이야. 그가 그보다 이 년 전에 청혼을 했다고는 하지만.」

맥이 달래듯이 말했다.

「그건 요점에서 벗어난 말이에요. 만약 오빠들 중 하나라도 집에 있었더라면, 곧바로 이곳으로 왔을 거예요. 하지만 그렇지가 못했죠. 항구에 정박해 있는 종달새 호 상선은 성인처럼 인내심이 강하다고 소문난 낙천적인 토마스 오빠의 포투너스밖에 없었어요. 제 운이 그뿐이었죠. 내가 더 나이를 먹으면 말콤이 나랑 결혼하기를 거절할 거라고 말했을 때 오빠가 웃던 거 기억하시죠?」

그렇게 진지하게 묻는 말에 맥이 할 수 있는 일이라곤 웃음을 참으려고 애쓰는 게 고작이었다. 지금 자신에게 말한 그대로 말했다면 토마스가 웃는 게 당연했다. 그러나 열아홉 살이 되어서야 조지애나는 비로소 오늘같이 아름답게 피기 시작했으며, 그 전까지만 해도 별로 예쁘지 않았던 조지애나는 열여덟 살이 되면 자기 소유가 될 배와 종달새 호에서 나오는 이익 분배금에 의존해 남편을 구하려고 했다. 맥은 젊은 카메론이 워렌과 함께 족히 몇 년은 걸릴 극동 항해를 떠나기 전에 그녀에게 청혼을 한 이유가 바로 그거라고 믿었다.

공해에서 부린 영국의 독단 덕분에 그보다 몇 년의 세월이 더 지나갔다. 그러나 조지애나는 말콤 카메론을 잊어버리라는 오빠들의 충고에도 아랑곳없이 전쟁이 끝나면 그가 돌아올 거라고 믿었다. 진작에 전쟁이 끝나고 말콤에게선 감감 무소식일 때조차도, 그녀는 여전히 기다리기로 작정했다. 그 사실 하나만으로도 토마스는 자신이 여섯 군데의 다른 항구에 수송을 마칠 때까지 기다리는 것은 고사하고 서인도 항해에서 돌아올 때까지도 그녀가 기다리지 않으리라는 점을 알아차렸어야 했다.

그녀도 나머지 식구들만큼이나 모험을 좋아하는데, 그건 혈통 탓이야. 모두들 알다시피, 그녀에게는 토마스 같은 인내심도 없지 않은가. 물론 다섯 형제 중의 하나인 드류의 배가 여름이 끝날 때쯤 도착해 다시 떠나기 전에 집에서 몇 달간을 보낼 예정이어서, 토마스는 이 문제를 자신이 처리하지 않아도 될 거라고 생각한 데 대해 용서를 받을 거야. 그리고 그 장난을 좋아하는 개구쟁이는 하나밖에 없는 누이동생이 뭘 부탁하던지 거절하지 못했을 테니까 말이야.

그러나 조지애나는 드류도 기다릴 수 없었다. 토마스가 떠난지 겨우 삼 일 후에 영국으로 출발하는 여객선에 예약을 하고, 그럭저럭 맥에게 동행하도록 설득해 버린 것이다. 하지만 그는 아직도 그녀가 어떻게 했길래 이처럼 엉망진창이 되어 버린 영국행이 그녀의 생각이 아니라 맥 자신의 머리에서 나온 거라고 생각하게 만들었는지 잘 몰랐다.

「어쨌든 조지(조지애나의 애칭), 런던이 코네티컷 주 전체보다 사람이 많다는 것을 감안하면 여태까지 우리가 찾아낸 단서가 그리 나쁘진 않아. 포그럼이 항구에 없고 선원들마저 뿔뿔이 흩어졌다면 훨씬 더 어려웠겠지. 내일 저녁에 만나려고 하는 사람은 말콤을 잘 아는 자로 생각돼. 내가 오늘 말해본 자가 말콤이 이 윌콕스 씨와 함께 배를 타고 떠났다고 말하기조차 했거든. 그러니 그자는 어디가면 말콤을 만날 수 있는지 알고 있을 거야.」

「매우 그럴듯하게 들리는군요, 맥 아저씨. 어쩌면 이 윌콕스 씨가 말콤에게 직접 데려다 줄지도 모르죠. 그러니…… 저도 함께 갔으면 하는데요.」

「절대로 안 돼. 선술집에서 만나기로 했으니까.」

맥이 그녀에게 인상을 쓰면서 몸을 앞으로 내밀고 날카롭게 말했다.

「그래서요?」

「네가 이곳에 온 것보다 더 심한 미친 짓을 하는 꼴을 보지 않으려면 내가 어떻게 해야 하니?」

「제발, 맥 아 — 저 — 씨…….」

「내게 '제발, 맥 아 — 저 — 씨'라고 말하지 말려무나, 얘야.」

그는 자못 엄한 목소리로 그녀에게 말했다.

이제 그녀는 고집스런 표정을 짓고 그를 바라봤다. 조지애나를 아는 사람은 익히 보아온, 일단 어떤 일에 대해 결심을 하면 그녀의 마음을 돌릴 수 없다는 표정이 나타난 얼굴을 보면서 맥은 속으로 신음을 했다. 그녀의 오빠들이 생각하는 대로 누이가 집이 아니라 이곳에 있다는 게 바로 그 증거였다.

2

강 건너편에 있는 시내의 웨스트 엔드에서 '안토니 말로리' 경을 태운 마차가 상류층이 모여 사는 피카딜리의 어느 멋진 타운 하우스 앞에 멈췄다. 전에는 독신생활을 즐기던 곳이었지만 신부인 레이디 '로슬린'과 함께 돌아온 지금부터는 신혼의 보금자리로 바뀔 곳이었다.

타운 하우스 안에서 런던에 머무는 동안 함께 살았던 안토니의 형 제임스 말로리가 늦은 시각에 도착한 마차 소리를 듣고선 복도로 나왔다가 그만 신부가 문지방을 넘는 전통적인 장면을 보고야 말았다. 그녀가 신부라는 사실을 아직 모르는 제임스가 사연을 묻는 건 지극히 당연했다.

「내가 이런 것을 보리라곤 생각하지 않았는데.」
「나도 형이 보길 바라진 않았어.」
안토니가 여자를 팔에 안고 제임스 앞을 지나 계단을 향해 가면서 대꾸했다.
「형이 봤으니 말인데, 난 이 여자와 결혼했어.」
「맙소사!」
「그는 정말로 저와 결혼했어요.」
신부가 밝게 웃었다.
「제가 아무에게나 절 안고 문지방을 건너게 할 거라곤 생각하지 않으시겠죠?」
안토니는 못 미더워 하는 형의 표정을 보고선 잠시 멈춰 섰다.
「하느님 맙소사, 제임스, 형이 당황해 할 말을 잊는 것을 보려고 평생토록 기다려왔는데. 하지만 형이 제정신을 차릴 때까지 기다려 주지 않아도 날 이해해 줄 거지, 그렇지?」
그리곤 즉시 계단을 올라가 버렸다.
마침내 제임스는 입을 다물었다. 그리곤 다시 입을 벌려 들고 있던 브랜디를 한모금 꿀꺽 마셨다. 정말로 놀라운 일이야, 안토니가…… 족쇄를 차다니! 런던에서 가장 악명 높은 난봉꾼이—내가 십 년 전에 런던을 떠나면서 물려 준 이래 가장 악명 높은 명성이긴 하지만—결혼을? 안토니가 도대체 왜 그런 끔찍한 짓을 한 거지? 물론, 그 여자가 너무나 아름답다는 사실은 기꺼이 인정하겠어. 그렇다고 해도 다른 방법으론 그 여자를 가질 수 없었던 게 아닐 텐데.
사실, 제임스는 안토니가 어젯밤에 그녀에게 유혹의 손길을 뻗쳤다는 것을 이미 알고 있다. 동생이 결혼한 이유가 뭘까? 그녀에겐 가족이 없으니 결혼하라고 주장할 사람도 없는데. 어느 누구도 안토니에게 뭘 하라고 요구할 순 없지. 하버스톤 후작이자 가문의 어른인 큰 형 '제이슨'만 빼고는 말이야. 하지만 제이슨조차도 안토니에게 결혼하라고 강요할 수는 없었을 텐데. 제이슨이 수년 동안 그를 결혼시키려고 온갖 수단을 강구했어도 성공하지 못했잖아?

안토니의 머리에 총부리를 대더라도 그렇게 터무니없는 짓을 시킬 수 있는 사람은 아무도 없어. 게다가 안토니는 몬니스 자작인 '니콜라스 이든'처럼 형들의 압력에 굴복하지도 않았을 거야. 니콜라스 이든은 그들의 조카딸인 '리건'과 ―나머지 가족들은 '레지'라고 부르는 ―결혼을 하도록 강요당했었다. 안토니는 둘째 형 에드워드와 니콜라스 가족의 도움에 힘입어 실제로 니콜라스에게 압력을 행사했다.

제임스는 아직도 자신이 몇 가지 협박을 덧붙일 수 있도록 그 순간 그곳에 있었으면 하고 바랐다. 그러나 당시 가족들은 그가 영국으로 돌아온 줄도 모르는 채였고, 그 역시 순전히 다른 이유로 자작을 채찍질 해줄 기회를 노렸었다. 그리고 그렇게 해서, 니콜라스 이든은 제임스가 가장 좋아하는 조카딸인 리건과의 결혼식에 나타나지 못할 뻔했다.

고개를 설레설레 저으면서 제임스는 브랜디 병이 놓여 있는 응접실로 돌아왔다. 몇 잔 더 마시고 나면 해답을 찾아낼지도 몰랐다. 사랑은 고려 사항이 아니다. 지난 십칠 년 동안 보다 환상적인 섹스로 유혹해 오던 여자들에게 굴복하지 않은 걸로 보아, 안토니는 제임스 자신만큼이나 그런 감정에 면역이 된 것 같았다.

가문이 갖고 있는 작위를 물려받을 사람은 이미 다 있으므로 상속자가 필요했을 거라는 이유도 해당사항은 아니었다. 큰 형 제이슨의 외아들인 데렉은 이미 다 커서 벌써 삼촌들을 흉내내고 다니는 중이 아닌가. 둘째 형 에드워드는 아이들이 다섯인데 막내 에이미만 빼고는 전부 결혼할 나이들이다.

제임스 자신조차도 육 년 전에 알게 된 사생아이긴 하나 제레미라는 아들이 하나 있다. 오랫동안 그는 그런 아들이 태어났고 선술집에서 생모가 키우고 있다는 사실을 까맣게 몰랐다. 또, 생모가 죽은 후에 아들이 그곳에서 계속 일하고 있었다는 것도 알지를 못했다. 하지만 제레미는 이제 열일곱 살이고 아버지가 이룩한 방탕의 신화를 따라잡기 위해 최선을 다한 결과 멋지게 성공하고 있었다. 그러니 넷째인 안토니는 가문을 유지하는 점에 대해 아무런 걱정도 할 필요가 없었다. 세 형들이 그 문제를 다 처리했으니 말이다.

제임스는 브랜디 병을 들고 긴 의자에 몸을 쭉 펴고 앉았지만, 180센티미터 남짓한 길이로는 그의 키를 다 담을 수 없었던지 간신히 몸을 펴야 했다. 흠……, 갓 결혼한 커플이 윗층에서 지금 뭘 하고 있을까? 알 만하다는 미소를 머금은 순간 잘생긴 입술이 관능적으로 살짝 휘였다.

자신이라면 결코 하지 않을 실수인 결혼이라는 끔찍한 짓을 안토니가 한 이유에 대한 해답을 찾는 것은 간단한 일이 아니었다. 그러나 안토니가 어차피 대담하게 일을 벌인 거라면, 상대가 로슬린 채드윅이라는 멋진 여자인 점을 인정 해줘야 만했다. 아니, 이제는 로슬린 말로리지, 그래도 여전히 멋지긴 하지만.

안토니가 이미 자신의 것이라는 선언을 했는데도 불구하고 제임스는 그녀를 따라다닐 생각도 했었다. 두 명의 말로리가 시내의 소문난 젊은 난봉꾼이었던 시절, 장난삼아 두 형제가 한 여자를 쫓아다닌 적이 종종 있었던 그때처럼……. 안토니는 여자들이 저항하기 어려울 정도로 잘생긴 남자였고 제임스 자신도 그 못지 않아서 일반적으로, 콧대 높고 도도하기로 이름난 여자라고 해도 먼저 만난 말로리의 차지가 되곤 했었다.

하지만 두 사람의 외모만큼은 아주 딴판이었다. 안토니는 키가 더 크고 더 날씬한 데다 할머니에게서 물려받은 검은 머리칼과 리건, 에이미, 제임스의 골치 아픈 외아들인 제레미와 똑같은 코발트 블루 눈동자를 갖고 있었다. 더 짜증나는 사실은 제레미가 제임스보다는 안토니를 더 닮았다는 거였다. 반면에 제임스는 다른 말로리 가문 사람들과 좀더 비슷한 외양을 보였다. 금발 머리에 중간조의 초록색 눈동자와 커다란 몸집, 리건의 표현대로 금발에 잘생긴 덩치 큰 남자였다.

제임스는 사랑스런 리건을 생각하면서 싱긋 웃었다. 하나밖에 없는 여동생 멜리사가 딸이 두 살밖에 되지 않았을 때 죽어버리자 말로리 가의 형제들은 번갈아 가며 리건을 키웠고, 이제 그녀는 벼락부자인 이든과 결혼했다. 그러니 그자를 참아내는 것 외에 달리 내가 할 수 있는 일이 무언가. 더구나 니콜라스 이든은 모범적인 남편임을 증명해 보이고 있다.

다시 남편으로 돌아왔군. 분명히 안토니가 어떻게 된 게 틀림없어. 적어도 이든은 구실이라도 있었지, 리건을 사랑했으니까. 그러나 안토니는 여자라면……, 모두 사랑하잖아.

제임스와 안토니는 아름다운 여자를 사양할 줄 모른다는 점에서 서로 비슷했다. 그리고 제임스는 서른여섯이 되도록 자신을 결혼으로 이끌 만한 여자를 만나 본 적이 없었다. 사랑하고 떠나는 것이 여자들과 사이좋게 지내는 유일한 방법이었고, 수년 동안 그가 지켜온 기준이자 앞으로도 계속해서 지켜나갈 기준이었다.

3

이안 맥도웰은 미국 이민 2세대지만 조상이 스코틀랜드 인이라는 사실은 홍당무처럼 빨간 머리카락과 말할 때마다 묻어 나오는 사투리에서 확연히 드러났다. 전형적인 스코틀랜드 인 특유의 기질만은 갖지 못했는지 성품이 매우 온화한 사람으로 알려져 있었다. 사십칠 년을 살아오면서 쭉 그래왔는데, 앤더슨 가의 막내가 지난밤과 오늘 반나절 동안 그의 성품을 극도로 시험하고 있었다.

맥은 앤더슨 가와 이웃으로 지내며 평생토록 그 가족 모두를 알고 지냈다. 일곱 살 때 조지애나 아버지의 캐빈 보이로 시작해서 '클린턴 앤더슨'의 배인 넵튠에서 일등 항해사로 선원 생활을 마감할 때까지 삼십오 년을 그 가문의 선박에서 일하는 동안에 거의 열 번이나 선장직을 거절했다. 조지애나의 막내 오빠인 보이드같이, 그는 그런 막중한 책임을 떠맡고 싶지가 않았다. 물론 보이드도 결국엔 그 책임을 수락할 게 분명하긴 했다. 아무튼 맥은 오 년 전 긴 바다 생활을 청산한 후에도 배와 아주 떨어져 살 수는 없었는지 지금은 항구로 돌아온 종달새 호 선박을 손보는 일로 시간을 보내고 있었다.

십오 년 전에 조지애나의 아버지가 죽고, 어머니마저 그 몇 년 후에 저 세상으로 가 버린 뒤, 맥은 맏이인 클린턴보다 일곱 살밖에 많지 않은 나이에도 불구하고 아이들을 입양할까 하는 생각도 했었다. 그 후에도 늘 앤더슨 가족과 가깝게 지냈다.

그는 아이들이 자라나는 모습을 지켜봤고 그들의 아버지가 할 수 없는 충고를 해줄 수 있는 위치에 있었다. 그리고 소년들을 가르쳤다. 조지애나도 인정하다시피 배에 관해 그들이 아는 거의 대부분은 맥이 가르친 것이었다. 항해하는 간간이 한두 달 정도만 집에 머물렀던 그들의 아버지와는 달리, 맥은 바다가 다시 그를 부르기 전에 반년에서 일 년 정도를 집에 머무르곤 했었다.

바다에 헌신하는 남자들이 으레 그렇듯이 앤더슨 가의 아이들은 아버지의 항해 연도를 뚜렷이 나타내는 나이 차이를 보였다. 장남인 클린턴은 지금 마흔 살이다. 그러나 사 년간의 극동 항해로 인해 둘째인 워렌과는 다섯 살 차이가 났고, 세째인 토마스는 위로 워렌과 네 살이 차이났고 아래인 드류하고도 또 다섯 살 차이가 났다.

거센 폭풍우를 만나 심하게 파손된 배를 끌고 항구로 돌아와야 했기 때문에 드류가 태어났을 때만 아버지가 집에 있었다. 당시 그들의 아버지는 계속되는 재난으로 거의 일 년 동안이나 집에 머물러 있게 되는 바람에 드류가 태어나는 것을 봤고 열한 달밖에 차이가 안 나는 보이드를 임신시켰다.

막내이자 외동딸인 조지애나와 보이드는 또 네 살 차이가 났다. 나이가 됐다고 생각되면 곧장 바다로 데려간 아들들과는 달리 조지애나는 늘 집에 있으면서 배가 돌아올 때마다 그들을 환대해 주었다. 그러다 보니 자라는 동안 오빠들보다 더 많은 시간을 함께 지냈던 맥이 그녀를 퍽이나 예뻐하는 것도 무리가 아니었다. 맥은 조지애나를 잘 알았고, 자신의 뜻을 이루는 데 동원되는 그녀의 모든 속임수를 훤히 꿰고 있었다. 당연히, 최근에 보이는 색다른 행동에 대해 엄한 태도를 취할 수 있어야만 하는데, 지금 항구에 있는 거칠다고 소문난 선술집 바에서 그 바로 옆에 서 있는 앤더슨은 분명히 조지애나였다.

맥은 조지애나가 이번엔 미친 생각에 너무 깊이 빠져 있음을 지금 즉시 깨닫는다면 더 바랄 일이 없겠다고 속으로만 중얼거렸다. 그녀도 마냥 느긋한 심정은 아닌가 보다. 옆에 맥이 있고 소매 틈에 단검을 숨기고 있으며, 겉모습만큼은 자신이 여자임을 감쪽같이 감췄는데도 마치 스파니엘 강아지처럼 안절부절못했다. 아무도 못 말리는 고집쟁이라서 윌콕스라는 사람이 모습을 보이기까지는 이곳을 떠나려고 하지 않을 테지만, 속으론 안심이 안 되는 모양이었다.

맥은 오늘 밤에 따라 나서려고 벼르는 조지애나가 되레 장애물이 될지도 모른다고 생각했다. 그러나 조지애나는 간밤에 남의 빨랫줄에 걸린 옷가지를 슬쩍해서는 오늘 아침 변장한 모습으로 나타나 맥을 놀래켰다. 자기 입으로 그런 옷이 필요하다는 말은 했어도 둘 다 빈털털이나 마찬가지였는데…… 조지애나는 아마 자기 식으로 해결한 듯했다.

그녀는 가느다란 손에 맥이 생전 처음 보는 더러운 장갑을 꼈는데 어찌나 큰지 맥이 시켜 준 맥주 컵도 간신히 들어올릴 지경이었다. 반면에 여기저기 기운 자국 투성인 바지는 엉덩이 부분이 너무 꼭 맞아 조마조마했지만, 조지애나가 팔을 들어올리지 않는 한 스웨터가 그 부분을 가려줬다. 발에는 낡을 대로 낡아 남자라면 수년 전에 던져 버렸을 자신의 부츠를 신고 있었다. 짙은 갈색 머리카락을 숨긴 털실 모자를 이마 깊숙이 끌어당겨 푹 쓰고 있는 통에 고개만 들지 않는다면 목과 귀와 짙은 갈색 눈동자도 가릴 수가 있었다.

두말 할 필요 없이 그녀는 불쌍해 보였다. 그러나 솔직히 이 선술집엔 자신의 옷을 입은 맥보다, 선창 가의 건달들보다, 그녀의 변장 차림이 훨씬 더 어울렸다. 맥의 옷은 화려하진 않았으나 이 거칠어 보이는 선원들이 뽐내듯이 입고 있는 옷보다는 확실히 더 좋아 보였다. 적어도 상류사회 신사로 보이는 두 남자가 문으로 들어오기 전까지는 말이다. 장소에 어울리지 않는 사람들이 들어오자 놀랄 정도로 재빨리, 크게 숨을 들이키는 소리와 조지애나가 속삭이는 소리가 크게 들릴 정도로, 시끄럽던 실내가 조용해졌다.

「무슨 일이죠?」

맥은 대답 대신 조용히 하라는 표시로 그녀를 쿡쿡 찔렀다. 긴장된 순간이 조금 지나자 모든 사람들은 새로 들어온 두 사람을 재보고 무시하는 게 최선이라고 결정해 버린 듯 점차 다시 시끌벅적 떠들어 대기 시작했다. 맥은 조지애나가 맥주 컵을 내려다보는 것 외에 주의를 끌 만한 어떤 짓도 삼가고 있는지 살피려고 그녀 쪽을 쳐다봤다.

「우리가 기다리던 사람은 아니야. 보아 하니 귀족 같은 두 남자가 들어온 거야. 저런 작자들이 이곳에 오다니, 별스런 일이구나.」

맥은 조용히 말하기 전에 콧방귀를 뀌는 듯한 소리를 들었다.

「그들은 언제나 필요 이상으로 거만을 떤다고 내가 항상 말해 오지 않았던가요?」

「항상 이라고? 내 기억엔 육 년 전부터라고 생각하는데.」

맥이 히죽 웃으면서 놀렸다.

「단지 그 전엔 그런 사실을 몰랐기 때문이에요.」

조지애나가 발끈 화를 냈다.

새빨간 거짓말은 물론이고 그 야멸찬 어조에 맥은 웃음을 터뜨릴 뻔했다. 조지애나가 말콤을 빼어간 영국에 대해 품게 된 원한은 전쟁이 끝났어도 식을 줄을 몰랐고 아마도 말콤이 돌아오기까지는 어림없는 것 같았다. 그래도 반감을 나름대로 우아하게 표현했다. 또, 그렇다고 늘 생각했다.

조지애나의 오빠들은 영국이 미국인을 부당하게 다루는 점과 지배 귀족이 저지르는 나쁜 짓거리들에 대해 매우 원색적인 욕설을 섞어서 마구 고함을 쳐대며 비난하곤 했다. 전쟁을 시작하기 오래 전에 영국이 유럽 항구를 봉쇄해서 그들의 무역에 처음 영향을 미쳤을 때부터 그랬었다. 아직도 영국에 대해 나쁜 감정을 품고 있는 사람을 꼽아 보라면, 그건 앤더슨 형제일 터였다.

조지애나는 10년도 넘게 오빠들이 영국인을 '저 거만한 놈들'

이라고 부르는 소리를 들어왔어도 처음 얼마간은 그 말에 별로 신경 쓰지 않았다. 그냥 뒤에 앉아서 동의한다는 뜻으로 잠자코 고개만 끄덕이면서 오빠들의 처지를 동정하는 척했을 때도 정말로 공감한 건 아니었다. 하지만 영국이 일방적으로 말콤을 징집해 가는 일을 저지르자 이야기는 싹 달라졌다. 오빠들만큼이나 성급하고 열렬하게는 아니었지만, 모두들 조지애나가 영국을 경멸하고 그와 관련된 모든 것에 반감을 갖게 되었다고 믿을 수밖에 없었다. 단지 그렇게 우아하게 표현한다는 차이뿐이지만.

히죽거리는 얼굴을 보지 않고도 조지애나는 즐거워하는 맥의 표정을 감지했다. 발목을 걷어 차주고 싶군. 난 지금 이 혼잡한 소굴에서 고개를 들어올리는 것조차 두려워하면서 발을 떨고 괜한 고집을 부려 이곳에 왔다고 후회하고 있는데 재밌어 해? 그녀는 다른 평범한 사람들과 마찬가지로 화려한 주름 장식으로 멋을 부린 옷을 입은 멋쟁이 귀족들 쪽을 쳐다보고 싶었다. 그녀는 맥이 자신이 한 말을 재미있어 하리라고는 조금도 생각하지 못했다.

「윌콕스예요, 맥? 기억해요? 우리가 여기 있는 이유 말예요. 괜찮다면…….」

「제발, 건방지게 굴지 말려무나.」

그가 부드럽게 꾸짖었다.

「죄송해요. 전 단지 기왕 그자가 올 거라면 서둘러 나타났음 하고 바란 거예요. 그가 아직 이곳에 오지 않았다는 게 확실해요?」

「그자는 빰과 코에 사마귀가 몇 개 나 있어. 아랫입술이 약간 더 두툼하고 땅딸막한 키와 노란 머리카락에 나이는 스물다섯 살 가량 먹었다는데, 그런 남자는 보이지 않아. 이 말에 맞는 자를 알아보지 못하는 경우는 없을 거야.」

「그 묘사가 정확하다면요.」

맥은 어깨를 움츠렸다.

「우리가 아는 건 그 정도야. 아무것도 모르는 것보단 낫다고 생각해. 이곳에 있는 테이블마다 돌아다니면서…… '선생님, 저희를 좀 도와주십시오. 머리카락이 가발인지 좀 알아봅시다' 라고 물어보길 원하는 거야. 이 아가……!」

「쉿!」

조지애나는 맥이 그 빌어먹을 '아가씨' 소리를 내뱉기 전에 얼른 주의를 주면서 즉시 팔을 들어올려 흘러내린 머리카락을 모자 속으로 쑤셔 넣었다.

그러나 불행스럽게도, 들어올린 팔을 따라 스웨터 자락이 치켜 올라가 찬찬히 보면 소년이나 남자의 엉덩이로 보기 어려운, 바지에 꽉 낀 엉덩이가 여지없이 드러났다. 순식간에 팔을 내려 엉덩이가 다시 가리워졌지만, 들어왔을 때부터 사람들의 시선을 끌었고 지금은 여섯 발자국 정도 떨어진 탁자에 앉아 있는 잘 차려입은 신사 중 하나가 그걸 알아차렸다.

♠♠♠

겉으로 드러내진 않았지만, 제임스 말로리는 흥미롭다고 느끼기 시작했다. 이곳은 로슬린의 스코틀랜드 인 사촌 조르디 카메론을 찾느라 그와 안토니가 오늘 들린 아홉 번째 선술집이었다. 그는 오늘 아침 카메론이 로슬린에게 결혼을 강요하다 뜻대로 되지 않자 심지어 납치하기조차 했으며 가까스로 그에게서 도망쳤다는 이야기를 들었다.

안토니가 결혼한 이유가 바로 이것 때문이었다. 안토니의 말처럼 추저분하고 탐욕스런 사촌으로부터 그녀를 보호하기 위해서 말이다. 그리고 안토니는 카메론이라는 작자를 찾아내 실컷 두들겨 패 준 다음 로슬린이 결혼했다는 소식을 알려 주기로 작심했다. 다시는 그녀를 괴롭히거나 넘보지 말라는 경고와 함께 스코틀랜드로 돌려보낼 작정이었다.

안토니가 단지 신부를 보호하기 위해 눈에 불을 켜게 된 걸까, 아니면…… 보다 좀더 개인적으로 관련된 문제가 있는 걸까? 진짜 동기가 무엇이든 안토니는 바에 있는 붉은 머리 남자를 보고선 그자를 발견했다고 확신했다. 기껏해야 조르디 카메론은 키가 크고 붉은 머리에 눈동자가 파랗고 심한 스코틀랜드 사투리를 쓴다는 정도만을 알고 있기에 뭔가 엿듣기를 바라며 바 쪽으로 바짝 당겨 앉았던 참이었다. 제임스가 듣기에 심한 사투리는 그자가 약간 음성을 높여서 옆에 있는 조그만 친구를 꾸짖 듯이 말할 때 드러났다. 하지만 안토니는 그 심한 스코틀랜드 사투리만을 유심히 들었을 따름이다.

「충분히 들었어.」

안토니가 벌떡 일어서면서 짧게 말했다.

선창 가에 있는 선술집에 대해서라면 안토니보다 훨씬 더 정통한 제임스는 일단 싸움이 시작되면 어떻게 진행되는지 너무나 잘 알았다. 금방 안에 있는 모든 사람들이 싸움에 끼여들기 마련이고, 비록 안토니가 제임스처럼 일류 권투선수일진 모르나 이런 장소에서는 소위 '신사의 규칙'이 통하질 않았다. 한 사람과 싸우는 동안에 다른 사람으로부터 등에 칼을 맞는 일은 흔히 볼 수 있는 광경이었다.

뻔한 상황이 마음에 그려지자 제임스는 동생의 팔을 잡고 말렸다.

「아무것도 못 들었어. 지각 있게 굴어, 안토니. 그자에게 고용된 자가 이곳에 몇 명쯤 더 있는지도 모르잖아. 그자가 이곳을 떠날 때까지 조금만 더 기다려봐.」

「형은 더 기다릴 수 있겠지. 난 집에 신부가 기다리고 있는 몸이고 지금도 한껏 참은 거야.」

그러나 동생이 걸음을 옮기기 전에 제임스는 현명하게 먼저 말을 꺼냈다.

「카메론?」

아무래도 안토니가 이성을 잃고 있는 상태라서 제임스는 카메론이라고 추측되는 남자에게서 아무런 반응이 없기를 여기서 문제가 끝나기를 바랐건만, 불행하게도 그자는 남아돌 만큼의 반응을 보였다.

조지애나와 맥은 둘 다 카메론이라는 이름을 듣자 마자 즉시 돌아봤다. 그녀는 술집을 다 쳐다봐야 한다는 사실에 불안해 하면서도 말콤을 보게 될지도 모른다는 희망에 그렇게 했다. 소리지른 사람이 말콤일지도 몰라! 맥에게 매우 적대적인 시선을 고정시킨 채, 말리는 듯한 금발머리 남자의 손을 뿌리치고 다가오는 검은 머리 남자를 보자 맥이 곧장 공격 자세를 취했다. 생면부지의 그 남자는 금세 가까이 다가왔다.

조지애나는 맥에게 다가오는 큰 검은 머리 남자를 멍하니 바라보면서 어쩔 줄 몰라 했다. 여태까지 본 사람 중 가장 잘생겼고 아름다운 푸른 눈을 한 남자였다. 조금 전 마음속에서 그려본 모습과는 아주 딴판이지만 그가 바로 맥이 말해 준 그 '귀족들' 중 한 사람임에 틀림없다고 짐작됐다.

이 신사에게는 일부러 멋을 부린 곳이 하나도 없었다. 최고급품임이 분명해 보이는 옷은 화려한 새틴이나 두드러진 벨벳으로 만들어진 게 아니어서 더욱 돋보였는데, 그처럼 화려한 넥타이만 메지 않았다면 오빠들이 우아하게 차려입기로 마음먹었을 때 입는 옷과 똑같았다.

순식간에 그런 모든 사실을 알아차렸으나, 그 남자의 태도엔 다정한 구석이라곤 조금도 찾아볼 수가 없어 그녀는 점점 더 초조해졌다. 솔직히 말하면, 가까스로 분노를 참고 있는 사람으로 그것도 전적으로 맥을 향한 분노 같아 보이는 점이 이해하기 어려웠다.

「카메론인가?」

그 남자가 조용한 어조로 맥에게 물었다.

「내 이름은 맥도넬이요, 이안 맥도넬.」

「거짓말을 하고 있군.」

성난 목소리로 뱉어내는 말을 듣고 조지애나는 입을 떡 벌렸다. 그 남자가 맥의 멱살을 잡고 얼굴을 바싹 들이대며 두 남자가 서로를 노려볼 수 있을 때까지 들어올리자 그녀는 숨이 막혀왔다. 회색 눈동자에서 분노의 빛을 내뿜기 시작한 맥을 보고서야 조지애나는 어쨌든 두 사람이 무작정 싸우게 놔둘 수가 없다는 것을 알았다.

맥도 모든 뱃사람들처럼 싸움을 좋아할지 몰라. 하지만 우리는 싸움이나 하려고 이곳에 온 게 아니잖아. 게다가 지금은 주의를 끌 수도 없다고. 최소한 나는 안 되지.

칼을 어떻게 휘둘러야 하는지도 모른다는 건 생각해보지도 않고 그녀는 소매에서 칼을 꺼냈다. 진짜로 사용할 생각이라기보다 단지 그 우아한 신사들이 뒤로 물러서도록 조용히 협박 정도나 할 목적으로 꺼낸 거였다. 그러나 커다란 장갑을 낀 손으론 잘 잡기도 전에 칼이 먼저 빠져나가 바닥으로 툭 떨어져 버렸다.

맥에게 다가선 사람이 한 사람이 아니라는 사실을 그때서야 기억해내곤 그녀는 정말로 당황해 허둥대기 시작했다. 좀더 자극적인 유흥거리를 찾고 있을 뿐이라면, 술집 안에 거칠어 보이는 손님들이 꽉 차 있는데 하필이면 왜 맥과 날 집적거리는 거지. 그러나 언젠가 조지애나는 거만한 귀족들이 낮은 계층의 사람들을 위협하는 데 자신들의 작위와 권력 따위를 이용하길 좋아한다는 소리를 들은 적이 있었다.

하지만 가만히 서서 곤욕을 치를 순 없지. 물론 없고 말고! 나의 말콤을 데려갔 듯이 이런 정당한 이유가 없는, 부당하기 짝이 없는 공격에도 남의 주의를 끌지 않고 있어야만 한다니 말도 안 돼. 그녀는 그만 자신이 선술집에 숨어든 숙녀임을 씻은 듯이 잊어버렸다.

그녀는 돌아서서 지난 육 년 동안 영국과 귀족에 대해 차곡차곡 쌓아왔던 모든 분노와 신랄함을 담아 발로 차고 주먹으로 때리며 무모하고 도움이 안 되는 공격을 맹렬하게 해댔다. 그러나 자신의 주먹과 발이 아픈 것 말고는 별다른 효과도 없는 데다, 그 저주받을 작자가 마치 벽돌 벽 같다는 느낌에 더더욱 화가 나서 주먹질을 멈춰야 한다는 생각은 할 수가 없었다.

그 벽돌 벽이 이만하면 충분하다고 결정하지 않았다면 끝없이 계속됐을지도 몰랐다. 갑자기 조지애나를 잡아당겨 가볍게 번쩍 들어올린 손이 민망하고 두려웁게도 그녀의 가슴을 꽉 눌러오는 게 아닌가. 더군다나 아직도 맥을 잡고 있던 검은 머리 남자가 갑자기 커다랗게 소리쳤다.

「이런 제길, 여자잖아!」

「나도 알아.」

조지애나는 즉각 대꾸하는 벽돌 벽의 어조에 묻어 나오는 즐거운 기색을 알아차렸다.

「일을 다 망쳐놨어, 이 나쁜 자식들아!」

더 이상은 쓸모 없어진 자신의 변장을 깨닫곤 그녀가 두 사람 모두에게 고함쳤다.

「맥, 뭔가 해봐요!」

맥은 그러려고 했다. 그러나 검은 머리에게 휘두른 팔이 그자의 손에 잡히는 바람에 바만 세차게 치고 말았다.

「그럴 필요 없소, 맥도넬. 눈 색깔이 틀린 걸 보니 내 실수 같소. 사과하겠소.」

검은 머리가 말했다.

맥은 정말로 당황했다. 그 영국인보다 조금밖에 작지 않은 자신을 어린애 다루듯이 쉽게 이겨 버린 데다 지금은 아무리 애를 써도 바에서 주먹을 들어올릴 수가 없었다. 또한 그렇게 할 수 있을지라도 자신에게 별로 이로울 게 없으리라고 느꼈다. 맥이 이 상황에서 할 수 있는 가장 신중한 태도로 사과를 받아들인다는 뜻에서 고개를 약간 끄덕이자 그자가 팔을 놔주었다. 그러나 조지애나는 맥이 딱 보는 순간 더 위험한 사람이라고 본능적으로 느낀 금발머리에게 아직도 꽉 잡혀 있었다.

「당신에게 이로운 행동이 뭔지 않다면, 놔주시오. 당신을 거칠게 다루지 않게…….」

「진정하게, 맥도넬.」

검은 머리가 차분한 어조로 끼여들었다.

「저 아가씨에게 해를 끼치려는 게 아니네. 우리와 함께 밖으로 나가야만 할 것 같은데?」

「그럴 필요…….」

「이봐, 주변을 한 번 살펴보게. 내 동생이 저지른 커다란 실수 때문에 아주 그럴 필요가 있을 걸세.」

금발머리가 끼여들었다.

맥은 주변을 재빠르게 돌아보곤 낮은 소리로 욕을 했다. 안에 있는 모든 사람들이 넋이 나간 듯이 조지애나를 쳐다보고 있었다. 금발머리는 그녀를 엉덩이 쪽에 메달아 마치 포대 자루처럼 한팔로 잡고 문 쪽으로 성큼성큼 걸어갔다.

기적적으로, 이처럼 거칠게 다루어지는 데 대해 그녀가 아무런 불평도 하지 않았다. 실제론 금발머리 남자가 그녀의 갈빗대 부분을 꽉 잡아 항의를 막은 거나 마찬가지로, 적어도 맥이 들을 수 있는 한에는 하지 않은 것뿐이었다. 험악하기 이를 데 없어 보이는 자들이지만 그녀를 멀리 데려갈 수는 없을 거라고 생각한 맥도 현명하게 입을 다물고 잠자코 뒤를 따랐다.

조지애나도 그곳에서 빨리 나오지 않으면 불가피하게 난처한 지경에 빠지고야 만다는 점을 깨닫게 되었다. 내 잘못은 아니지만 그렇다고 사실이 바뀌지는 않아. 그리고 이 벽돌 벽이 아무런 사고 없이 날 밖으로 데려가 줄 수 있다면 그렇게 하도록 놔두지 뭐. 오만 무례하기 그지없는 방식에 무척 마음 상하긴 하지만 말이야. 정말이지 부글부글 끓어올라 참아 주기 어렵군.

하지만 갑자기 나타난 술집 여종업원이 그들의 앞을 막아서며 조지애나를 안고 있는 남자가 자기 것이라는 듯이 팔을 꼭 잡았다.

「금방 오셨는데 벌써 떠나시진 않겠죠, 그렇죠?」

조지애나는 모자를 푹 내려 쓰고 있어서 그 사랑스러운 여자의 모습을 간신히 볼 수 있었다. 그러나 벽돌 벽의 대답은 아주 잘 들렸다.

「좀 있다 다시 돌아올 거요, 아가씨.」

자신에겐 눈길 한 번 주지 않은 그 여종업원의 표정이 눈에 띄게 환해지는 걸 본 조지애나는 깜짝 놀랐다.

이렇게 야만스럽게 구는 남자랑 정말로 함께 있고 싶어한다니 믿기 어렵군. 다른 사람의 취향에 대해서까지 생각해볼 필요는 없지만 말이야.

「두 시면 일이 끝나요.」

여종업원이 벽돌 벽에게 살살거리며 말했다.

「그럼 두 시에 오겠소.」

「내 생각엔 하나가 차지하기엔 둘은 너무 많아.」

건장한 뱃사람 하나가 벌떡 일어나면서 그들이 가려 하는 문 앞을 가로막았다.

조지애나는 속으로 신음을 했다. 그 남자는 권투선수를 동경하는 보이드라면 정말 그렇게 불렀을 만큼 건장해 보였다. 또, 벽돌 벽으로 느낀 남자를 유심히 살펴본 게 아니어서 실제론 이

뱃사람보다 훨씬 더 작을런지도 몰랐다. 물론, 그녀는 벽돌 벽에게 형이라고 부르던 다른 귀족을 깜박 잊고 있었다.

이제 검은 머리 귀족이 옆으로 다가와 한숨을 짓고는 말했다.

「그녀를 내려놓고 이 상황을 처리하고 싶어할 것 같지는 않은데, 제임스.」

「특별히 그런 것은 아니야.」

「그래 보이진 않는데…….」

「이봐, 참견하지 마. 저 사람이 이곳에 들어와 우리 여자를 하나가 아니라 둘씩이나 훔쳐갈 권리는 없어.」

뱃사람이 동생에게 말했다.

「둘이라고? 이 누더기를 걸친 조그만 여자가 당신 여자인가?」

동생이라는 검은 머리 남자가 잠시 조지애나를 힐끔 쳐다봤다. 눈에 살기를 담아 마주 쏘아보는 그녀 때문에 묻기 전에 잠시 머뭇거린 듯했다.

「당신이 저 남자 거요?」

얼마나 그렇다고 대답하고 싶은지 모를 거다, 이 빌어먹을 자식아. 두 거만한 귀족이 박살나는 동안에 도망칠 가능성이 눈꼽만치만 있었어도 통쾌해 하며 큰 소리로 '맞아요'라고 말했을 것이다. 그러나 조지애나는 어떤 종류의 위험도 무릅쓸 수가 없었다. 남의 일에 참견하기 좋아하는 귀족 나부랑이들에게 특히 자신을 거칠게 다루고 있는 제임스라 불리는 남자에게 미칠 지경으로 화가 났지만 사정이 사정인만큼 분노를 억누르고 아니라는 뜻으로 머리를 가로 저어야 했다.

「그럼 문제가 해결된 것 같군, 안 그렇소?」

어떻게 봐도 그것은 묻는 게 아니었다.

「그럼 좋게 비켜 주시오.」

놀랍게도 그 뱃사람은 꿈쩍도 하지 않고 버티고 있었다.

「이곳에서 그 여자를 데려갈 수 없어.」

「이런, 빌어먹을.」

진저리가 난다는 듯이 한마디 내뱉은 귀족은 곧바로 그자의 턱에 주먹을 날렸다.

뱃사람이 완전히 정신을 잃고 나가떨어져 몇 발자국 떨어진 곳에 쭉 뻗는 순간 함께 앉아 있었던 다른 남자가 고함을 지르면서 일어났다가 날카로운 잽을 얻어맞았다. 그자는 의자에 다시 주저앉더니 손으로 줄줄 흐르는 코피를 막느라고 허둥지둥 부산을 떨었다.

그 귀족은 천천히 돌아서서 궁금하다는 듯이 까만색 눈썹 한 쪽을 치켜 올렸다.

「더 덤빌 사람 없소?」

뒤에 서 있던 맥은 자신이 그 영국인을 상대하지 않은 게 얼마나 다행스러운 일이었는지 깨닫곤 싱글거리고 있었다. 어느 누구도 더 이상 덤비려고 하지 않았다. 부지불식간에 일어난 사건으로 술집 안에 있는 사람이라면 바보라도 그 귀족이 뛰어난 권투선수라는 사실을 깨달았다.

「아주 잘했어. 이제 이곳에서 떠나는 게 어때?」

제임스가 동생에게 말했다.

안토니가 웃으면서 머리를 푹 숙여 인사했다.

「먼저 가시죠, 형님.」

밖으로 나온 제임스가 바로 앞에 내려놓았을 때서야 조지애나는 선술집 문 위에 걸려 있는 등불 속에서 처음으로 그를 또렷이 봤다. 그리곤 잠시 주저하다가 그의 정강이를 냅다 걷어차고는 거리로 달려갔다. 그는 험한 욕설을 내뱉으며 여자를 뒤쫓다가 소용없는 짓이라는 생각이 들어 몇 걸음 옮기곤 그만뒀다. 여자는 벌써 어두워진 거리 속으로 사라져 버렸다. 이안 맥도넬도 어디론가 사라져 버렸음을 알게 된 제임스는 다시 욕지거리를 내뱉었다.

「도대체 그 스코틀랜드 인이 어디로 가 버린 거지?」

안토니는 웃느라 정신이 없어서 그의 말을 듣지 못했다.

「뭐라고?」

제임스가 딱딱하게 미소 지었다.

「스코틀랜드인 말이야. 가 버렸군.」

안토니가 웃음을 그치고 돌아섰다.

「형에겐 잘된 일 같아. 난 카메론이란 이름을 들었을 때 두 사람이 다 돌아본 이유를 물어보고 싶었지만.」

「그런 건 지옥에나 가 버리라고 해. 누군지도 모르는데 내가 어떻게 해야 그 여자를 다시 찾을 수 있는 거지?」

「그 여자를 찾는다고?」

안토니가 한 번 더 낄낄거렸다.

「이런, 형은 처벌에 미친 사람이야. 형이 돌아오기만 목을 빼고 기다리는 여자가 있는데 다리를 좀 걷어차였다고 해서 그 여자를 찾겠다니, ……뭘 하려고?」

제임스는 일이 끝나고 만나기로 약속한 술집 여종업원에겐 더 이상 관심이 없었다.

「그 괘씸한 여자가 내 호기심을 자극했어.」

제임스는 간단히 대답하곤 어깨를 들썩였다.

「네 말도 맞는 것 같구나. 그 술집 여잔 네 무릎만큼이나 내 무릎도 탐낼 테지만, 썩 괜찮을 거야.」

그러나 기다리고 있는 마차로 향하기 전에 제임스는 다시 한 번 텅 빈 거리를 내려다보았다.

4

조지애나는 어딘가의 지하실로 내려가는 계단 맨 밑으로 숨어들어 쪼그리고 앉아 떨었다. 계단 아래쪽은 칠흑같이 컴컴하고 무슨 용도로 쓰이는지 알 순 없지만 너무나 조용한, 불도 하나 켜 있지 않은 건물이었다. 선술집에서 멀리 떨어진 이곳 거리도 조용했다.

춥지는 않아. 어쨌든 여름이고 이곳 날씨는 고향인 뉴잉글랜드와 아주 비슷하잖아. 몸이 떨리는 건 충격 때문이야. 뒤늦게 반응을 보이는 거겠지 뭐. 격심한 분노와 공포와 놀라움을 동시에 겪은 탓이지만…… 벽돌 벽의 생김새야 누가 짐작이나 했겠어.

아직도 자신을 내려다보던 그 귀족적으로 생긴 얼굴과 어울리던 눈동자가, 냉혹하고 호기심이 가득한 데다 수정처럼 맑은 초록색 눈동자가 눈에 선했다. 짙지도 옅지도 않고 늘 반짝이는 너무나…… 너무나…… 위협적이라는 단어를 연상시키는 눈동자. 그러나 왜 그런 단어가 떠올랐을까? 두 사람 다, 여자는 말할 나위도 없고 남자도 두려움에 떨게 할 만한, 전혀 두려움을 모르는 잔인해 보이고 찌를 듯이 쏘아보던 눈동자들. 조지애나는 무심코 다시 몸을 떨었다.

그녀는 상상의 나래를 폈다. 날 쳐다보던 눈동자엔 그냥 호기심만 가득했을 뿐이…… 아니야, 그게 전부가 아니었어. 잘 모르긴 하지만 이름짓기 곤란한 뭔가가, 사람의 마음을 불안하게 만드는 뭔가가 더 있었단 말이야. 그게 뭘까?

이런, 내가 왜 이러는 거지? 그를 분석하려 드는 이유가 뭘까? 천만 다행으로 그를 다시 보는 일은 없을 텐데…… 아까 그 남자를 찬 발이 욱신거리는 게 멈추면 더 이상 아무 생각도 하지 않을 거야.

제임스는 이름일까, 성일까? 아무렴 어때, 그렇게 넓은 어깨라니 벽돌 벽이란 표현에 딱 맞다니까. 그것도 넓은 벽돌 벽! 하지만 멋지긴 했어. 멋지다고? 그녀는 낄낄거렸다. 물론이고 말고, 잘생긴 아주 잘생긴 벽돌 벽이었지. 아니, 아니, 또 무슨 생각을 하는 거야? 그자는 흥미 있게 생긴 커다란 유인원일 뿐이고 게다가 영국인에다 나보다는 나이도 훨씬 더 많아.

또한 혐오스런 귀족이고 아마 부자이기도 해서 자신이 원하는 것은 무엇이든 하려 들 뻔뻔스러움과 돈이 남아도는 그런 남자 말이야. 그런 남자에게는 법도 아무 소용이 없을걸. 그자가 날 참을 수 없을 정도로 욕보였잖아? 악당, 철면피…….
「조지?」
속삭임처럼 들려왔으나 아주 가까운 곳에서 부르는 소리는 아니었다. 그녀는 굳이 애써서 작게 대답하려고 하지 않았다.
「아래에 있어요, 맥 아저씨!」
잠시 동안 맥이 다가오는 발걸음 소리가 들리더니 계단 꼭대기에 그의 그림자가 나타났다.
「이젠 올라와도 돼, 조지애나. 거리엔 아무도 없단다.」
「거리에 사람이 없다는 것은 저도 알아요.」
조지애나는 계단을 올라오면서 툴툴거렸다.
「왜 이렇게 늦게 오신 거죠? 그자들이 못 가게 붙들던가요?」
「아니야. 그자들이 널 뒤쫓아가지 않는다는 사실을 확인하려고 그 선술집 옆에 숨어서 보느라 늦었어. 난 금발머리 남자가 널 따라가려고 할까봐 두려웠단다. 동생이 너무나 심하게 웃어대자, 그자가 생각을 바꾸더군.」
「마치 날 붙잡을 수 있었던 것처럼 말하시네요. 그 육중한 황소 같은 남자가요.」
조지애나가 코웃음을 쳤다.
「그걸 시험해 보지 않게 돼서 기쁘구나. 그리고 다음 번엔 네가 내 말을 들을 거라…….」
맥이 그녀를 데리고 길을 걸으며 말했다.
「맥 아저씨, '내가 그렇게 말했었지'라고 하시면 전 일 주일 동안 아저씨랑 한마디도 하지 않겠어요. 맹세해요.」
「그렇게 되면 정말 행복할 거라는 생각이 드는군.」
「알았어요, 알았다고요. 제가 틀렸어요. 인정해요. 우리가 묵고 있는 선술집 말고 다른 선술집 근처엔 얼씬도 하지 않을 게요. 그리고 우리가 묶고 있는 선술집에서도 약속한 대로 뒷계단만 사용하고요. 그럼 아저씨를 묵사발 나게 할 뻔한 일을 용서해 주시는 거죠?」

「네가 하지도 않은 잘못 때문에 용서를 빌 필요는 없어. 그 두 귀족이 다른 사람으로 착각한 건 바로 나니까 말이지. 그건 너와는 아무런 상관도 없는 일이야.」

「하지만 그들은 카메론을 찾고 있었어요. 그게 말콤이면 어쩌죠?」

「아닐 거야. 어떻게 그런 일이 있겠니? 그들은 내 외모를 보고 카메론이라고 생각했어. 물어보겠는데, 내가 카메론과 닮았니?」

조지애나는 떨리는 설레임 속에 청혼을 받아들였을 때 말콤이 비쩍 마른 열여덟 살이었다는 기억에 마음이 놓여 생긋 웃었다. 물론 이제는 성인이 되어 살도 좀 쪘을 테고, 키도 많이 컸을지도 모르지만 그 거만한 영국인과 비슷한 검은 머리에 푸른 눈동자는 변함 없을 거야. 더구나 그는 맥보다 스무 살도 넘게 어린데 뭐.

「그자들이 찾는 카메론이 누구든지 간에, 그 불쌍한 남자에 대해 동정을 금할 수가 없군요.」

맥이 껄껄대며 웃었다.

「그가 널 겁먹게 했나 보구나?」

「그라고요? 난 두 명이라고 생각하는데요.」

「하지만 네가 상대한 사람은 한 명이 아니었던가?」

그녀는 아무런 대꾸도 하지 않았다.

「그자가 그렇게…… 다른 건 뭐죠? 제 말은 두 사람은 똑같았어요, 하지만 다르기도 했지요. 외모가 비슷하진 않았지만 두 사람은 분명히 형제인데 제임스란 남자에게만 뭔가 다른 게 있어요…… 이런, 잊어버리세요. 제가 무슨 말을 하는지 저도 모르겠어요.」

「네가 그걸 느꼈다니 놀랍구나.」

「그게 뭐죠?」

「두 사람 중 그자가 더 위험해. 그자가 처음 술집으로 들어왔을 때 안을 어떻게 살피는가를 봤더라면 이해할 수 있을 거야. 모든 사람을 곧장 노려보던 그 눈길을 말이야. 살인자가 가득한 방 안에서도 그들과 웃으면서 싸울 작자가 바로 그런 자이지. 모든 세련된 태도에도 불구하고 그런 거친 사람들 틈에서 아주 편안하다는 듯이 행동했고 말이야.」

「겨우 한 번 보고 그 모든 걸 알아낸 거예요?」

그녀가 다시 생긋 웃었다.

「본능적으로 아는 거란다. 그런 유의 사람들을 겪어보기도 했고. 아마 너도 느꼈을 테니 비웃지 말아라…… 그리고 네 뜀박질이 빠른 것에 감사하고.」

「그게 무슨 뜻이죠? 그가 우릴 놔줄 거라고 생각하지 않았나요?」

「난 물론 놔줬겠지. 하지만 너는 모르겠구나. 널 잡고 있던 자는 그럴 맘이 없어 보였거든.」

갈비뼈가 그 사실을 증명했다. 그러나 조지애나는 그냥 혀를 끌끌 찼을 뿐이다.

「날 잡고 있지만 않았다면 그 남자의 코를 부숴뜨려 주었을 거예요.」
「내 기억엔 그럴려고 한 것 같은데. 운이 따르진 않았지만.」
「내 비위를 좀 맞춰 줄 수도 있잖아요. 이렇게 약오르는 시간을 보낸 후에는 말이죠.」
조지애나가 한숨을 쉬며 말하자 맥은 코웃음을 쳤다.
「네 오빠들하고는 더 힘든 시간을 보내놓고선 무슨 말이야.」
「어렸을 때 장난이었죠. 게다가 몇 년 전에 그런 거고요.」
그녀가 야무지게 응수했다.
「넌 지난 겨울에도 눈에 살기를 담고서 보이드를 뒤쫓아 온 집 안을 들쑤시고 다녔는데?」
「보이드 오빠는 아직도 어린애예요. 끔찍하게도 장난을 좋아하는 사람이기도 하고요.」
「보이드는 네 말콤보다 나이가 더 많아.」
「바로 그거예요!」
조지애나가 몇 발자국 앞장서 씩씩하게 걸어가며 어깨너머로 불쑥 말했다.
「아저씬 그들을 합쳐 논 것만큼 나빠요, 이안 맥도넬.」
「동정 받고 싶은 거라면, 그렇다고 말하지 않는 이유가 뭐지?」
맥은 그녀의 뒤에다 대고 말하면서 여태껏 참았던 웃음을 터뜨렸다.

5

핸던은 런던 시내에서 북서쪽으로 칠 마일 정도 떨어진 소박한 시골 마을이었다. 맥이 하루 동안 빌린 두 마리의 늙은 조랑말을 타고 그곳까지 가는 길은 생각보다 훨씬 즐거웠다. 물론 영국과 관련된 모든 것을 경멸하고 있는 조지애나에게는 대단한 양보였다. 우거진 시골길의 녹음은 아름다웠고 계곡과 얕은 언덕은 멋지다는 말이 절로 나오게 만들었다. 산사나무와 야생 장미가 길가에 늘어서 있었고, 활짝 피어난 블루벨스(종 모양의 푸른 꽃이 피는 백합과의 식물)엔 핀 분홍색과 흰색 꽃이 한창이었다.

핸던은 한 폭의 그림 같았다. 조그만 오두막집들이 오순도순

모여 있고 지은 지 얼마 되지 않아 보이는 영주의 저택도 눈에 띄었으며, 공립 구빈원의 붉은색 벽돌은 마을의 정경과 썩 잘 어울렸다. 조그마한 여관이 한 채 있었으나, 겉보기와는 달리 시끌벅적했다. 그래서 맥은 그곳에 들르지 않고 마을 북쪽 끝, 높은 돌탑이 있는 담쟁이로 뒤덮인 교회로 가기로 마음먹었다. 교회에서 말콤의 집이 어딘지 찾아낼 수 있기를 속으로 바라며 말없이 걸음을 재촉했다.

처음엔 말콤이 런던에서 살지 않는다는 것을 알곤 무척 놀랐다. 말콤의 친한 친구라 생각했던 윌콕스 씨를 찾아내 이 마을을 알아내기까지 무려 삼 주나 걸렸다. 사실 윌콕스란 작자는 말콤을 잘 알지도 못했다. 게다가 엉뚱한 곳을 알려 줘 시간을 낭비하게 만들었다. 그들이 운이 있었는지, 아님 맥이 운이 좋았던 건지 말콤이 사는 곳을 정확히 아는 사람을 간신히 찾아낼 수 있었다.

맥이 매일 집으로 돌아갈 뱃삯을 구하기 위해 반나절 동안 일을 하고 나머지 시간에 말콤을 찾아다니는 그 막막한 삼 주의 시간 내내 조지애나는 방에서 꼼짝도 할 수 없었다. 선술집에서 난리를 겪은 후 맥이 주장한 대로 꼼짝없이 말이다. 영국으로 올 때 가져온 한 권뿐인 책을 읽고 또 읽다 너무 지겨워 책을 창문 밖으로 확 던졌다. 우연히 술집 앞을 나가던 이 집 단골 손님이 그 책에 맞는 바람에 화가 머리끝까지 솟은 주인에게 하마터면 방에서 쫓겨날 뻔했다.

지난 삼 주 동안 그 일을 뺀다면 그녀는 그야말로 얌전히 지낸 셈이었다. 벽을 기어오른다든가, 무슨 일이 일어나는지 지켜볼 심산으로 뭔가를 밖으로 던질 걸 제외하면 말이다. 그러던 중 맥이 어젯밤에 돌아와 말콤이 살고 있는 곳을 알아냈다는 소식을 전해 줬다.

그와 재회하는 것은 이제 시간 문제였다. 조지애나는 끓어오르는 흥분을 가까스로 참고 있었다. 외모가 그렇게 중요하다고 생각하진 않았지만, 오늘 아침 그녀는 이곳에 오는 시간보다 더 많은 시간을 들여 옷을 차려입었다. 이렇게 공들인 건 생전 처음이었다. 가져온 옷 중에서 가장 좋은 미나리아재비(미나리아재비과의 갈래꽃 식물)꽃 색인 노란 드레스에 짧은 스펜서 재킷을 입었다. 이곳까지 왔는데도 다행히 옷은 조금밖에 구겨지지 않았다. 숱 많은 갈색 곱슬머리를 노란색 실크 모자 아래로 단단히 틀어 올렸고 얼굴 윤곽이 돋보이게 몇 가닥을 곱게 흘러내리도록 했다. 볼에는 화색이 돌았고 입술을 살짝 깨물어 밝은 분홍색으로 만들었다.

아침 내내 조지애나는 늙은 조랑말 위에 우아하게 앉아서는 정신 나간 사람처럼 고개를 이리저리 돌리고 있었다. 덕분에 마차에 탄 신사들과 지나쳐 온 햄스테드에 사는 모든 사람들의 호기심을 건드려 놓았지만 그런 사실을 알아차린 건 맥뿐이었다. 조지애나는 말콤과 지낸 옛날을 기억해내느라 너무 바빴다. 지금 이 순간 그녀에게 중요한 건 그와 보낸 얼마 되지 않은 시간들이었다.

말콤 카메론과 만났던 날, 그녀는 배에서 워렌을 졸졸 따라다니면서 귀찮게 굴다가 발을 헛디뎌 바다에 빠지고 말았다. 여섯 명의 부두 노동자들이 그녀를 위해 물 속으로 뛰어들었다. 그들 중 세 명은 그녀보다 수영을 하지 못하면서도 말이다. 말콤도 아버지와 함께 선창에 있다가 영웅이 되겠다고 생각했는지 푸른 파도를 가르기 시작했다. 부둣가에서 한창 난리가 일어나는 동안 조지애나는 혼자 힘으로 물 밖으로 나왔고, 뒤늦게 뛰어든 말콤은 다른 사람이 구해 줘야만 했다. 그러나 그녀는 그의 행동에 너무나 감명을 받아서 완전히 반해 버렸다. 열네 살의 말콤에게 열두 살 조지애나가 말이다. 그리고 그 순간 그녀는 그가 세상에서 가장 잘생기고 멋진 소년이란 판단을 내렸다.

그런 감정은 그녀가 말콤을 다음에 만났을 때 자신이 누군지 말해 줘야만 했고 그 다음 번에도 역시 그래야 했음에도 불구하고 여태껏 변하지 않았다. 조지애나가 말콤에게 댄스 신청을 한 메리 앤의 파티에서 그는 그녀의 발을 적어도 열 번은 밟아 댔다. 말콤은 벌써 열여섯 살이 되었고 좀더 남자다워졌으며, 다행히 그녀를 기억하고는 있었다. 자기 나이와 비슷한 그녀의 친구인 메리 앤에게 훨씬 더 많은 관심을 보이고 있는 것만 제외한다면…….

물론 그와 결혼하겠다고 결정한 건 아니었다. 처음 그를 본 순간 느꼈던 감정이 사랑이 되었다는 그 어떤 암시도 그에게 하지 않았다. 일 년이 더 지나고 나서야 그녀는 그들 사이에 무언가 확실한 것이 필요하다는 결심을 굳혔다. 그녀는 분명 이성적이었다. 마을에서 가장 잘생긴 소년이 말콤이라 해도, 그의 꿈처럼 배를 지휘하는 훌륭한 선장으로 성공할 가능성도 그런 것은 아니었다. 그는 자신의 경력을 하나씩 쌓아올려 힘들게 그 목표를 이뤄야만 했다.

또한 그녀는 자기 자신에 대해서도 현실적이었다. 사람들 속에 섞어 놓으면 눈에 띄지 않을 외모 ―그녀에겐 잘생긴 오빠가 다섯이나 있지만, 사람들은 유일한 여자인 자신이 태어날 때 뭔가가 잘못 되었다고들 생각했지 —를 가지고 있었지만 물론 그녀에게는 상당한 지참금이 있었다. 즉 오빠들처럼 열여덟 살이 되면 종달새 호 중 한 척을 그녀의 몫으로 받게 되어 있었다. 그러나 오빠들처럼 스스로 배를 지휘할 수는 없지만 미래의 남편에겐 가능한 일이었다. 그녀는 하나의 숨김도 더함도 없이 말콤에게 그 사실을 분명히 알렸다.

정말 멋들어진 계획이었다. 그리고 조금은 부끄러워도 했다. 특히 그 계획이 효과를 발휘하자 더욱 그랬다. 그녀가 열여섯 번째 생일을 맞이하기 몇 달 전, 말콤은 정식으로 구혼하기 시작했고, 생일날에는 청혼을 해왔다. 열여섯에 사랑에 빠져 버린 그녀는 정신이 몽롱해질 만큼 행복에 들떠 있었다. 덕분에 남편을 샀다는 다소간의 죄책감마저도 그럭저럭 무시할 수 있을 만큼 말이다.

순서가 어떻든 말콤에게 강요한 건 아니야. 그는 나만큼이나 자신이 원하는 것을 얻은 거라고. 그리고 나에게서 느끼고 있는 감정도 점점 커지고 깊어졌겠지. 빌어먹을 영국인들이 끼여들지만 않았다면 모든 것이 잘 되고도 남았을 거야.

그러나 그들은 운명처럼 끼여들었고, 그녀의 오빠들도 간섭했다. 열여섯에 약혼하도록 오빠들이 가만 있은 건 순전히 내 응석을 받아 준 것뿐이었어. 오빠들이 결혼을 허락해 줄 열여덟이 될 때까지 적어도 다섯 번은 내 마음이 변하리라고 생각했으니까 말야. 하지만 그녀는 오빠들을 완전히 바보로 만들었다.

전쟁이 끝난 후, 집으로 돌아올 때마다 오빠들은 말콤을 잊고 다른 남편 감을 찾아보라고 열심히 그녀를 설득했다. 물론 조지애나는 다른 남자들에게서 여러 번 청혼도 받기도 했었다. 어쨌든 그녀의 지참금은 여전히 매력적인 것이었고, 외모 또한 꽃이 피어나듯이 아름답게 변했어도 그 사실에 유난을 떨 만큼 기뻐하지 않았다. 그러나 전쟁이 끝난 지 사 년이 지나도록 말콤이 돌아오지 않는 이유에 대한 변명거리를 생각해내는 게 점점 더 힘들어지긴 했지만, 사랑을 포기할 마음은 전혀 없었다.

그에겐 그럴 만한 이유가 있었을 거야. 오늘에야 그 이유가 뭔지 알 수 있겠지. 그리고 난 영국을 떠나기 전에 결혼해 있을 거라고.

「바로 저기야, 조지애나.」

조지애나는 잘 가꿔진 장미 꽃밭 뒤로 흰색으로 칠해진 아름다운 작은 집을 쳐다봤다. 그녀는 연신 양손을 비벼댔고, 정작 말에서 내리는 것을 도와주려고 맥이 손을 내밀었을 땐 꼼짝도 할 수 없었다. 조지애나는 교회에서 멈춰 맥이 무언가 다른 말을 할 동안 기다렸었다는 사실조차 기억해낼 수가 없었다.

「그가 집에 있을까요?」

아무런 말도 하지 않고 맥은 그녀에게 팔을 내밀었다. 하나뿐인 굴뚝은 모락모락 연기를 내뿜고 있었다. 그 집엔 사람이 있는 게 ……분명해. 조지애나는 한 번 더 입술을 꽉 깨물곤, 마침내 어깨를 곧게 폈다. 긴장할 필요 없어. 난 어느 때보다 훨씬 아름다워 보여, 말콤이 기억하고 있는 것보다 훨씬 더 말야. 그를 찾아냈다는 것만으로도 너무나 기뻐.

맥이 그녀를 들어올려 내려 줬다. 그리고 붉은 벽돌로 된 길을 따라 문으로 향했다. 그녀는 뛰는 가슴을 진정시키기 위해 몇 번이나 멈춰야 했는데, 맥은 그런 사정을 고려해 주지 않았다. 맥이 망설임도 없이 두드렸고, 잠시 뒤 문이 열렸다. 그리고 말콤 카메론이 나타났다. 기억 속에서 흐릿해져 가던 말콤의 얼굴…….

육 년의 세월이 흘렀는데도 거의 변하지 않은 그의 얼굴 덕분에 그녀의 기억은 금세 또렷해졌다. 눈가엔 그가 뱃사람임을 나타내는 잔주름이 몇 개 늘었을 뿐, 그것 외에는 전혀 나이를 먹지 않은 사람처럼 보였다. 너무나 어려 보여서 스물네 살로 보이지 않을 정도였다.

물론 그는 어른으로 변해 있었다. 키가 성큼 자라 최소한 180센티미터는 되어 보였고……, 제임스란 작자만큼 큰 것…… 이런, 왜 지금 같은 중요한 순간에 그 작자를 생각하는 거지? 말콤은 키에 비해 뼈대가 굵어지지는 않았다. 사실 휘청거릴 정도로 날씬했으나 그에겐 잘 어울려 보였다. 그리고 넓은 가슴과 근육질의 팔이 그녀가 싫어하는 목록에 지금 막 올랐다.

말콤은 더할 수 없이 좋아 보였다. 여전히 핸섬한 건 말할 나위도 없고 말이다. 그가 안고 있는 아장아장 걸어다닐 만한 나이의 아이에겐 그다지 생각이 미치지 않았다. 한두 살 정도로 보이는 귀여운 여자아이는 긴 금발에 회색 눈을 가지고 있었다. 조지애나는 말콤을 뚫어져라 쳐다보았다. 그도 그녀를 마주보았으나, 누군지 모르겠다는 듯이 멀뚱거릴 뿐이었다. 그는 내가 누군지 알 거야. 난 그렇게 많이 변하지 않았다고. 단지 좀 놀라서 저러는 거지. 그러나 그녀는 말콤이 자신의 집 문 앞에 나타나지 않았으면 하고 바랄 만한 유일한 사람이었다.

그녀는 무슨 말인가를 해야만 했지만 적절한 말을 꺼낼 수 있을 것 같지 않았다. 말콤은 그녀에게서 맥에게로 시선을 돌렸다. 잠시 후 그의 표정이 서서히 변하더니 그를 향해 반갑게 웃어 보였다. 그러나 그는 자신을 찾아 이렇게 먼 곳까지 찾아온 여자를 지금 소홀히 대하고 있다는 사실은 까맣게 잊고 있었다.

「이안 맥도넬이죠? 정말로 이안 아저씨가 맞아요?」

「그래, 얘야. 난 귀신이 아니지.」

「영국에 계셨어요?」

말콤이 믿을 수 없다는 듯이 고개를 설레설레 저으며 껄껄거리며 웃어 젖혔다.

「절 정신없게 만드셨어요. 그렇고 말고요. 들어오세요, 어서요. 정말 오랜만에 만나는 거잖아요. 정말 놀라운 일이에요!」

「그렇고 말고. 내 생각엔 우리 모두에게 그런 것 같은데.」

맥이 퉁명스레 대답했다. 물론 그는 조지애나를 쳐다보고 있었다.

「할 말이 없니, 얘야?」

「네.」

조지애나는 안으로 걸어 들어가면서 작은 응접실을 살펴봤다. 그리고 다시 자신의 약혼자에게로 눈길을 돌리며 대담하게 물었다.

「걘, 누구 아이죠, 말콤?」

맥은 괜한 기침을 하곤 목재로 된 지붕에 갑자기 흥미가 생겼다는 듯이 천정을 올려다봤다. 말콤은 조지애나에게 찡그린 표정을 지으면서 천천히 어린아이를 바닥에 내려놓았다.

「우리가 아는 사이인가요, 아가씨?」

「정말로 제가 누군지 모르겠다는 거예요?」

아주 분명하게 그녀가 물었다.

말콤의 얼굴이 점점 더 일그러졌다.

「내가 알고 있어야 합니까?」

맥이 다시 한 번 기침을 했다. 아님 이번엔 정말로 숨이 막힌 건가? 조지애나는 그에게 인상을 써 보이고는 지금까지 생애에 단 하나의 사랑에게 밝은 미소를 지어 보였다.

「물론이죠. 알고 있어야 해요, 그렇고 말고요. 하지만 절 알아보지 못한 건 용서해 드리죠. 어쨌든 너무 긴 세월이 지났잖아요. 사람들은 제 모습이 더 변했다고들 말하니까요. 이제 정말로 그 말을 믿어야겠군요.」

그녀가 날카로운 웃음소리를 내며 말을 이었다.

「많고 많은 사람들 가운데 하필이면 당신에게 제 소개를 해야 하다니 너무나 당황스럽군요. 전 조지애나 앤더슨이에요, 말콤, 당신의 약혼녀죠.」

「어린…… 조지라고?」

그는 웃으려고 했으나 웃음소리 보다는 숨이 막히는 듯 캑캑거리는 소리만을 내놓았다.

「당신은 어린 조지가 아니오. 조지?」

「내가 말했듯이…….」

「그러나 그럴 수가 없어!」

그는 이제 의심스럽다기 보단 공포스런 표정으로 고함쳤다.

「당신은 아름답소! 그런데 그녀는 아름답지 않았…… 내 말은…… 그렇게 많이 변할 수 있는 사람은 없단 말이요.」

「미안하지만 그 말엔 선뜻 찬성할 수가 없네요. 알다시피 그런 일은 하룻밤 사이에 일어나지 않아요. 당신이 계속 있었다면 내가 변해 가는 모습을 봤겠죠. 하지만 당신은 없었고, 안 그래요? 삼 년 동안 배를 타고 나가 있었던 클린턴도 무척 놀랐죠.

하지만 그는 날 알아보기는 했다고요.」

조지애나가 딱딱하게 말했다.

「그는 당신의 오빠잖소!」

말콤이 억울하다는 듯 응수했다.

「그럼 당신은 제 약혼자가 아니었던가요!」

조지애나는 이제 씩씩거리고 있었다.

「이런 세상에, 당신은 아직도 그걸 생각하…… 그건 벌써 오륙 년 전의 일이지 않소? 전쟁이 끝날 때까지 당신이 날 기다리리라곤 생각지도 않았소. 알고 있잖소, 전쟁이 모든 것을 바꾸어 놓았다는걸.」

「아니, 전 몰라요. 전쟁이 시작됐을 때 당신은 영국 배에 탔어요. 하지만 그건 당신 잘못이 아니에요. 당신은 아직도 미국인이에요.」

「그러나 바로 그거요, 아가씨. 난, 나 자신을 미국인이라고 부르는 게 옳다고 느껴 본 적이 없소. 그곳에 정착하려 했던 사람은 내 부모님이지 내가 아니오.」

「정확히 무슨 말을 하고 있는 거죠, 말콤?」

「언제나 그래왔듯이 난 영국인이라는 거요. 징집 당했을 때, 그 사실을 남김없이 인정했소. 어리긴 했지만 그들은 내가 탈주병이 아니란 사실을 믿어 주었고, 날 고용해 주었죠. 물론 난 말할 수 없이 기뻤소. 내가 배를 탈 수 있는 한 누구와 함께 배를 타던지 내겐 조금도 문제될 게 없었소. 그리고 난 정말로 잘하고 있는 중이요. 이제 난 이등 항해사가…….」

「무슨 배를 타는지는 알아요. 덕분에 당신을 찾을 수 있었죠. 여기까지 오는 데 한 달이나 걸리긴 했지만요. 미국 상선이라면 그렇게 조잡한 기록을 해놓진 않을 거예요. 오빠들은 배가 정박해 있는 동안 어디 가면 선원들을 찾을 수 있는지 알고……. 하지만 이건 쓸데없는 말이겠군요, 그렇죠? 당신이 영국 편을 들다니! 그 전쟁 동안 오빠들 중 네 명이 자진해서 배를 정부에 빌려 줬는데. 당신은 제 오빠와 싸울 수도 있었단 말예요!」

조지애나는 날카로워져서 새된소리를 질러 댔다.

「진정하려무나, 애야. 그가 우리와 싸웠다는 사실은 처음부터 알고 있었잖아.」

보다 못한 맥이 끼여들었다.

「알고 있었죠. 하지만 그가 자진해서 한 일은 아니라고 알고 있었단 말이에요. 말콤은 자신이 반역자라고 인정한 것만큼이나 나빠요!」

「그런 건 아니란다. 그는 자신이 태어난 나라에 대한 사랑을 말한 거야. 그런 이유로 사람을 비난해선 안 돼.」

그녀는 말콤을 비난하고 싶지는 않았으나 참을 수가 없었다. 빌어먹을 영국인들, 내가 얼마나 그들을 혐오하는데…… 세상에나. 그들은 내게서 말콤을 훔쳐 갔을 뿐만 아니라 편까지 들게 만들었어. 이제 그는 영국인이야. 더구나 자랑스러워하는 게 분명해. 어찌 되었던 아직도 그는 내 약혼자고 전쟁은 끝났어.

말콤의 얼굴은 시뻘개졌다. 그러나 자신이 한 비난 때문에 당황한 건지 아니면 분해서 그렇게 된 건지 그녀는 구별할 수가 없었다. 조지애나의 뺨도 붉게 달아올랐다. 우리 두 사람의 재회가 이런 식이 되리라곤 상상조차 하지 않았어.

「맥이 옳아요. 말콤, 미안해요. 좀 흥분을 해서 그런…… 그리고 그런 문제는 더 이상 중요하지 않아요. 변한 건 아무것도 없잖아요. 정말이에요. 제 감정이 변하지 않은 건 확실해요. 내가 이곳에 있다는 게 바로 그 증거죠.」

「그럼 이곳에 온 정확한 이유가 뭐요, 조지?」

조지애나는 잠시 동안 멍하니 그를 쳐다봤다. 그리곤 그녀의 눈이 약간 가늘어졌다.

「이유라니요? 대답은 분명해요. 왜 내가 이곳에 왔는가 하는 질문에 대한 대답은 당신이 해야 해요. 전쟁이 끝난 후에 왜 브리지포드로 돌아오지 않은 거죠, 말콤?」

「그럴 이유가 없었기 때문이요.」

「이유가 없었다니? 그 말은 믿을 수가 없군요. 우리가 결혼한다는 보잘것없는 문제가 있었죠. 아님 그 사실을 잊어버리기라도 한 건가요?」

그녀가 가쁜 숨을 몰아쉬며 말했다.

말콤은 애써 조지애나의 눈길을 피하면서 대답했다.

「잊지 않았소. 그러나 내가 영원히 영국인으로 살아가기로 결심을 한 이상 당신이 나와 결혼하리라곤 생각하지 않았을 뿐이요.」

「아님 내가 미국인이라서 당신이 더 이상 날 원하지 않게 된 것은 아니고요?」

「그런 건 아니었소. 솔직히 당신이 날 기다릴 거라곤 생각하지 않았고……. 더군다나 배가 침몰해 버렸으니 내가 죽었다고 믿고 있으리라 생각한 거요.」

「잊고 계신 게 있군요. 우리 가족들은 선박 업을 하고 있어요. 덕분에 더 정확한 정보를 얻을 수가 있었죠. 당신이 탄 배가 침몰하긴 했지만 죽은 사람은 없다는 그런 정보 말이에요. 우린 그 후에 당신 소식을 모르고 있었…… 최근에야 당신이 포그럼을 타고 있다는 것을 알게 되기 전까지는 말이죠.

어쩌면, 당신이 여전히 당신을 기다리고 있는 약혼녀에게 돌아가는 게 무의미하다고 생각했을지도 몰라요. 그랬다면 그런 사실을 정확히 밝히는 게 적절한 처신이었겠죠. 미국까지 오고 싶지 않았다면 편지를 쓸 수도 있었고요. 두 나라 사이의 서신 왕래가 재개됐으니 까다로운 일도 아니잖아요. 항구에서 영국 배 한두 척을 보는 건 새삼스럽지도 않아요.」

그녀는 자신이 빈정대고 있다는 것을 알았다. 그러나 자신을 말리고 싶지도 않았다. 얼마나 오랫동안 이 남자를 기다렸는데, 그는 돌아올 맘조차 없었다니! 직접 이곳에 오지 않았다면 그를 다시는 보지 못하고, 그에 대한 소식도 듣지 못했을 거야. 정말 기분이 엉망이야. 그가 왜 그렇게 했는지 이해할 수가 없어. 날 쳐다보지도 않아.

「난 정말로 당신에게 편지를 썼었소.」

조지애나는 그녀의 자존심을 위한 그의 알량한 배려에 속이 울렁거릴 지경이었다. 겁쟁이 같으니라고. 내가 결혼하기 위해서 자존심 따윈 오래 전에 접어 버렸다는 사실을 그가 알 리가 없지. 저렇게 말도 되지 않는 변명이나 늘어놓고 있는 지금, 내 자존심이 되살아날 리는 더더군다나 없단 말이야. 나를 위한다면 이보다는 좀더 그럴싸한 변명을 생각해내어야만 했어.

그녀는 그에게 너무 너무 실망했으나 화가 나진 않았다. 말콤은 변명을 그럴싸하게 하지도 않았고 신중하거나 정직하지 조차 않았어. 내가 닦달하자, 그는 사실대로 말해 버려 내 감정을 상하지 않게 하려 했어. 그를 위해 좀 다른 방법을 사용해야겠군.

「어쨌든 말콤, 난 편지를 받지 못했어요.」

조지애나는 맥이 말도 안 된다는 듯이 콧방귀를 뀌는 소리를 들었다.

「당신이 전쟁에서 죽지 않고 살았다는 소식을 전하려 했겠죠?」

「물론이요.」

「그리고 우리 조국 외에 다른 나라에 대한 애국심이 생겨났고, 그래서 돌아갈 마음이 없다는 뭐 그런 내용도 함께요.」

「정말 그랬소.」

「그렇다면, 그런 모든 것을 고려해 본다면 당신은 날 약혼에서 풀어 줬겠죠?」

「그건, 난…….」

그가 머뭇거리자 그녀가 말을 잘랐다.

「아님 여전히 나와 결혼할 수 있을 거라는 희망을 비쳤단 말예요?」

「그런, 확실히…….」

「그리고 답장이 오지 않자 내가 당신과 결혼하지 않겠다는 뜻으로 생각했을 테고요.」

「바로 그거요.」

조지애나는 한숨을 쉬었다.

「그 편지를 못 받다니 부끄럽군요. 그래서 그 많은 시간을 낭비하다니.」

「무슨 말이요?」

「그렇게 놀란 표정 짓지 마세요, 말콤. 난 당신과 결혼할 거예요. 그리고 그 문제를 해결하러 이곳에 온 것이니…… 하지만 제가 영국에서 살 거라곤 기대하지 말아요. 아무리 당신을 위해 서라고 해도 전 그럴 순 없어요. 아, 당신이 오고 싶을 땐 언제라도 이곳에 오는 것을 간섭하진 않을게요. 괜찮다면 내 배인 암페리티프의 선장으로서 당신은 배타적인 영국 무역 항로를 개척할 수도 있어요.」

「난…… 난……. 맙소사, 조지…… 난…….」

「말콤?」

젊은 여자의 낭랑한 목소리가 중간에 끼여들었다.

「왜 손님이 오실 거란 말을 하지 않았어요?」

그리곤 조지를 향해 환하게 미소를 지어 보였다.

「전 메기 카메론이에요, 부인. 영주님 저택에서 나오신 건가요? 또 파티가 있나요?」

조지애나는 문가에 서 있는 여자를 뚫어져라 쳐다봤다. 그리고 그녀의 치마 뒤에 숨어 있는 소년을 찾아냈다. 그 아인 다섯 살쯤 돼 보였고 말콤처럼 검은 머리와 파란 눈을 가지고 있었다. 숨길 수 없는 건 말콤처럼 잘생겼다는 거였다. 그녀가 다시 그 소년의 아버지에게로 눈길을 돌렸을 때, 그의 얼굴은…….

「동생인가요, 말콤?」

조지애나가 아주 쾌활하게 물었다.

「……아니오.」

「저도 아닐 거라 생각했어요.」

6

작별 인사도 축복의 말도 그리고 저주의 말조차도 없었다. 조지애나는 등뒤로 소녀 시절의 꿈과 희망을 모두 남겨 둔 채 조그만 하얀 집을 말없이 걸어나왔다. 뒤에서 맥이 무슨 말인가를 하는 것 같았다. 메기 카메론에게 조지애나의 무례한 행동에 대한 변명을 늘어놓는 모양이었다. 잠시 후 맥은 그녀를 들어올려 조랑말에 태웠다.

그는 그녀에게 한마디도 건네지 않았다. 적어도 그들이 그 마을을 떠날 때까지는. 조지애나는 자신을 괴롭히고 있는 것에서 어서 멀어지고 싶어 가능한 한 말을 빨리 달리게 하고 싶었다. 그러나 늙은 조랑말은 빠르게 달릴 수가 없었다. 조지애나가 빨리 가려고 애쓰는 동안 맥은 그녀를 유심히 관찰하고 차분한 겉모양을 꿰뚫어 볼 수 있을 것이다. 그러나 맥은 자신이 둔감하기로 작정하면 둔감해지는 골치 아픈 버릇이 있었다.

「왜 울지 않는 거니?」

그녀는 그의 말을 무시할까도 생각해보았다. 그렇게 한다면 맥이 다시 물어보지는 않겠지만, 지금 그녀는 속에서 들끓고 있는 울분을 내보낼 필요가 있었다.

「너무나 화가 나서 그래요. 그 저주 받을 악당은 배가 처음 부두에 닿자 마자 결혼한 게 분명해요. 전쟁이 끝나기도 전에 말이죠. 영국 편이 된 게 하나도 이상한 일이 아니잖아요. 결혼했으니까 말이에요!」

「그렇지, 일리 있는 말이구나. 그가 자신이 좋아하는 것을 좀 가지긴 했지만 두 번째로 정박하고 나서 그런 것 같은데.」

「언제나 '왜'가 그토록 중요한 건가요? 내가 집에서 그를 애타게 그리워하고 있는 동안 그는 결혼했고 아이까지 낳았어요. 아주 멋진 시간을 보냈단 말이에요!」

맥이 코웃음쳤다.

「넌 시간을 허비하긴 했지. 그렇지만 애타게 그리워하진 않았어.」

그가 이해하지 못하자 이번엔 조지애나가 콧방귀를 뀌었다.

「전 그를 사랑했어요, 맥.」

「넌 그를 네 것으로 가질 수 있다는 생각을 사랑한 거야. 아름다운 청년이었으니까. 그런 어린애 같은 기호에서 벗어나야만 했어. 그렇게 고집이 세지 않고 조금만 덜 고지식했다면 넌 오래 전에 어리석은 꿈에서 벗어났을 게야.」

「그건 말도 안…….」

「내 말이 끝나기 전에 끼여들지 말려무나. 말콤을 정말로 사랑했다면 지금 울고 나중에 화를 내야지, 그 반대가 아니라.」

「전 속으로 울고 있어요. 아저씨가 볼 수 없을 뿐이죠.」

조지애나는 억울한 듯 단호하게 말했다.

「내게 인정을 베풀어 줘서 고맙구나. 정말로 고마워. 난 여자의 눈물은 참을 수가 없거든.」

그녀는 맥에게 대단히 못마땅하다는 눈길을 던졌다.

「남자들은 다 똑같아요. 아저씬 그 — 벽돌 벽만큼이나 둔감해요!」

「네가 동정을 바라는 거라면, 내게선 기대하지 말아라. 기억하고는 있니, 난 사 년도 넘게 그 작자를 잊어버리라고 충고했었어. 게다가 네 오빠들 문제는 차치해 두더라도 네가 이곳에 온 것을 후회하게 될 거라는 말도 했었지. 이번에 네가 고집을 부려서 얻은 건 뭐냐?」

「환멸과 수치와 두통…….」

「조지, 그만…….」

「아저씨, 왜 절 지금보다 더 화나게 하려고 결심한 거죠?」

조지애나는 격해진 듯 거칠게 숨을 내쉬었다.

「자위 본능이지. 눈물은 참을 수가 없거든. 네가 고함을 질러대는 동안은 내 어깨를 빌려 울진 않을……. 이런, 제발, 이러지 말려무나, 조지.」

일그러지기 시작한 그녀의 얼굴을 보고 다급하게 말했지만 조지애나는 본격적으로 울어젖히기 시작했다. 이런 게 아니었어……, 조지, 오 맙소사. 말을 세운 맥이 할 수 있는 일이라곤 그녀를 양팔로 감싸안아 주는 것뿐이었다.

조지애나는 그의 무릎에 웅크려 꺽꺽 울어 댔다. 어깨에 기대 실컷 우는 걸로는 부족한 설움과 분노를 맥의 토닥거림 위에 울부짖음으로 토해냈다.

「그 아름다운 아이들은…… 제…… 아이……였어야만 해요, 맥!」

「너도 네 아이들이 생길 거야. 아주 많이 말이야.」

「이젠 그럴 수 없을 거예요. 나이를 너무 먹었단 말이에요.」

「그렇고 말고. 스물둘이나 되었으니 말이다.」

그는 한바탕 웃어젖히고 싶은 걸 겨우 참으며, 사려 깊은 척 고개를 끄덕였다.

「아주 늙었고 말고.」

그녀는 울음을 멈추고 그를 노려봤다.

「아주 근사할 때 제대로 맞장구를 쳐주시는군요.」

양쪽 눈썹을 치켜 올리면서 맥은 놀란 체했다.

「내가 지금 그랬니?」

조지애나는 코를 다시 훌쩍이곤 큰소리로 엉엉 울어 댔다.

「왜 그 여자가 좀더 일찍 들어오지 않았을까요? 내가…… 너무…… 어리석게…… 아직도 그 망나니와 결……혼 할…… 거라고 말하기 전에 말이에요.」

「그럼 이제 그가 망나닌 거지?」

「가장 저……질이고 최고로 비열한…….」

「그래, 그래 알겠어, 네가 그자에게 했던 모든 것을 말했으면 좋겠구나. 복수를 원한 거라면, 그건 정말 멋진 복수였다고.」

「그건 여자가 알아듣기엔 너무나 복잡한 남자들의 논리예요.

전 복수한 게 아니라 자존심이 상했던 거예요.」

「그게 아니지. 넌 그에게 널 버려서 잃게 된 것을 알려주었잖니. 그가 알아보지 못할 만큼 넌 아름다워졌어, 그가 오랫동안 원해 왔던 자신이 지휘할 수 있는 배도 있고. 지금쯤 녀석은 자신의 엉덩이를 차고 있을걸. 네게 나쁜 짓을 한 만큼 분명히 그도 자신이 잃어버린 것을 끊임없이 후회할 게야.」

「배에 대해선 그럴지도 모르지만, 저에 대해선 아닐 거예요. 그는 자신이 자랑스러워하는 직업을 가졌고 아름다운 아이들과 사랑스런 아내가…….」

「사랑스럽지, 그렇고 말고. 그러나 그 여자는 암페리티프의 소유자이자 종달새 호 상선의 지분을 갖고 있는 조지애나 앤더슨은 아니지. 하지만 그 불쌍한 아가씬 그걸 직접 운영하는 게 아니라 그냥 이익금을 동등하게 분배받는 거야. 그리고 그녀가 동부 해안 지역에선 가장 아름다운 여자라고 사람들이 말하고 있단다.」

「그게 다예요?」

「감동 받은 것처럼 들리지 않는구나.」

「맞아요. 그 여자는 지금 아름다울진 몰라도 쭉 그러진 않겠죠. 게다가 인생의 절정기를 쓸데없이 낭비해 버린 지금 그 아름다움이 무슨 소용이냐구요.」

맥이 투덜거리는 것을 들었으나 그녀는 못 들은 척했다.

「그리고 돈도 그래요. 아주 충분히 있다 해도 지금은 집으로 돌아갈 여비조차 없어요. 외모와 재산도 내가 멍청하고 어리석고 남에게 잘 속는다는 사실과는 바꿀 수 없어요. 게다가 사람을 잘못 판단하고 영리하지도 못하니까…….」

「넌 같은 짓을 되풀이하고 있구나. 멍청하고 영리하지 못하고…….」

「말을 끊지 마세요.」

「네가 허튼소리를 늘어놓을 땐 그럴 거야. 이제 눈물이 그쳤으니, 밝은 면은 보도록 하자, 얘야.」

「밝은 면이라곤 없어요.」

「아니, 있어. 넌 그렇게 비열하고 저질인…… 망나니와는 행복하지 못했을 거야, 안 그러니?」

그녀가 입술을 떨며 미소를 지어 보이려 애썼으나 지을 수가 없었다.

「아저씨가 해주신 일에 대해선 감사해요. 하지만 그래도 제가 지금 느끼는 감정을 어쩔 수가 없네요. 전 그냥 집에 가고 싶어요. 그리고 다신 영국인을 만나지 않았으면 좋겠어요. 그들의 너무나 정중한 말투와 지독하게 끔찍한 냉정함도 딱 질색이에요. 그리고 그들의 불성실한 아들들도 그렇고요.」

「네게 이런 말을 들려주고 싶진 않지만, 어디에나 불성실한 남자들은 있단다.」

「좋은 남자들도 있죠. 하지만 전 좋은 남자와는 결혼하지 않을 거예요.」

「결혼하지…… 또 다시 허튼소리를 하는구나. 좋은 남자에 대해 이야기 해보렴.」

「집에 가고 싶어요, 맥 아저씨. 배를 알아봐 주세요. 어떤 배라도 좋아요. 집으로만 간다면 그리고 빨리 떠나기만 한다면 미국 배가 아니라도 괜찮아요. 오늘 당장이라도 상관 없어요. 내 비취 반지를 팔아서 뱃삯을 치르기로 해요.」

「제정신이냐? 그 반지는 네 아버지가 준 거잖아. 그걸 멀리서 가져오느라…….」

「전 괜찮아요, 맥 아저씨.」

조지애나는 이제 보는 것만으로도 질릴 만큼 고집스런 표정을 짓고 있었다.

「아저씨가 도둑으로 변해 돈을 훔치지 않는 한, 물론 아저씨가 그러지 않을 거라는 것은 저도 잘 알고 있어요, 하지만 뱃삯을 마련하기 위해 팔 만한 우리가 갖고 있는 유일한 물건이에요. 돈을 벌어 뱃삯을 장만할 때까지 전 참을 수가 없어요. 집으로 돌아간 다음 다시 이 반지를 사면돼요.」

「이곳으로 오기로 했을 때만큼이나 빠른 결정이구나. 네가 똑같은 실수를 하지 않으려면 서두르지 말아야 한다는 것을 배웠을 텐데.」

「인내심에 대해 설교하실 생각이라면, 관두세요. 전 육 년이나 기다렸어요. 그게 제가 한 가장 큰 실수죠. 이제부터는 서두르는 것을 연습할 거예요.」

「조—지.」

맥은 이제 야단을 쳐야 한다는 결정을 막 내리려던 참이었다.

「왜 저와 말싸움을 하시려는 거예요? 우리가 배를 탈 때까지, 질질 짜는 여자와 함께 있어야 한다면 어쩌실래요. 아저씬 우는 여자는 참을 수가 없다고 한 것 같은데요?」

고집불통의 여자는 더 참을 수 없군. 그는 점잖게 포기하기로 마음먹고 한숨을 푹 내쉬었다.

「네가 그런 식으로 말한다면야…….」

♠♠♠

선창가를 가득 메우고 있는 배들 중 어느 하나도 돛대에 하늘을 뒤덮을 돛을 드리우고 출항 준비를 하는 배는 보이지 않았다. 그러니 그 많은 배들 중에 조만간 미국으로 떠날 배가 한 척도 없다는 사실은 의심해 볼 필요도 없는 일이었다.

지난달에 항구에 들어온 배들의 대부분은 이미 다른 항구를 향해 떠난 지 오래였고, 승객을 받지 않는 배를 제외시킨다 해도 아직 몇 척의 미국 선박이 항구에 남아 있었다. 그러나 그 배들은 내년까지는 고국으로 돌아갈 예정이 없었다. 이건 최근에 부쩍 성급해진 조지애나에겐 너무나 긴 시간이었다.

브리지포드에서 아주 가까운 뉴욕으로 곧장 갈 예정인 배가 한 척 있긴 했지만, 그 배의 일등 항해사는 조만간 떠나지는 않을 거라는 말을 귀띔해 주었다. 그 배의 선장이 영국 아가씨에게 구혼 중이어서 그가 결혼하기 전까지는 떠나지 않겠다고 맹세했다는 말을 고맙게도 덧붙였다. 그 말에 조지애나는 드레스 두 벌을 갈가리 찢었고 요강을 창문 밖으로 확 던져 버렸다.

그녀는 너무나 간절히 영국을 떠나고 싶어 했다. 조지애나는 그 주에 떠날 예정인 미국 선박 중 하나를 타고 여덟 달에서 열 달 정도의 항해를 할 생각에 취해 있었고, 며칠만 지나면 배편을 찾을 수 있으리라는 기대에 설레었다. 삼 일째 되던 날 아침 맥은 다음 주에 떠나는 세 척의 영국 선박의 이름을 알아낼 수 있었다. 조지에겐 지금 집으로 돌아가는 일만큼이나 영국과 관련된 모든 것에서 벗어나는 게 중요해. 암, 그렇고 말고.

그런 그녀가 영국 선박에 승무원들도 다 영국인이니 그 배들을 완벽하게 무시해 버릴 거라는 사실은 의심해 볼 필요도 없었고, 말을 꺼낼 이유도 없었다. 예상했던 대로 그녀는 그 배들을 깡그리 무시해 버렸다. 그것도 아주 무례하게. 그때 맥이 그녀가 생각해보지도 않았던 선택 안을 머뭇거리면서 꺼내 놓았다.

「내일 아침에 떠나는 배가 한 척 있기는 해. 승객을 태우는 배는 아니지만 수부장(삭구, 닻 등을 맡아 관리하는 사람)과……캐빈 보이(고급 선원이나 선객 당번 사환)를 구하고 있어.」

그런데 조지애나는 눈을 동그랗게 뜨며 흥미를 보였다.

「집으로 가는 길에 일을 하라는 뜻인가요?」

「성급함을 시험해 보려는 여자와 함께 배에서 거의 반년 가량을 보내기보단 나을 거라 생각했던 거지.」

그가 눈동자를 굴리면서 한마디 한마디 강조하면서 그렇게 말하자 조지애나가 생긋 웃었다. 말콤의 배신을 알게 된 후에 처음으로 느끼는 즐거움이었다.

「집으로 가는 동안 그걸 연습하지 않을지도 몰라요. 맥 아저씨, 그건 정말 멋진 생각이에요. 미국 밴가요? 얼마나 크죠? 어디로 가는 배예요?」

그녀가 갑자기 관심을 보이는 통에 맥은 괜한 말을 했다는 후회가 스멀스멀 생겨났다.

「진정하려무나, 애야. 그 배는 네가 생각하는 것과는 좀 달라. 그 배 이름은 '메이든 앤'이야. 서인도 제도로 가는 배지. 돛이 세 개 달려 있었고, 굉장히 깨끗했어. 정말 아름답더구나. 개인 소유의 배이긴 하지만 수리된 군함같이 보였어. 완벽하게 무장된 군함 말이다.」

「서인도 제도 항로는 해적들이 들끓는 곳으로 유명하잖아요.

그쪽 항로를 가야 한다면 무기를 잘 갖출 필요가 있을 거예요. 카리브 해를 다니는 우리 종달새 호 상선들도 모두 그러니까요. 그렇게 준비를 해도 공격당할 때가 있으니까 이상할 게 없는 일이라구요.」

「그건 사실이지. 그러나 메이든 앤은 상선이 아니야, 적어도 이번만큼은 정확히 상선이 아니야. 화물은 하나도 싣지 않았고 그냥 밸러스트(화물이 적을 때 배를 안정시키기 위해 배 밑에 싣는 자갈, 물 따위)만 싣고 갈 예정이니까.」

「아무런 이익도 없이 항해할 수 있는 선장은 도대체 어떤 사람이죠?」

삼십오 년 동안 상선을 탔던 남자를 괴롭히는 사실이 뭔지 너무나 잘 알고 있는 조지애나가 놀렸다.

「분명히 해적일 거예요.」

맥이 피식 코웃음을 쳤다.

「그 배의 선원들 말처럼 기분 내키는 대로 이곳 저곳을 돌아다니는 자일 게야.」

「그럼, 그 배 주인이 선장이군요. 재미 삼아 배를 갖고 있을 정도로 부잔가 보죠?」

「아마도 그런 것처럼 보여.」

그는 계속 투덜거리고 있었다.

이번엔 조지애나가 빙글거리며 신나했다.

「그걸 아저씨가 얼마나 싫어하는지는 잘 알고 있어요. 그렇지만 유별난 일은 아니잖아요. 그 배를 타고 집에 갈 수만 있다면 화물을 싣고 가든 그렇지 않든 무슨 차이가 있겠어요?」

「참, 다른 문제도 있어. 미국이 아니라 자메이카로 가는 배야.」

「자메이카로요?」

배를 구했다는 생각에 기뻐했던 조지애나가 잠깐 동안이긴 하지만 시무룩해졌고, 이내 두 눈을 깜박였다.

「하지만 자메이카엔 종달새 상선 사무실이 있어요. 그리고 그곳은 토마스가 세 번째로 정박하기로 되어 있는 항구가 아닌가요? 운이 따른다면 그가 떠나기 전에 그곳에 도착할 수 있을지도 몰라요. 그 안에 도착하지 못한다고 해도, 자메이카엔 다른 종달새 들이 자주 오잖아요. 내 배는 물론이고 보이드와 드류의 배까지 포함해서 말이에요. 기껏해야 집으로 돌아가는 데 몇 주가 더 걸릴 뿐이라구요. 최소한 반년보단 나아요. 이곳에서 하루를 더 있는 것보다 좋다는 것은 말할 필요도 없고요.」

「글쎄다. 왠지 말하지 않았어야만 했다는 생각이 점점 더 드는구나.」

「전 생각하면 할수록 점점 더 멋지다는 마음이 드는데요. 제발, 맥 아저씨, 이건 완벽한 해결책이에요.」

「그러나 넌 일을 해야만 해. 선장의 전갈을 전하고 식사도 날라야해. 넌 아주 바쁠 거야.」

「그래서요? 제가 그렇게 간단한 일도 하지 못할 거라고 말하시는 거예요? 전 갑판을 북북 문질러 닦아도 봤고 대포 청소는 물론이고 선체를 닦아 보기도 했어요. 그리고 삭구(배에서 쓰는 밧줄이나 쇠사슬 따위를 통틀어 이르는 말)에 올라가…….」

조지애나는 벌써 들떠 있었다.

「조지, 그건 네가 지금처럼 숙녀로 보이기 전에 일이야. 아버지와 오빠들은 네 응석을 너무 많이 받아 줬어. 배가 항구에 정박해 있는 동안 넌 안 올라가 본 곳이 없을 정도잖니. 배울 필요도 없는 것들을 배우고 말이야.

그러나 이건 네가 누군지 모르는 남자 곁에서 함께 생활하면서 해야 되는 일이란다. 네가 누군지도 모르게 해야 하는 건 물론이지. 게다가 여자가 할 만한 일이 아니야. 네가 그 일을 하게 되면 넌 여자로 있을 수가 없어.」

「저도 알고 있어요, 맥 아저씨. 제 드레스를 남겨 두고 떠나야 하겠죠. 바지를 입고 있으면 자동적으로 어떤 결론을 내리잖아요. 남자가 드레스를 입으면 못생긴 여자가 되지만 여자가 바지를 입으면 예쁜 소년이 되죠. 그리고 어쨌든 전 그날 밤 아주 잘…….」

「네가 입을 열거나 다른 사람을 똑바로 쳐다보기 전까지는 그랬지. 네 변장은 남을 완전히 속일 수 있을 정도는 아니야.」

그가 끼여들어 가차없이 말했다.

「제가 남자처럼 보이게 노력하던 중이었기 때문에 그래요. 지금 와서 그 일을 생각하는 것은 어리석은 일이죠. 알았어요.」

그가 다시 끼여들지 못하게 막곤 조지애나가 재빨리 말을 이었다.

「아저씨가 아무리 말해도 전 듣지 않을 거예요. 그때 일을 쓸데없이 꺼내지 마세요. 이건 완전히 다른 문제임을 아저씨도 알고 있잖아요. 소년들이 가냘픈 외모를 가지는 건 흔한 일이라고요. 그리고 내 키에 날씬한 몸매면, 게다가 이런 목소리에 가슴을 꽉 묶어 주면 십중팔구는 소년으로 생각할 거예요.」

그녀가 가슴을 내려다보며 즐거운 듯 말했지만 맥은 넌더리가 난다는 표정을 지었다.

「네 지능이 사실을 폭로하고 말 거야.」

「좋아요, 좀 덜 자란 똑똑한 열두 살짜리 소년이면 돼요. 난 할 수 있어요, 맥 아저씨. 내가 할 수 없다고 생각하셨다면 아저씬 그 말을 꺼내지도 않았을 거예요.」

그녀가 아주 단호하게 말했다.

「내가 미친 게 확실해. 그렇고 말고. 그러나 우리 두 사람 다 이 일에 책임을 따진다면 그게 누군지 알고 있지.」

「제발요, 아저씨. 전 곧 작은 소년이 될 자그마한 여자일 뿐이에요. 내가 그렇게 되는 게 얼마나 어렵겠어요?」

그녀가 싱긋이 웃으면서 잔소리를 하자 맥은 한바탕 욕지거리를 쏟았다.

「그럼 이런 식으로 생각해보세요. 제가 집에 가는 게 빠르면 빠를수록, 아저씬 제게서 더 빨리 손을 뗄 수가 있는 거죠.」

저 아인 작은 악마야, 암 그렇고 말고.

「그건 다른 문제야. 넌 한 달도 넘게 변장을 하고 있어야만 해. 생리 현상을 해결하기 위한 은밀한 장소를 찾는 것도 힘든 일일 테고, 남자들은 그냥 등을 돌리고 서서 아무데나…….」

「맥 아저씨!」

주변에 있는 여동생의 존재를 곧잘 잊어버리곤 하는 오빠가 다섯이나 있어서 소녀가 듣거나 보지 않았어야만 할 모든 것을 보고 들어왔지만 이번엔 정말 그녀의 얼굴을 붉게 달아올랐다.

「곤란한 점이 없을 거라곤 말하지 않았어요. 하지만 전 그런 문제를 극복할 만한 기지가 있어요. 어떤 문제든지 간에 말이에요. 전 배를 아주 잘 알아요. 선원들이 싫어하는 장소까지도 잘 알죠. 쥐가 들끓는 선창을 사용해야만 한다고 해도 전 해나갈 수 있어요. 게다가, 제가 발각됐을 때 일어날 수 있는 최악의 상황이 뭐겠어요? 바다 한가운데서 절 배 밖으로 던져 버릴 거라고 정말로 생각하시는 거예요? 물론 그러진 않겠죠. 배가 항구에 닿을 때까지 절 어딘가에 가둬 놓는 정도일 거라고요. 그리고 해고 하겠죠. 멍청하게 제 정체를 드러나게 했으니 그런 일은 감수해야죠.」

좀더 주거니 받거니 말싸움을 하다가 맥이 마침내 한숨을 쉬었다.

「좋아, 하지만 우선은 네가 일하지 않고 배에 탈 수 있도록 노력해 보겠어. 내가 보수를 받지 않겠다고 하면 그렇게 해줄지도 몰라. 널 나와 함께 가야만 하는 내 동생이라고 생각할 거야.」

그녀의 눈이 웃음기로 반짝이는 동안 벨벳 같은 눈썹 하나가 활처럼 휘어졌다.

「아저씨 동생이라고요? 스코틀랜드 사투리도 쓰지 않는데요?」

「그럼 떨어져 자란 이복형제라고 하지. 그럼 나이 같은 걸로 의심하지도 않을 테니까.」

맥은 정말 괜찮은 생각을 해냈다는 듯이 말했다.

「하지만 그 배엔 캐빈 보이가 필요하다면서요? 그 방법이 더 쉬울 것 같은데요. 제 오빠들은 캐빈 보이 없이는 항해하지 않으니까요.」

「난 노력해 보겠다고 말했어. 그들에겐 사람을 구할 시간이 하루는 더 있는 셈이야.」

「그럼, 그들이 못 찾았으면 좋겠군요.」

조지애나는 맥을 설득하려고 애쓰고 있었다.

「바다를 건너가는 동안 아무것도 하지 않고 있기보단 일을 하는 게 훨씬 더 좋아요. 특히 제가 변장할 필요가 있는 경우엔 말이에요. 절 여동생이라고 말한다면 아저씨가 수부장으로 고용되지 않을 게 뻔한데, 그래도 그렇게 하진 않으시겠죠. 두 사람 모두 기회를 잃는 거라고요.」

「소년에게 적합한 옷이 필요할 거야.」

「가는 길에 사다 주실 수 있겠죠.」

「네 옷가지를 처분해야 하잖아.」

「이 선술집 주인에게 주면 돼요.」

「네 머리카락은 어떡하지?」

「잘라 버리죠.」

「안 돼! 네 오빠들이 날 죽일 게다.」

그녀는 지난번에 썼던 털실 모자를 가방에서 꺼내 그의 코밑에다 대고 흔들었다.

「이거면 돼요! 이제 꼬치꼬치 트집잡기는 그만두고 움직여 보는 게 어때요? 어서 가세요.」

「네가 성급하게 구는 걸 그만뒀다고 생각했는데.」

맥은 연신 투덜거렸다.

그녀는 웃으면서 그를 문 밖으로 밀어 댔다.

「아직 배를 타진 않았잖아요, 맥 아저씨. 내일이 되면 그러지 않을게요. 약속해요.」

7

안토니 말로리 경은 포트와인(포르투갈이 원산지인 단맛이 섞인 적포도주)을 한 병 더 시키곤 의자에 깊숙이 기대어 앉으며 형을 바라봤다.

「내가 정말로 보고 싶어 하리란 걸 알고 있겠지, 형을 보고 싶어 할 거야. 집으로 돌아오기 전에 카리브 해와 관련된 모든 일을 처리했어야 했어. 그랬다면 지금 그곳으로 돌아갈 필요도 없잖아. 형이 내 옆에 있다는 데 익숙해진 지금 말이야.」

「내가 어떻게 알았겠니? 그 악명 높은 호크의 죽음이 그렇게 쉽게 처리되리란 걸 말이다. 넌 잊었겠지만 내가 돌아온 유일한 이유는 이든녀석에게 빚을 갚기 위해서야. 그땐 그자가 리건과 결혼할 거란 사실을 몰랐거든. 게다가 해적 질을 포기했기 때문에 집안에서 날 다시 받아들여 주리란 생각도 전혀 못했지.」

「그리고 제레미말이야. 그녀석이랑 함께 형들 앞에 나타난 것도 도움이 됐을 거야. 형들은 가족과 관련된 문제라면 하느님만큼이나 너그러워지거든.」

「그럼 넌 안 그러니?」

안토니가 낄낄대며 웃었다.

「나도 말로리라구. 하여간 빨리 돌아올 거지? 형이 옆에 있으니 옛날로 돌아간 것 같아.」

「오랫동안 무모할 정도로 즐겁게 지냈었지, 그렇지?」

「같은 여자를 따라다니면서 말이야.」

안토니가 계속 빙글거리며 웃었다.

「형들에게 똑같은 잔소리를 들으면서.」

「좋은 뜻에서 그랬겠지. 제이슨 형과 에드워드 형은 너무 어린 나이에 이런 책임을 몽땅 떠맡은 거라고. 우리를 제대로 키워 내느라 너무나 바빠서 열정에 들떠서 뛰어다닐 기회도 없었던 거지.」

「형들을 편드는 말을 내게 할 필요는 없어. 설마 내가 원한을 품고 있다고 생각하는 건 아니겠지? 사실대로 말하면, 난 형들과 네가 그랬던 것처럼 쉽게 날 포기했었어.」

「난 형을 포기했던 적이 없어.」

안토니가 항의했다.

「술이나 마셔. 네 기억이 되살아나는 데 도움이 될 거야.」

제임스가 매정하게 대꾸했다.

「내 기억은 아주 또렷해. 팔 년 전 여름에 형이 레지를 데리고 도망친 데 대해 무척 화가 났었지. 빌어먹을 해적선에 열두 살바기 어린 여자애를 석 달씩이나 데리고 다니다니! 형이 레지를 데리고 돌아왔을 때 한바탕 채찍질을 하고 나선 화를 풀었어. 형이 한 짓은 너무나 무모했어. 맞을 만한 짓을 했지. 그리고 맞기도 했고. 난 아직도 이해하지 못하겠어. 이제 이유를 말해 주는 게 어때?」

제임스가 황갈색 눈썹을 하나 치켜 올렸다.

「넌 마치 내가 삼대 일인 상황에서 막을 수 있다고 생각했나 보구나? 날 너무나 믿는 것 같아, 안토니.」

「말도 안 되는 소린 그만둬, 형. 그날 형은 싸우려고 하지도 않았어. 시도조차 하지 않았다고. 제이슨 형과 에드워드 형은 눈치채지 못했을지 몰라도, 난 형하고 권투장에서 많이 싸워봤으니 그 정도는 알 수 있었어.」

제임스는 어깨를 움츠렸다.

「그럼 내가 맞을 만한 짓을 했다고 느꼈나 보지. 리건을 형들의 면전에서 데리고 도망치는 게 그때는 장난이라고 생각했어. 난 그런 짓을 할 만큼 제이슨에게 화가 나 있었거든. 리건을 만나지도 못하게 했잖아. 내가 해적 일을…….」

「레지야.」

안토니는 버릇처럼 쏘아붙였다.

「리건이야.」

조카딸인 레지나의 호칭에 대한 해묵은 다툼을 시작하면서 제임스가 재미있다는 듯 힘있게 되받아 쳤다. 제임스가 형제들과는 다른 애칭을 부르면서 생긴 일이기는 하지만 자신의 규칙에 따라 해온 것이니 그가 포기하리란 기대는 안 하는 편이 나았다. 그러나 두 사람은 동시에 자신들이 무엇을 하고 있는지 깨닫곤 큰소리로 웃었다.

얼큰하게 술이 오른 안토니가 좀더 양보해 마지못해 인정했다.

「좋아, 오늘밤엔 리건이라고 하지.」

제임스가 손바닥을 한 쪽 귀에다 댔다.

「내 청력에 무슨 문제가 생긴 게 분명한 것 같군.」

「이런, 빌어먹을.」

안토니가 으르렁거리긴 했지만, 웃음기 어린 목소리로 말했다.

「내가 곯아떨어지기 전에 이야기를 계속해 봐. 아, 잠깐, 두 번째 병을 따야지.」

「날 다시 취하게 할 생각은 아니겠지?」

「그럴 생각은 꿈에도 해보지 않았어.」

안토니가 잔을 가득히 채우면서 말했다.

「지난번에 우리가 이곳에 왔을 때도 같은 말을 한 것 같은데. 하지만 내가 기억하는 한 네 친구인 암허스트가 우리 둘을 집까지 데려가야만…… 그것도 오후가 다 지나서야 말이야. 그 일에 대해 네 작은 아내가 뭐라고 했는지 말하지 않았어.」

「형 덕분에 뭐라고 하긴 했지만 옮길 만한 말은 아니었어.」

안토니가 심술궂게 말했다.

그 말에 제임스가 크게 웃어대는 통에 사람들이 그들을 힐끔거렸다.

「네 기술에 무슨 일이라도 생긴 거야. 결혼한 다음날부터 네 아낸 널 짐승 보듯 하잖아. 단지 몇 분 동안 네 무릎에서 애교를 떨었던 작은 술집 여자가 그날 저녁에는 네 몫이 아니었다는 걸 납득시키지 못해서 말이야. 운이 나쁜 덕분에 그 여자의 노란 머리카락이 옷자락에 떨어졌고, 네 아내가 옷깃에서 그걸 발견했지. 네가 그녀를 위해 사촌인 카메론을 찾으려고 선술집에 간 거라고 로슬린에게 말하지 않았니?」

「물론이지.」

「그럼 아직도 그 술집 여자가 네가 아니라 내 몫이라고 말하지 않았구나?」

안토니는 고집스럽게 고개를 저었다.

「그것도 말하지 않을 작정이야. 그 여자가 유혹하려 들었지만 내가 거절해 아무 일도 없었다고 말한 것만으로도 충분해. 중요한 건 신뢰의…… 전에도 우리가 이런 말을 주고받았던 것 같은데. 바로 여기서 말이야. 내 애정 생활에 대한 염려는 그만둬, 형. 내 작은 스코틀랜드 인 신부가 마음을 바꿀 거야. 난 내 방식대로 그렇게 되도록 하고야 말겠어. 그럼 다시 형 이야기로 돌아가자고.」

안토니와 속도를 맞추기 위해서 제임스는 먼저 잔으로 손을 뻗었다.

「내가 말한 것처럼 리건을 만나지 못하게 해서 난 제이슨에게 화가 나 있었어.」

「제이슨 형이 그걸 허락해 줄 거라 생각했단 말이야? 형이 이 년 동안이나 해적 질을 하고 있었는데도 말이야.」

「내가 바다 한가운데서 야단법석을 떨었는지도 몰라, 안토니. 그러나 나 자신이 변한 건 아니었어. 리건을 만나게 해준다면 내가 호크와 관련된 모든 것을 버리리라는 걸 제이슨 형은 너무나 잘 알고 있었지. 하지만 형은 내가 가문의 명예를 더럽혔다고 생각하곤 나와 의절해 버린 거야. 영국에선 호크 선장과 라이딩 자작인 제임스 말로리가 동일인이라는 사실을 아는 사람이 아무도 없었는데도. 제이슨 형은 한 번 태도를 정하더니 물러서지 않더군. 그러니 내가 어떻게 해야 했겠니? 다시는 리건을 보지 않았어야 했냐고? 리건은 내게 딸과 같아. 우리 모두가 갤 키웠지.」

「해적 질을 포기할 수도 있었어.」

제임스가 희미하게 미소를 지었다.

「제이슨의 독단을 따라서? 난 그래 본 적이 한 번도 없었는데도? 게다가 난 해적 생활을 매우 즐기는 중이었지. 그 일엔 도전과 위험이 있어. 난 다시 규칙적인 생활을 했고, 덕분에 건강을 유지할 수 있었던 거야. 난 런던을 떠나기 전의 그 방탕한 생활에 지쳐 모든 게 너무나 지겨웠어. 물론 우린 즐겁게 지냈지. 하지만 여자들의 치마 속으로 들어가는 걸 빼고는 도전이라곤 없었어. 그런 짓을 해도 더 이상 문제조차 되지 않았어. 빌어먹게도 지루함을 없앨 수 있게 내게 결투를 신청하는 사람도 하나 없었지. 난 그렇게 명성이 자자했거든.」

안토니가 웃음을 터뜨렸다.

「형의 말을 들으니 내 마음이 너무나 쓰라리군.」

이번엔 제임스가 술을 따랐다.

「마셔, 이 녀석아. 취기가 오르면 넌 동정심이 좀 생기더라.」

「난 취하지 않아. 아내한테 그렇다고 말하려고 아무리 애를 써도 믿어 주지 않더라. 그래서 형은 바다로 가 깨끗하고 건강한 해적 생활을 했다는 거군.」

「신사 해적이지.」

제임스가 얼른 말을 고쳤다.

안토니는 킥킥거리며 고개를 끄덕였다.

「맞아. 그걸 잊고 있었군. 그런데 차이가 뭐지?」

「난 배를 침몰시킨 적도 없고, 또 정정당당하게 배를 빼앗지. 덕분에 대어들을 많이 놓치기도 하고, 일부러 속아 주기도 해. 그러나 내가 말했듯이 난 성공한 해적이 아니라 그냥 집요한 해적이었을 뿐이야.」

「빌어먹을 제임스 말로리. 형에겐 그 모든 게 게임이었을 뿐이지? 그러면서 형은 일부러 그곳에서 강간하고 약탈하곤 사람들을 상어 밥이 되게 던져 버렸다고 제이슨 형이 생각하게 두다니!」

「그러면 안 될 이유가 뭔데? 제이슨 형은 우리 형제들 중 하나를 비난하지 않고는 행복감을 느끼지 못하잖아. 이왕이면 욕설을 퍼부어 대는 너보다는 날 비난하는 걸 더 좋아하잖아.」

「그것 참 바람직한 태도로군.」

안토니가 빈정대며 말했다.

「그렇게 생각하니?」

제임스가 미소 짓고는 잔을 비웠고, 안토니는 잽싸게 빈 잔을 채워 주었다.

「하지만 내가 늘 품고 있던 생각이지.」

「나도 알아. 내가 기억하는 한 형은 제이슨 형을 무시하고 일부러 대들었지.」

제임스가 어깨를 으쓱해 보였다.

「그런 조그마한 자극도 없다면 인생이 뭐가 되겠니?」

「형은 노발대발하는 제이슨 형을 보면서 즐긴 것 같아.」

「물론이지. 제이슨 형은 너무 자주 핏대를 올렸어. 그렇게 생각하지 않니?」

안토니가 히죽거리더니 이내 껄껄대며 웃었다.

「물론이지. 무엇 때문에 그랬는지는 이젠 더 이상 중요하지 않아. 다시 말해 형은 모든 일을 용서받고 다시 가문에 받아들여졌잖아. 하지만 왜 가만히 맞고 있었냐는 내 질문에 대해선 아직도 대답하지 않았어.」

금색 눈썹이 다시 활처럼 치켜 올라갔다.

「그랬니? 네 녀석이 끼여들었잖아.」

「그럼 입 다물고 있을게.」

「불가능한 일일걸.」

「제임스 —.」

「알았어, 안토니. 입장을 바꿔 생각해본다면 어렵지 않을 거야. 어쨌든 복잡한 것은 아니니까. 내가 가장 사랑하는 조카인 리건과 함께 지내고 싶었던 것뿐이었어. 리건이 세상을 좀 보면 좋아할 거라고 생각했지. 하여간 걘 정말로 즐거워했어.

그러나 내가 그 아이와 함께 있는 동안 좋았던 것만큼이나 리건을 데려다 주기 전에 내가 한 짓이 얼마나 어리석은 짓이었는지 깨달았어. 리건이 있을 땐 해적 질을 활발하게 하진 않았어. 하지만 바다는 안전하지 않아. 폭풍우와 다른 해적들, 거기다 내가 만든 적들까지 뭐든지 사고가 일어날 가능성을 무시할 수는 없잖니. 리건이, 그럴 리는 없지만 위험이 있긴 있었어. 리건에게 무슨 일이 생겼다면…….」

「하느님 맙소사, 그 파렴치한 제임스 말로리가 죄의식으로 괴로워하는 거야? 이해할 수 없는 일이군.」

「나도 그런 적이 있었지.」

웃으면서 앉아 있는 안토니를 못마땅하게 쳐다보면서 제임스가 무뚝뚝하게 말했다.

「내가 뭐라 그랬다고 이러는 거야? 신경 쓰지 말고 어서 술이나 마셔.」

안토니가 모르겠다는 듯이 묻곤 다시 술병을 기울였다.

「형도 알다시피 매년 내가 그 아이를 데리고 있을 때 닳고닳은 친구들한테 내보이는 거와 ―형이 신경쓸 것 같아서 하는 말인데 내 친구들은 모두 예의바르다는 걸 밝혀 두지 ―형이 살인자 같은 뱃사람에게 그 아일 내보이는 것 사이엔…….」

「모두가 그 아일 사랑했고 리건이 배에 있는 동안엔 모두 매우 예의바른 살인자들이었어.」

「그래. 리건은 우리의 도움으로 균형 잡힌 교육을 받은 게 분명해.」

「그런가? 그럼 어떻게 이든 같은 벼락부자와 결혼하게 된 거지?」

「그 아이가 그를 사랑했으니까. 그러기에 더욱 애석한 일이긴 하지만 말이야.」

「나도 그렇게 생각해.」

「그만해, 제임스. 형은 이든이 우리와 많이 닮았기 때문에 싫어하는 거야. 우리 같은 사람이 레지한테 어울리지 않다고 생각하는 거지.」

「내 생각은 달라. 그리고 그건 네가 이든을 싫어하는 이유겠지. 난 수년 전 그가 바다에 나왔을 때 나와 만나 한바탕 싸우고 가며 내 면전에 대고 퍼부은 모욕에 화가 났었지. 내 배를 못 쓰게 만들어 놓고는 거기다 내 속을 긁어 놓은 거야.」

「하지만 형이 먼저 그를 공격했잖아.」

제임스의 아들이 그 싸움으로 다쳤다는 사실을 포함해서 이미 그 해전에 대해 자세히 들어 알고 있는 안토니가 피해가려던 제임스의 정곡을 찔렀다. 제임스는 그 이후로 해적 생활을 완전히 포기해야만 했다.

「문제에서 벗어나고 있어. 어쨌든 녀석은 작년에 날 감옥에 넣을 때 상처에 소금까지 뿌렸다고.」

「형이 대낮에 녀석을 때려눕힌 후에 말이지. 그리고 니콜라스가 서인도 제도로 떠나기 전에 형을 탈출시키려고 돈을 썼다고 말했었잖아. 뭐, 죄의식 때문에 그랬다던가.」

「이든이 그런 말을 했다면 그건 내가 교수형 당하는 것을 보지 못했기 때문일 거야.」

안토니가 야유했다.

「거만한 애송이 이든처럼 말하는군. 그러나 그 말을 믿겠어. 형이 체포되지 않았다면, 호크의 죽음을 그렇게 산뜻하게 처리할 수는 없었을 거야. 덕분에 형의 머리에 걸린 현상금도 없어졌고 과거와 연줄도 끊을 수 있었잖아. 형은 이제 어깨너머로 힐끔거리지 않고 다시 런던 거리를 활보할 수 있어.」

그건 또 한 잔을 비울 만한 가치가 있는 사실이었다.

「넌 언제부터, 그 걸핏하면 싸워 대는 애송이를 변호하기 시작한 거냐?」

「맙소사, 내가 한 게 그런 짓이야?」

안토니는 너스레를 떨며 극도로 공포에 질린 얼굴을 지어 보였다.

「미안해, 형. 다신 그런 일이 없을 거야. 믿어도 좋아. 녀석은 완벽하게 경멸할 만한 놈이야.」

「중요한 건 리건이 그 대가를 치르게 하고 있다는 거지.」

제임스가 고소하다는 듯한 미소를 지으면서 말했다.

「어떻게?」

「이든이 우리 둘 중 누구하고라도 말싸움하는 소리를 리건이 듣게 되면 그날은 소파에서 잠을 자야 하거든.」

「그건 말도 안 되는 소리야.」

「정말이야, 이든이 그러더군. 내가 떠나 있는 동안 좀더 자주 그 두 사람을 찾아가 보겠구나.」

「그것에 건배할 거야. 소파에서 자는 이든이라, 너무나 우스운 일이잖아.」

「너와 네 아내의 곤란한 상태보다 우습지는 않군.」

「다시 내 상황 따위는 꺼내지 마.」

「그럴 생각도 없어. 그러나 몇 달 후에 내가 돌아오기 전에 네가 '곤란'을 극복했으면 하고 정말로 바래. 그땐 내가 너한테서 제레미를 데리고 갈 거고 그러면 네겐 완충 장치가 하나도 없게 되는 거니까. 너와 그 작은 스코틀랜드 인과 — 단둘이 있게 되는 거지.」

안토니는 너무나 자신만만하고 조금은 사악해 보이기까지 한 미소를 지었다.

「서둘러 돌아올 거지, 그렇지?」

8

가족 모두가 제임스를 배웅하러 나왔다. 제이슨과 데렉, 에드워드와 아이들 모두, 그리고 안토니와 그의 아내까지. 안토니의 아내는 몹시 초췌해 보였는데, 최근에 아버지가 될 거라고 떠들고 다닌 안토니의 말을 증명이라도 하는 듯이 보였다. 그리고 육 년 전에 아버지를 찾은 후 처음으로 아버지와 떨어져 있게 된다는 사실에도 불구하고 망나니 제레미는 빙글거리고 있었다.

저 녀석이 무슨 꿍꿍이지?

아마 안토니만이 자신을 감시한다면 약간의 잘못을 저지르더라도 벌을 받지 않고 넘어갈 수 있을 거란 생각에 저러는 거야.

그러나 곧 제이슨과 에드워드도 가만히 있지 않는다는 사실을 알게 되겠지. 제임스와 일등 항해사 콘래드의 감독만큼은 아닐지라도 만만하진 않을걸.

일행은 작별 인사를 끝냈다. 간밤에 마셔댄 술 탓에 머리가 욱신거리긴 했지만 참을 만은 했다. 그러나 남편이 술집 여자와 함께 밤을 보냈다는 누명을 벗겨 주기 위해 간단한 설명을 적은 쪽지를 안토니의 아내에게 전하는 것을 잊지는 않았다. 그는 제레미를 트랩(배와 부두를 연결하는 건널 판)으로 불러 그걸 건네주었다.

「로슬린 숙모에게 이걸 전해 줘라. 그러나 안토니가 옆에 없을 때 전해야 해.」

제레미는 그 쪽지를 주머니 속에 넣었다.

「연애 편지는 아니겠죠?」

「연애 편지라고? 여기서 꺼지거라, 애송아. 그리고 방탕한 생활을…….」

「알았어요, 알았어.」

제레미는 웃으면서 손을 들었다.

「아버지가 하지 않았던 일은 하나도 하지 않을게요.」

제임스가 한바탕 쏟아낼 욕지거리를 피할 생각으로 제레미가 재빨리 트랩을 내려가자 그는 미소를 지으면서 돌아서서 가장 친한 친구이자 일등 항해사인 콘래드 샤프와 얼굴을 마주했다.

「그건 뭔가?」

제임스는 그에게 어깨를 한 번 움찔해 보였다.

「좀 도와주기로 마음먹은 거야. 안토니가 해가는 꼴을 보면 영원히 저러고 있을 것 같잖아.」

「자넨 참견하지 않을 거라 생각했는데.」
코니가 이해가 안 간다는 듯이 말했다.
「하여간 안토니는 내 동생이라고. 그러나 지난밤에 그렇게 더러운 방법으로 날 속였는데도 내가 왜 신경을 쓰고 있는지 모르겠어.」
코니가 눈썹을 치켜 올리자 제임스는 머리가 지끈거리는데도 불구하고 웃었다.
「내가 오늘 배를 출항시키기엔 너무나 상태가 좋지 않은 게 분명해. 그 빌어먹을 녀석 때문에 말이야.」
「그러나 참아 냈겠지?」
「물론이지. 그 녀석이 날 곯아떨어지게 만들 순 없지 않나? 그러나 ……배는 자네가 출항시키게. 난 도움이 되지 못할 거야. 출항시키고 난 후에 내 선실로 오라고.」

♠♠♠

한 시간 후에 코니는 선장의 선실 벽장에 가득 들어차 있는 위스키 중 한 병을 꺼내 들고는 제임스가 앉아 있는 책상 앞으로 다가갔다.
「아들에 대해선 걱정하지 않고 있겠지?」
「그 장난꾸러기 녀석 말인가?」
다시 욱신거리기 시작한 머리가 고통스러운 듯 제임스가 고개를 갸웃해 보이며 코니가 주방에서 가져다 준 토닉을 한모금 더 마셨다.
「제레미가 심한 싸움을 하지 못하게 안토니가 잘 감시할 거야. 걱정하는 사람이 있다면, 그건 자넬 걸. 자네도 아들이 하나 있어야 했어, 코니.」

「아들이 하나쯤 있을지도 몰라. 다만 내가 아직 못 찾았을 뿐이지. 그리고 자네가 모르고 있는 아들이 더 있을지도 모르는 일이라고.」

「하느님 맙소사, 하나만으로도 충분하네.」

제임스가 끔찍한 체하면서 새된소리를 질러 대자 코니는 껄껄대며 웃어 젖혔다.

「자, 보고 해야만 하는 게 뭔가? 옛 선원 중 몇 명이나 고용할 수 있었지?」

「열여덟. 그리고 내가 전에 말했듯이 수부장을 빼고는 문제없이 모든 자리를 다 채웠지.」

「그럼 수부장 없이 항해하는 건가? 그럼 자네 책임이 너무 과중해지겠군, 코니.」

「그렇지, 내가 어제 찾아내지 못했다면 말이야. 아니 그자가 자진해 걸어 들어왔다는 표현이 더 맞겠군. 그는 동생을 승객으로 태우고 싶어 했어. 그래서 내가 메이든 앤은 여객선이 아니라고 했지. 그랬더니 그들이 일을 하겠다고 하더군. 그렇게 끈질긴 스코틀랜드 인은 처음이야.」

「또 스코틀랜드 인인가? 최근에 내가 그들을 충분히 처리하지 않은 것 같군. 자네가 기억도 하지 못하는 스코틀랜드 인 선조가 지금 되돌아와서 지독하게 기쁘군. 로슬린의 사촌을 찾으러 다닌 것과 그 작은 암여우와 그녀의 일행을 우연히 만나게 된…….」

「그 일은 잊어버렸을 거라 생각했는데.」

얼굴을 일그러뜨리는 걸로 제임스는 대답을 대신했다.

「이 스코틀랜드 인이 삭구에 대해 알고 있기나 한지 어떻게 알아냈어?」

「그를 시험해 봤지. 일을 해본 적이 있는 사람 같더군. 그리고 그도 전에 조타(배가 나아가게 키를 조정하는 일)수와 목수, 그리고 수부장으로 배를 타 봤다고 말하기도 했고.」

「그 말이 사실이라면, 아주 쓸모 있는 자겠군. 좋았어. 그밖에 다른 것은 없나?」

「조니가 결혼했네.」

「조니가? 내 캐빈 보이, 조니말인가? 하느님 맙소사, 갠 이제 열다섯 살밖에 되지 않았잖아! 도대체 무슨 생각에서 그런 짓을 저지른 거지?」

제임스가 눈을 번쩍이며 말했다.

코니는 어깨를 으쓱했다.

「사랑에 빠져 그 어린 여자를 떠날 수가 없었나 보지 뭐.」

「어린 여자라고? 그 건방진 바보 녀석에겐 아내가 아니라 엄마가 필요해.」

제임스가 어이가 없다는 듯 코웃음쳤다. 게다가 머리가 욱신거리기 시작하자 남아 있는 토닉을 한입에 모두 마셔 버렸다.

「난 다른 캐빈 보이를 찾아냈네. 맥도넬의 남동생인…….」

제임스는 마시고 있던 토닉을 뿜어냈다.

「누구라고?」

그는 연신 캑캑거리며 말을 이었다.

「빌어먹을, 제임스, 무슨 생각을 하고 있는 건가?」

「맥도넬이라고 말했나? 혹시 이름이 이안인가?」

「맞아.」
이제 코니의 눈이 번쩍였다.
「하느님 맙소사. 내가 선술집에서 만난 그 스코틀랜드 녀석 아닌가?」
제임스는 손사래를 쳐대며 그의 말을 가로막고는 제할 말에 정신이 없었다.
「그 자의 남동생을 봤나?」
「생각해보니, 그렇지 않았어. 조그만 녀석이었는데……. 아무 말없이 형의 코트 자락 뒤에 숨어 있었지. 선택의 여지가 없었어. 이틀 전에야 조니가 영국에 남겠다고 알려줬거든. 그러나 자네 생각이 그럴 줄은…….」
「그러나 난 선택의 여지가 있지.」
그리곤 갑자기 제임스가 웃음을 터뜨렸다.
「이런, 세상에, 코니, 이건 값을 매길 수도 없을 정도야. 자네도 알다시피 난 그 작은 매춘부를 찾으려고 술집으로 다시 돌아갔었지. 그러나 그녀와 그녀의 스코틀랜드 인은 다신 나타나지 않았어. 그런데 그녀가 바로 내 무릎에 떨어진 걸세.」
코니가 불만스럽게 대답했다.
「그럼, 항해하는 동안 자네가 즐거워하는 꼴을 실컷 볼 수 있겠군.」
「두말하면 잔소리지. 그러나 서두를 필요도 없잖아. 우선 그녀를 놀려 주고 싶어.」
제임스가 탐욕스러운 소리를 내며 껄껄거렸다.
「알겠지만 자네가 틀릴 수도 있네. 남자일 수도 있으니까 말이야.」

「그건 그렇지만, 일을 시작하면 알게 되겠지.」

잠시 후 코니가 떠나자 그는 푹신한 의자에 몸을 깊숙이 묻었다. 그리고 그 조그마한 매춘부와 스코틀랜드 인이 수많은 배 중에서 자신의 배를 선택한 이 믿을 수 없는 우연에 한껏 웃음을 터트리며.

그들이 처음에는 배표를 사려 했다고 코니가 말했었지. 그럼 돈은 있겠군. 그런데 왜 다른 배를 알아보지 않은 걸까? 곧 서인도 제도로 떠날 영국 배를 적어도 두 척은 알고 있어, 아직 객실이 남아 있는 배도 있을 테고……. 왜 여자란 게 탄로날 위험까지 무릅쓰고 이 배를 타려한 거야? 아니면 그게 변장인가?

제기랄 지난번에 그녀를 봤을 때도 남자 옷을 입고 있었잖아. 평소에 입는 옷이 그런지도 몰라. 아니야, 안토니가 여자라고 소리쳤을 때 그녀가 얼마나 당황했는지 잊고 있었군. 그때 그녀는 자신이 여자란 걸 감추려 했어. 지금도 그렇고. 아니면 사람들이 그렇게 알기를 바라는 건가.

내 캐빈 보이라. 대단한 용기가 있는 여자라니까!

제임스는 웃으면서 고개를 설레설레 저었다. 그녀가 얼마나 잘해 나가는지를 지켜보는 건 재미있는 일일 거야. 어두컴컴한 선술집에서라면 모르지만 밝은 햇빛이 환하게 내리비치는 배에서라면 문제는 틀려지지. 허나 코니는 감쪽같이 속았잖아. 그녀를 한 번도 만난 적이 없다면 나도 속을지 몰라. 그러나 난 그녀를 만난 적이 있고 그 사실을 너무나 선명하게 기억하고 있어.

내 관심을 끌었던, 그녀의 귀여울 정도로 자그마한 뒷모습과 내 손에 근사하게 꼭 맞던 부드러운 가슴. 그리고 더할 나위 없이 섬세해 보이는 얼굴엔 적당히 솟은 광대뼈와 건방져 보이는 작은 코하며 도톰하고 관능적인 입술까지 완벽했어. 눈썹과 머리카락은 볼 수 없었지만 선술집 밖에서 날 노려보던 그녀의 부드러운 갈색 눈동자를 잊을 수 없었다고.

솔직히 그녀를 찾으려고 지난달에 다섯 번이나 그곳에 갔었지. 두 사람을 찾을 수 없었던 이유를 이제야 알겠군. 그곳에 처음 나타났었던 거야. 그러니 두 사람을 아는 사람이 하나도 없을 수밖에. 그들은 서인도 제도에서 왔고, 이제 집으로 돌아가는 길이며, 런던은 처음이었다고 생각할 수 있지. 맥도넬이 스코틀랜드 사람이란 건 확실하지만 그녀는 아니었어. 그래도 분명한 건 영국인은 아니란 거지.

수수께끼 같은 여자야. 내가 풀어야 할 수수께끼. 먼저 내 캐빈 보이들은 늘 나와 함께 선실에서 지냈다고 말해서 내 방을 같이 쓰도록 하는 거야. 그리고 난 그녀가 하는 행동을 즐기면서…… 그녀를 알아보지 못한 체할 필요가 있어. 먼저 알아챈다 하더라도 내가 기억하지 못하는 것처럼 하면 돼. 물론 그녀가 그걸 기억하지 못할 가능성도 있지. 하여간 대수로운 일이 아니야. 항해가 끝나기 전에 그녀는 나와 선실만 함께 쓰는 게 아닐 테니까.

9

취사장은 숨어 있기에 적당한 장소가 아니었다. 한여름 햇빛이 쨍쨍 내리쬐고, 바다에 바람 한점 없는 날엔 더욱 그랬다. 일단 바다로 나가면 좀 나아지겠지만 새벽이 되기 전부터 뿜어 대는 거대한 벽돌 오븐의 열기와 저녁식사를 만드느라 켜놓은 스토브에 놓인 큰 솥에서 피어 오르는 김 때문에 불지옥만큼이나 더웠다.

요리사와 두 명의 조수는 선원들이 아침 식사를 하느라 분주하게 돌아다니기 시작할 무렵부터 옷을 벗어던졌다. 출항하기 직전의 배는 선원들을 가장 바쁘게 움직이도록 만들었고, 틈이 나는 데로 한두 명씩 돌아가며 아침을 해결해야 했다. 마지막

남은 배의 식량과 장비들을 운반해 화물실과 취사장으로 옮겨지고 있을 때 조지애나는 잠시 동안 부두의 움직임에 눈길을 주었다. 언제나 어디서나 비슷한 선창의 모습이지. 게다가 평생 동안 보지 않아도 좋을 만큼 영국은 충분히 봤어.

조지애나는 취사장에서 방해가 되지 않고 남의 주의를 끌 만한 곳이 아닌, 식량 더미 반대쪽에 있는 의자를 찾아내 앉았다. 각종 통들과 곡식, 밀가루 포대들로 취사장이 가득 차자 나머지는 선창(船倉)에 저장해야만 했다.

조지애나는 참기 힘든 열기만 아니었다면, 지금껏 본 취사장 중에 가장 깨끗한 그곳에 계속 있고 싶었다. 취사장뿐만 아니라 이 배는 꼭대기부터 밑바닥까지 아주 멋지게 새로 단장되어 있었는데, 누군가의 취향에 맞게 완전히 바꾸어 놓은 셈이었다.

오븐과 스토브 사이엔 석탄이 가득 찬 거대한 통이 있었고, 선실 가운데를 가로지르는 긴 테이블엔 흠집 하나 없었다. 그리고 그 뒤쪽에는 푸줏간과, 선창 안에서 살아 있는 동물을 잡을 때 떨어지는 피를 받아 낼 나무토막이 붙어 있었다. 이 배에는 제법 많은 동물이 실려 있어 항해하는 동안 내내 신선한 고기를 먹을 수 있을 것 같았다. 벽 면 가득 향신료와 주전자와 수납함, 부엌에서 쓰는 갖은 용구들이 단단히 고정되어 있었다.

이 모든 것의 주인은 '숀 오숀'이란 의심스런 이름을 가진 검은 머리의 아일랜드 인이었다. 그는 '조-지 맥도넬'이 보이는 것 외에 다른 것이 있으리라곤 의심하지 않는 스물다섯 살쯤 먹은 다정 다감한 친구였다. 그는 즐거워 보이는 초록색 눈을 이리저리 굴리며 자신의 영토를 끊임없이 둘러봤다. 필요하다면 일을 해야 한다는 경고를 하고선 조지애나에게 있어도 좋다는 허락을 해주었다.

그녀는 숀의 말에 신경 쓰지 않았고, 그의 조수가 둘 다 바쁠 땐 자주 심부름을 해야 했다. 숀은 말이 많은 편이었지만 다행히도 상대방이 대답을 하든 안 하든 신경 쓰지 않았다. 그러나 그도 이번에 고용된 신참내기 중의 하나라서 선장이나 배에 대해 해줄 만한 말은 없었다.

지난밤을 배에서 잤지만 아니 자려고 노력했지만 아직 선원들은 만나 보지 못했다. 어젯밤이 항구에서 보내는 마지막 밤이라 술에 취해 어둠 속에서 자신의 해먹을 찾으려고 시도 때도 없이 갑판을 헤매는 사람들 때문에 끊임없이 깨어나야만 했다. 술에 취해 곯아떨어지지 않는 한 잠을 잘 수가 없었다.

선원들은 여태까지 봐 왔던 대로 국적이 다양했다. 세계 각지를 돌아다니는 배들이 새로운 항구에 들를 때마다 떠나는 선원을 보충해야 했으므로 이상한 일도 아니었다. 그건 선원 중에 영국인도 몇 사람 있으리란 걸 의미했고 정말 그랬다.

일등 항해사인 콘래드 샤프가 그 중 하나였는데 코니라고 불려졌다. 그러나 그를 감히 그렇게 부르는 사람은 딱 한 명 뿐이라고 했다. 그는 거의 빌어먹을 귀족처럼 정확한 발음으로 말을 했고 실없는 소리라곤 한마디도 하지 않았다. 큰 키에 날씬한 몸매를 가졌으며, 맥보다 짙은 붉은 머리카락을 가지고 있었다. 그리고 양팔과 손에는 수없이 많은 깨알 같은 주근깨가 가득했다. 다른 곳도 그럴까? 얼굴이 저렇게 까맣게 탔으니 알 수가 없잖아. 그의 담갈색 눈은 너무나 노골적이어서 조지애나는 자신의 변장에 아무도 속지 않았다는 생각에 심장이 멎을 것 같은 순간을 여러 번 겪어야 했다.

그러나 그녀는 고용되었다. 보이는 그대로 그녀를 받아들였다는 증거가 아닌가. 사실 맥이 발견했던 것처럼 그 남자에겐 거래의 여지라곤 없었다. 일을 하던가 아니면 메이든 앤을 타지 않던가 둘 중에 하나였다. 조지애나는 기꺼이 그렇게 했으나 맥은 마지못해 포기했다.

그녀는 아직까진 샤프 씨의 흠을 찾을 순 없었다. 그래서 그자가 싫었다. 분명 정당한 평가가 아니란 걸 알지만 지금 조지애나는 영국인과 관련된 어떤 문제에서도 공정할 기분이 아니었다. 그녀는 그들을 쥐새끼와 뱀과 다른 혐오스런 동물과 같은 범주에 넣어 놓았다. 그러나 샤프를 적으로 만들 수 없으니 그런 감정을 드러낼 처지도 못 되었다. 사람들은 자신의 적을 아주 유심히 보는 버릇들이 있었다. 조지애나는 그와 배에 있는 다른 영국인을 피하는 정도로 만족해야 했다.

말로리 선장은 조지애나가 취사장으로 내려오기 전까지도 배에 오르지 않아 그녀는 아직 선장의 얼굴도 보지 못한 상태였다. 덕분에 선장에게 이름을 알리는 것과 얼굴을 마주 대하기 전에 그의 독특한 취향을 알아낼 만한 시간을 번 셈이었다.

어쨌든 선장이란 작자들의 취향은 모두 각양 각색이니 말이야. 드류는 매일 선실에 소금물이라고 할지라도 목욕 준비를 해 놓도록 했고, 클린턴은 자기 전에 마시는 따뜻한 우유 한 잔을 고집해 그의 캐빈 보이는 젖소까지 돌봐야 했다. 워렌은 자신이 직접 음식을 가져와 선원들과 함께 먹었기 때문에 그의 캐빈 보이가 할 일은 선실 청소가 고작이었다. 샤프 씨가 필요한 설명은 했지만 그밖에 해야 할 다른 일을 말해 줄 수 있는 사람은 선장뿐이지.

지금은 배를 출항시키느라 바쁠 테니 어쩌면 지금이 그녀에게 유리 할 수도 있는 시간인 데도 그녀는 계속 꾸물거렸다. 다른 사람보다 선장과 함께 보내야 할 시간이 가장 많으니 그녀가 끙끙거리는 것도 당연한 일이다. 그리고 첫 인상은 한 번 정해지면 바꾸기가 어렵고 그가 어떤 판단을 내릴 순간에 영향을 발휘하게 되므로 가장 중요했다. 그러니 그와의 첫 만남을 어떻게든 잘 치러 내야 했다.

그러나 조지애나는 그를 찾으러 일어서지도 나가지도 않았다. 옷은 젖어 엉겨붙기 시작했고, 스타킹과 털실로 짠 모자 속의 머리카락은 뭉쳐져 엉망이 된 지 오래지만 그래도 꼼짝 않고 취사장 안의 더운 열기 앞에 버티고 앉아 있는 건 그녀를 움직이지 못하게 하고 있는 수없이 많은 '한다면' 때문이었다.

선장이 내게서 이상한 점을 발견하지 못한다면 난 무사하겠지. 하지만 날카로운 눈썰미를 가진 자가 있어 내 변장을 알아본다면 어떡하지? 게다가 배가 영국 해협에 다다르기도 전에 그 자가 내 본색을 폭로해 버린다면, 그래서 항해하는 동안 내내 가둬지지 않고 바다에 버려져 헤엄을 쳐 항구로 돌아가야 한다면……. 어쨌든 맥은 캐빈 보이보다는 훨씬 더 필요한 사람이니까 나 혼자일 수도 있는 일이지. 그리고 맥이 나와 함께 가는 것을 선장이 허락하지 않아 날 따라오지 못할 때까지 가둬 놓으면 우리가 할 수 있는 일이 아무것도 없게 돼.

조지애나는 자신이 조지 맥도넬로 받아 들여지고 있는 이 취사장에서 꼼짝하려 들지 않았다. 그러나 손이 무릎에 음식이 가득 담긴 무거운 쟁반을 올려놓자 그제야 그곳에 너무 오래 있었다는 걸 깨달았다. 쟁반 위에 놓인 은으로 된 둥근 뚜껑과 훌륭한 포크와 나이프를 보곤 자신의 식사가 아니란 건 의심해 볼 필요도 없었다.

「그럼 선장님이 선실에 계신 가요? 벌써요?」

「신의 가호가 있기를, 어디에 있었던 거냐, 이 녀석아? 선장님의 머리가 다른 선원들보다 아프다는 소문이 돌았잖아. 선장님은 쭉 선실에 계셨어. 샤프 씨가 배를 출항시킨 거야.」

「오…….」

빌어먹을, 왜 아무도 내게 말해 주지 않은 거야? 날 필요로 해서 찾았다면 어쩌지? 시중들 만한 사람이 없어 화가 났다면? 그럼 멋지게 시작해 보려던 내 계획은 엉망이 되는 거잖아.

「내 생각엔 내가…… 맞아요, 내가…….」

「그래, 그리고 서둘러. ……맙소사, 조심해서 다뤄! 그게 네겐 너무 무겁니? 아니라고? 그럼, 관두자, 이 녀석아. 그게 너한테 날아오면 몸을 피하는 걸 잊지 말아.」

조지애나가 문을 나가다 갑자기 멈춰 서는 통에 접시가 심하게 덜거덕거렸다.

「왜 그게…… 어쨌든 선장님이 제게 이걸 던지시진 않겠죠?」

숀이 활짝 웃으면서 어깨를 으쓱해 보였다.

「지금 누가 그걸 알 수 있겠니? 난 선장을 우연히 한 번 봤을 뿐이야. 그러나 남자가 머리가 아플 땐 무슨 일이 일어나는지 넌 모를걸? 각오를 하고 가렴, 꼬마야. 그게 내 충고지. 아주 좋은 충고고 말고.」

멋지군. 이미 하얗게 질린 사람을 훨씬 더 초조하게 만들다니. 숀 오숀 씨가 그렇게 근사한 유머 감각을 가지고 있으리라곤, 정말 몰랐어. 빌어먹을.

선장과 고급 선원들의 선실이 있는 선미까지 걸어가는 데는 시간이 꽤 걸렸다. 아직 좌현과 우현으로 선명히 보이는 영국 땅 때문에 더 먼 것 같았다. 조지애나는 부두가 얼마나 가까운지 쳐다보지 않으려고 무진장 애를 썼다. 이럴 때 맥과 몇 마디 나누고 나면 용기가 날 것 같은데…….

아무리 두리번거려도 맥은 보이지 않았다. 게다가 무거운 쟁반을 들고 있는 팔이 점점 늘어져 그를 찾느라 시간을 끌 수도 없었다. 어쨌든 계속 꾸물거리고 있는 건 현명한 방법이 아니었다. 두통이 심해 기분이 언짢은 남자에겐 찬 음식이 마음에 들지 않을 거야.

그러나 선장실의 문 앞에 서서 한손으로 쟁반을 아슬아슬하게 받쳐 들고 나머지 손으론 문을 두드릴 생각이었으나 꼼짝도 할 수 없었다. 그리고 들어오라는 허락을 받기 위해선 무슨 소리라도 내야 했지만 어떤 소리도 나오지 않았다. 마치 그곳에 뿌리 박힌 듯 서서 손과 무릎을 벌벌 떨어 댔다. 쟁반이 서서히 양옆으로 흔들리기 시작했고 여태까지 골몰했었던 '한다면 어떡하지'들이 일시에 머릿속을 가득 채웠다.

이렇게 긴장하지 말아야 해. 최악의 상황이 일어난다 해도 세상이 끝나는 건 아니야. 집에 돌아갈 다른 배편을 알아볼 정도로 주변이…… 혼자긴 하지만…… 결국엔 말이야.

빌어먹을, 왜 선장에 대해 이름 외에 다른 것을 하나도 알아보려고 하지 않은 거지? 그가 젊은지 늙었는지, 야비한지. 친절한지, 좋아 할 만한지, 그냥 존경할 만한 사람인지……, 아님 싫어하게 될 사람인지도 모르고 있어. 정말 폭군인 선장도 있다는 것을 알고 있는데. 그들은 선원들에게 신 같은 권력을 휘둘러 선원들을 돌게 하지. 오손 씨가 내 말에 대답해 줄 수 없었을 때 다른 사람에게 물어 봤어야만 했어.

하지만 이제 와서 후회해 봤자 무슨 소용이람. 몇 분만 더 시간을 끌어 갑판에 있는 사람에게 몇 마디 물어 보면, 말로리 선장이 함께 항해하고 싶을 만한 근사한 노인이라는 사실을 알게 될지도 몰라. 그럼 손바닥에 땀도 더 이상 나지 않을 테고. 여태까지 해왔던 무수한 '한다면 어떡하지'도 모두 잊어버릴 수 있을 거…….

그러나 그녀가 막 떠나려고 돌아서는 순간 문이 열렸다.

10

조지애나는 심장이 덜컥 내려앉는 것 같았다. 그녀가 메이든 앤의 선장을 보려고 홱 돌아서자 쟁반 위의 접시와 포크가 덩달아 움직였다. 그러나 문가에 서 있는 남자는 일등 항해사 콘래드 샤프였다. 그는 그녀를 찬찬히 바라보느라 담갈색 눈동자를 이리저리 굴렸으나 단지 힐끔거리는 정도였다.

「이런, 정말 작은 녀석이구나, 안 그래? 널 고용할 때 그걸 알아차리지 못했다니 놀랍군.」

「아마 앉아 계셔서…….」

그가 엄지와 검지로 그녀의 턱을 잡고는 얼굴을 이쪽저쪽으로 돌려 대자 그녀는 숨이 턱턱 막혀 왔다. 그는 조지애나의 창백해진 얼굴 따위엔 신경도 쓰지 않았다.

「게다가 수염도 하나 없잖아.」

그는 한껏 얕보는 듯한 말투로 투덜거리기까지 했다. 잠시 후 그녀가 다시 밭은 숨을 내쉬며, '조-지'를 대신해서 그녀가 느낀 분노를 간신히 억눌렀다.

「전 열두 살밖에 되지 않았으니까요.」

그녀는 당연하다는 듯 이야기했다.

「그리고 열두 살 치곤 작아. 빌어먹을, 그 쟁반은 너만큼이나 크고 무겁겠구나.」

그가 그녀의 위 팔을 쓱 잡아 올렸다.

「근육이 없나?」

「전 아직 자라고 있습니다.」

조지애나는 그렇게 심한 시험에 부아가 치밀어 초조했던 감정마저 사라질 지경이었다.

「여섯 달만 지나면 절 알아보시지도 못할 겁니다.」

그때가 되면 변장을 벗어던졌을 테니까. 이 말은 사실이었다.

「네 가문의 유전인가 보지?」

그녀의 눈빛이 조심스럽게 변했다.

「뭐가 말씀입니까?」

「키 말이다, 이 녀석아. 도대체 내가 무슨 말을 한다고 생각한 거냐? 네 녀석과 형은 하나도 닮지 않았으니 네 용모에 대해 말한 것이 분명하지.」

그리곤 그가 갑자기 깊은 곳에서 울려 퍼지는 듯한 소리를 내며 웃었다.

「그게 왜 그렇게 즐거운지 모르겠군요. 우린 어머니가 다를 뿐이에요.」

「오, 나도 뭔가가 다를 거란 짐작은 했었지. 어머니라? 네가 스코틀랜드 사투리를 쓰지 않는 것도 그 때문이겠지?」

「이 일을 위해 저에 대해 모든 것을 말해야 한다는 사실을 미처 몰랐군요.」

「왜 그렇게 방어적으로 구는 거냐, 애송아?」

「그만두게, 코니.」

명백한 경고를 담은 성량이 풍부한 목소리가 선실 안에서 들려 왔다.

「그 녀석을 겁주어서 쫓아 버릴 생각인가?」

「어디로 말인가?」

일등 항해사는 좀전보다 심하게 낄낄거렸다.

조지애나의 눈이 가늘어졌다. 이 붉은 머리 남자를 영국인이라는 사실 하나 때문에 싫다고 생각하지 않았던가?

「음식이 식고 있습니다, 샤프 씨.」

그녀가 몹시 불쾌한 음성으로 쏘았다.

「선장님께서 음식을 먹을 기분이 아닐 거라고 생각하지만, 그럼 꼭 들어가야겠구나.」

조지애나는 다시 초조해졌다. 중간에 끼여든 목소린 선장 거였어. 선장님이 안에서 기다리고 있다는 사실을 잠시 동안이지만 어떻게 잊고 있었을까? 게다가 지금 오고 간 말을 모두 들었으리란 건 의심할 필요도 없어. 일등 항해사에게 건방지게 말대답하는 것까지도 말이지. 화가 나서 그랬다곤 하지만 변명의 여지가 없어. 난 보잘것없는 캐빈 보이에 불과해. 그런데 콘래드 샤프에게 마치 대등한 지위에 있는……. 그리고 내가 조-지 맥도넬이 아니라 조지애나 앤더슨처럼 굴기까지 했으니. 그 같은 실수를 더 하느니 모자를 벗고 가슴을 동여맨 끈을 푸는 편이 더 나을 거야.

수수께끼 같은 마지막 말을 끝으로 일등 항해사인 샤프는 그녀를 안으로 들여보낸 후 선실을 떠났다. 발을 떼기 위해서 그녀는 안간힘을 써야 했으나 일단 다리가 움직이기 시작하자 날듯이 방 한가운데에 있는 튜더 왕조 풍의 식탁으로 다가갔다. 식탁은 열다섯 명은 족히 앉아 편안히 식사를 해도 좋을 만큼 길었다.

조지애나는 음식 쟁반을 내려놓고도 그것에 시선을 고정시킨 채 붙박힌 듯 서 있었다. 식탁 저편엔 스테인드 글라스로 장식된 창문이 있고 그 벽 앞에 커다란, 한 사람이 서 있었다. 창문에서 연신 쏟아져 내리는 햇살이 방 안 가득 퍼졌으며, 커다랗게 그림자를 만들고 있는 검은 실루엣이 선장이 이곳에 있다는 사실을 간신히 알아차리게 해주었다. 또한 그가 어디에 서 있는지도…….

어제 선실을 익히고 출항할 준비가 다 되어 있는지 살피기 위해 들어왔을 때 조지애나는 화려하게 장식된 그 창문에 감탄을 금할 수가 없었다. 마치 왕에게나 어울릴 듯한 창문이었다. 그녀는 종달새 상선은 물론이고 그 어떤 다른 배에서도 그런 화려함은 본 적이 없었다.

가구들 역시 사치스러운 것들뿐이었다. 긴 식탁 주변으로 최근 유행하는 프랑스 엠파이어 스타일의 마호가니 의자가 하나 놓여 있었는데, 동으로 만들어진 팔걸이에 푹신해 보이는 쿠션

그리고 등받이엔 아이보리색 바탕에 화려한 꽃다발이 촘촘히 수놓아져 있었다. 게다가 똑같은 의자가 다섯 개는 더 보였다. 두 개는 창문 앞에, 두 개는 책상 앞에 나머지 하난 책상 뒤에 놓여 있었다. 다리라기 보다는 커다란 타원형 받침대를 한 책상도 고전적인 소용돌이 모양의 장식으로 칠해진, 육중해 보이는 아름다운 가구였다.

더군다나 침대는 예술 작품이라고 해도 손색이 없었다. 르네상스 풍의 골동품으로 멋지게 조각된 커다란 기둥과 아치 같은 효과를 내는 훨씬 더 키가 큰 침대머리에 이 모든 것을 돋보이게 하는 흰색 실크가 얌전히 덮여 있었다.

침실 벽을 빙 돌아 선원용 의복 상자 대신에 티크로 된 키가 큰 중국제 장롱 역시 두말 할 필요가 없이 훌륭했다. 예전에 그녀의 아버지가 결혼 후 극동에서 처음 돌아올 때 어머니에게 가져다 준 것과 비슷했다. 그러나 비취와 진주조개 그리고 청금석으로 장식이 되어 있는 이 선실의 장롱이 아버지가 가져다 준 것보다 훨씬 아름다웠다. 또 호두나무로 된 앤 여왕 시대의 다리가 높은 장롱도 있었고 그 사이로 키 큰 흑단과 동으로 한껏 꾸며진 괘종시계가 있었다.

붙박이 선반 대신 미끄러지듯이 조각된 마호가니 책장이 선실 가운데 놓여졌고, 유리문이 달린 여덟 칸이나 되는 책장엔 책들로 가득했다. 서랍장의 리즈네르 양식(16세기 프랑스 공예가 리즈네르가 완성한 양식으로 옆면은 직선 형태를 이루고 자개, 옻 등으로 화려하게 장식했으며, 마호가니를 주로 사용함)의 장식은 한결 돋보였다. 그리고 부드러운 가죽에 영국 풍경이 그려진 가리개가 방 한구석을 가리면서 그 뒤로 특별히 주문해 만들었음직

한 도자기 욕조가 놓여져 있었다. 그녀가 물을 떠날라야 할 게 분명한 욕조는 무척 길고 넓었으나 고맙게도 깊지는 않았다.

방 안을 어지럽히고 있는 물건이 있다면 그건 주로 항해용 도구 정도였고 책상 근처나 그 위에 흩어져 있을 뿐이었다. 또한 동으로 만들어진 키가 육십 센티미터 정도의 나체상과 병풍 뒤 세면대 근처에 구리 그릇이 하나 보였다. 제각기 모양이 다른 램프가 가구 또는 벽이나 천장에 걸려 있었다. 그리고 크고 작은 그림과 양탄자가 방 안 가득 장식 돼 있어 선실은 식민지 총독의 궁전 같아 보였지 배 안이란 생각은 들지 않았다. 조지애나는 아무리 봐도 말로리 선장이 매우 별난 사람이거나 아니면 훌륭한 물건들로 이것저것 치장하기를 좋아한다는 정도 외엔 그에 대해 알아낼 수가 없었다.

조지애나는 선장이 자신을 쳐다보고 있는지 아니면 창 밖을 내다보고 있는지조차 알 수가 없었다. 그녀는 아직 그를 쳐다보지 않았고 여전히 그러고 싶지 않을 참이었다. 그러나 침묵이 길어질수록 신경이 끊어질 정도로 초조해지는 걸 막을 수가 없었다. 그의 주의를 끌지 않고 그냥 나갈 수만 있다면……. 왜 아무 말도 하지 않는 걸까? 요구하는 게 무엇이든지 능력이 되는 대로 따를 준비를 하고 이곳에 기다리고 있다는 것을 선장님께 알려야 하나.

「식사를 가져왔습니다, 선장님…… 자작님.」

「왜 속삭이는 거냐」

그녀만큼이나 부드럽게 속삭이는 목소리가 들려왔다.

「제가 듣기엔 선장님이…… 그러니까, 숙취 때문에 고통받고 계시다고 들었을…….」

그녀는 헛기침을 하고 짐짓 목소리를 크게 해 기운차 보이도록 말을 했다.

「두통 말입니다, 선장님. 제 형인 드류는…… 두통이 있으면 늘 큰 소리로 투덜댔습니다.」

「네 형의 이름은 이안이 아니었나?」

「또 다른 형이 있습니다.」

「우리가 둘 다 그렇다니 애석한 일이군. 내 동생이 간밤에 날 취하게 하려고 애를 썼지. 내가 배를 탈 수 없을 정도가 된다면 즐거울 거라 생각해서 말이다.」

그가 무미건조하게 말했다.

조지애나는 스멀스멀 기어 나오려는 웃음을 참아야 했다. 오빠들도 그런 짓을 했었지. 물론 내겐 아니지만 자기네들끼리 말이야. 그리고 내게도 못된 장난을 쳤었다고. 내 코코아에 럼주를 넣거나 모자 끈이 안 풀리게 묶어 놓기도 여러 번이었지. 내 속바지를 풍향계에 매달아 놓거나 더 심하게 굴 땐 다른 오빠 배의 큰 돛대에 묶어 휘날리게 하기도 했어. 그런 짓을 한 사람이 누군지 모르도록. 악당 같은 형제는 코네티컷에만 있는 게 아니라 어느 곳이나 다 있는 모양이야.

「이해가 가는군요, 선장님. 그런 짓을 모두 늘어놓자면 끝이 없을 겁니다.」

「그럴 것 같군.」

마치 그녀의 말이 겉치레뿐임을 알고 있다는 듯이 그의 말투엔 유머가 묻어 있었다. 그리고 열두 살짜리 소년은 그럴 게 분명했다. 말을 하기 전에 좀더 주의 깊게 생각해야만 해. 단 한순간도 내가 소년이고 나이가 어린 체해야 한다는 사실을 잊어선 안 돼. 하지만 지금 이 순간 그걸 기억하고 있기란…… 무척 어렵군. 특히 그의 말투가 영국인 같다는 것을 알아차린 지금으로선 더욱 그래. 그가 영국인이라면 상상할 수 있는 최악의 경우가 사실이 된 거야. 배에서 다른 사람은 몰라도 선장까지 피할 순 없잖아.

강둑까지 헤엄쳐 갈 생각에 골똘해 있을 때 그녀는 기운찬 음성을 들었다.

「이리 와 봐라, 꼬마야. 널 볼 수 있게.」

좋아, 한 번에 하나씩이야. 말투는 꾸밀 수도 있어. 그냥 영국에 오래 있어 그런 걸지도 몰라. 조지애나는 다리를 움직여 식탁을 돌아 반짝이는 헤시안 부츠(19세기 초 영국서 유행한 술이 달린, 무릎까지 닿는 장화)가 보일 때까지 거무스름한 형체에게로 다가갔다. 부츠 위에는 비둘기 색의 바지가 근육질의 다리를 감싸고 있었다. 숙인 머리를 올리지 않고 좀더 위쪽을 힐끗 보자 소매가 넓은 흰색 아마포 셔츠가 눈에 들어왔다. 손목에서 조여지는 소매가 좁은 엉덩이 위에 거만하게 놓여 있었다.

그러나 그녀는 V자로 깊게 파진 셔츠 사이로 드러난 거무스름한 가슴 위로는 더 이상 눈을 들어올리지 못했다. 그에게서 왠지 커다란 덩치로 눌러 오는 듯한 묘한 위압감이 느껴지자, 그걸 이겨낼 만한 배짱 없이 그를 바라보기란 몹시 어려운 일처럼 여겨졌다.

「내 그림자에서 나와라. 왼쪽에 있는 밝은 곳에 서 봐. 그게 좋겠어. 긴장하고 있구나?」

그는 확신에 차 보였다.

「이게 제 첫번째 일이라서요.」

「그럼 네가 해고당하고 싶어하지 않는 걸 이해할 만하군. 긴장을 풀렴, 애야. 난 어린아이의 머릴 물어뜯지는 않지…… 어른이면 몰라도.」

날 위해 농담한 거야?

「그 말을 들으니 마음이 좀 놓이는군요.」

이런 세상에, ……이건 너무나 아무렇게 한 말처럼 들려. 입 좀 조심해, 조지!

「그럼, 내 카펫에 흥미가 있기라도 한 건가?」

「뭐라고 하셨습니까?」

「네가 카펫에서 눈을 떼지 못하잖니. 아님 내가 너무나 못생겨서 내 눈을 쳐다보는 사람은 완두콩 수프로 변한다는 소문을 들은 거냐?」

오, 이런. 조지애나는 웃음이 나오려는 입을 꼭 다물고 있으려고 무진장 노력했다. 그의 객쩍은 소리에 가장 큰 불안이 좀 누그러들었다. 그는 가장 밝은 곳에서 날 바라보고 있지만 변장을 알아차리진 못했어. 하지만 끝난 건 아니라고. 이 면접이 끝날 때까지 내가 실수를 좀더 하더라도 그게 다 긴장 탓이라고 그가 생각하게 놔두는 게 좋을 거야.

그의 말에 대한 대답으로 조지애나는 고개를 저었다. 그리고 자신이 가장한 나이 또래의 소년이 하듯이 아주 천천히 턱을 치켜들었다. 재빨리 시선을 들어올려 이번엔 그를 제대로 본 후에 잽싸게 고개를 떨구는 거야. 그렇게 하는 거라고. 조지애나는 어린애같이 수줍은 듯한 행동이 그를 즐겁게 하고 자신이 이런 일에 미숙하다는 것을 그의 마음속에 심어 놓을 수 있기를 진심으로 바랐다.

언제나 일이 뜻대로 되기란 드문 법이다. 지금처럼. 처음에는 마음먹은 대로 힐끔 그를 바라보고 고개를 푹 숙였다. 그런데 무의식적으로 고개가 홱 젖혀진 것이다. 그녀는 마치 며칠 동안 꿈에 나타났던 것처럼 또렷하게 기억하고 있던 초록색 눈동자에 사로잡혀 눈을 돌릴 수가 없었다.

이건 있을 수 없는 일이야. 그 벽돌 벽이? 이곳에? 날 거칠게 다루던 그 거만한 인간과 다시는 마주치는 일이 없을 거라고 생각했는데, 이곳에서? 내가 시중들어야 할 사람이 이 남자일 리가 없어. 그렇게 운 나쁜 사람은 없을 테니까.

갈색 눈썹 하나가 호기심에 차서 살짝 올라가는 것을 그녀는 공포에 사로잡혀 쳐다봐야 했다.

「뭐가 잘못됐니, 꼬마야?」

「아…… 아닙니다.」

그녀는 간신히 대답을 하곤, 머리가 띵해질 만큼 빨리 시선을 내리 깔았다.

「어쨌든 넌 완두콩 수프로 녹아 버리진 않았구나, 그렇지?」

그녀는 그런 우스꽝스런 질문을 되받아 치려는 말이 목구멍에서 걸리도록 애써야만 했다.

「멋지군! 조금 전까지만 해도 참을 수 없을 거라 생각했는데. 알겠지만 음식 말이다.」

무슨 소릴 해대는 거야? 저잔 손가락으로 날 가리키면서 무시무시한 음성으로 '당신이!' 라고 소리쳐야 해. 날 알아보지 못한 건가? 아무래도 그런 것 같아. 내 얼굴을 자세히 보고도 날 아직 꼬마라고 부르잖아. 생각이 거기에까지 미치자 조지애나는 다시 고개를 들어올려 그를 좀더 빤히 쳐다봤다. 그의 눈과 표정엔 놀랐다거나 의심스러워하는 구석이라곤 전혀 없었다. 단지 눈을 똑바로 뜨고 쏘아보면서 내가 긴장한 채 두려워하고 있는 행동을 재미있어 한다는 것 외엔 달리 나타내는 게 없어. 그는 날 전혀 기억하지 못하나 봐. 맥의 이름을 듣고도 아무것도 기억나지 않다니!

믿을 수 없는 일이야. 물론 내가 그날 선술집에서 입고 있었던 옷은 너무 크거나 아니면 너무 작은 것이어서 지금과 아주 다르게 보이긴 하겠지만 그래도 이해가 안 가. 지금 이 옷은 끼지도 헐렁하지도 않아 몸에 꼭 맞고 게다가 새거잖아. 신발까지도. 그날 밤과 같은 거라곤 모자뿐이야. 가슴은 단단히 묶었고 허리띠는 헐렁하게 해놓아서 소년처럼 가냘파만 보이지. 그리고 그날 밤엔 날 잘 볼 수 있을 만큼 밝지도 않았어. 아마 내가 그를 본 만큼은 내 모습을 잘 보지 못한 거야. 더구나 그가 그 일을 기억하고 있을 이유가 뭐겠어? 그가 선술집에서 날 거칠게 다룬 것으로 보아, 그는 완전히 취해 있었던 모양이야.

제임스 말로리는 그녀가 긴장을 풀고 자신이 그녀를 알아보지 못한 체하는 것을 받아들이는 순간을 정확히 감지해 냈다. 제임스는 그녀가 두 사람이 만난 적이 있다는 말을 꺼낼지도 몰라 약간 조바심을 치고 있었다. 게다가 자신을 알아보자 마자 이 게임을 포기하고 선술집에서 보였던 그 대단한 성질을 부릴지도 모른다는 생각에 가슴까지 두근거리면서 숨을 죽였다.

그러나 그녀는 자신에게서 의심하기를 그치자, 입을 다문 채 지금의 상태를 고수하기로 결심을 굳힌 듯했다. 그건 바로 그가 바라던 바였다.

그녀가 문으로 들어온 순간부터 자신을 휘감고 있는 이 남자로서의 긴장만 없다면 좀더 편안하게 이 게임을 즐길 수가 있을 텐데. 여자 앞에서 이렇게 특이한 감정을 느껴 본 적이 없……, 하느님 맙소사, 이런 감정을 느껴 본 게 언젯적 일인지 기억 나지도 않는군. 여자를 너무나 쉽게 손에 넣어 왔어. 안토니와 아주 정당하게 여자를 두고 경쟁하는 것조차 내가 십 년 전 영국을 떠나기 오래 전부터 흥미가 없었으니까 말이야. 경쟁이라 해도 그냥 재미 삼아였었고, 여자란 원하기만 한다면 손쉽게 얻었으니 그런 모든 게 별로 중요하지도 않았어.

그러나 이건 아주 달라. 진정한 도전이고 정복이라고 말할 수 있어. 나같이 닳고닳은 남자도 혼란스럽게 하는 그 무언가가 있지. 그러니 도전이라고 불러야 할 충분한 이유가 있는 거라고. 날 이 지경으로 만든 여자는 여태껏 단 한 명도 없었지. 한 번 그녀를 잃어버렸기 때문일 수도 있지만 실망했다는 것 자체가 내겐 색다른 일이니까. 그녀는 수수께끼 같은 존재일 뿐이야. 혹은 내가 이토록 잘 기억하고 있는 그 귀여운 작은 뒷모습 외에 아무것도 없을 수도 있어.

이유가 어떻든 그녀를 갖는다는 것이 지금으로선 더없이 중요한 일이 되었어. 그러나 미리 결론 내릴 수 있는 건 아무것도 없지. 그 때문에 내 지루함의 껍질에 금이 갔고 그녀가 이렇게 가까이 서 있으면 긴장을 풀 수 없는 거야. 사실 난 일종의 흥분 상태에 빠져 있잖아. 아직 그녀에게 손가락 하나 대지 않았는데 이 모양이라니, 정말로 터무니없는 일이야. 이 게임을 계속하려면 적어도 내가 그만두겠다고 생각할 때까진 그녀에게 손을 대선 안 돼. 너무나 많은 즐거움을 줄 이 게임을 서둘러 포기할 어떤 이유도 없어.

그는 은제 뚜껑 아래 있는 걸 보려는 듯 탁자로 다가가면서 자신과 유혹 사이에 거리를 좀 두었다. 그가 끝마치기도 전에 문에서 기대했던 노크 소리가 났다.

「조-진가?」

「무슨 말씀입니까, 선장님?」

그가 어깨 너머로 그녀를 힐끗 쳐다봤다.

「네 이름이 조-진가?」

「아! 예, 조-집니다.」

그가 고개를 끄덕였다.

「내 트렁크를 들고 온 아치일 거야. 내가 이 차가운 것들을 먹어 치우는 동안 넌 트렁크를 비우고 정리해라.」

「음식을 데워다 드릴까요, 선장님?」

이 방에서 나가고 싶어하는 그녀의 간절한 목소리를 알아차렸으나 그는 메이든 앤이 영국 해안을 벗어날 때까지 자신의 시야에서 그녀가 벗어나게 할 수가 없었다. 그녀가 조금이라도 신중하다면 자신이 발각될 위험을 무릅쓰고 계속 있을 지는 장담할 수 없었다.

게다가 그가 지금은 그녀를 기억하고 있는 것처럼 보이지 않는다 해도 언제까지 속일 수 있다고는 자신할 수 없는 일이었다. 그러니 그녀가 이 배를 포기할지도 모른다는 생각은 너무나 당연하게 느껴졌다. 헤엄을 쳐서라도 그녀는 가고야 말 사람처럼 보였으니까. 헤엄을 칠 수 있다는 게 우선 이긴 하지만. 그녀에게 그런 기회를 주고 싶진 않군.

「음식은 됐어. 어쨌든 난 아직 식욕이 없으니.」

그녀가 우두커니 서 있자 그가 덧붙여 말했다.

「얘야, 문은 저절로 열리지 않아.」

제임스는 그녀가 문을 향해 걸어가며 입을 꽉 다무는 것을 보았다. 재촉하는 것을 좋아하지 않는군. 아님 퉁명스런 말투에 반감이 드는 건가? 제임스는 성미 고약한 아치에게 트렁크를 놓을 곳을 쏘아붙이듯 말하다가 아치의 못마땅하다는 눈초리에 이내 순종적인 미소년으로 일변하는 그녀의 태도를 가만히 지켜보았다.

11

제임스는 큰소리로 웃을 뻔했다. 그녀는 화가 날 때마다 자신이 누구인 체하고 있는지 잊어버리고 마는군. 선원들이 그렇게 건방지게 구는 꼬마 녀석을 가만 두지 않을 건 뻔한 일이었다. 이 소년이 내 보호 하에 있다고 선언한다면 새로 고용한 선원들은 등뒤에서 킬킬댈 거고 옛날부터 있던 녀석들은 이 꼬마를 좀더 가까이서 보려고 안달을 할 거야. 게다가 코니는…… 웃느라 갑판을 대굴대굴 구를걸.

그 모든 걸 차치해 두더라도 내가 조-지 맥도넬에게 눈을 뗄 수 없을 거야. 그러나 그건 힘든 일이 아니지. 소년처럼 옷을 입은 그녀는 정말로 사랑스러우니 말이야.

그가 선명하게 기억하고 있던 털모자가 여전히 그녀의 머리카락을 모두 숨기고 있었다. 검은 눈썹을 가진 걸로 보아 그녀의 머리카락도 같은 색깔을 가지고 있으리라고 생각했다. 아니면 눈동자 색과 같은 짙은 갈색일지도 몰랐다. 아무리 보아도 모자 위로 혹 같은 건 튀어나와 있지 않았다. 처음부터 그녀의 머리칼은 길지 않았던지 혹은 변장을 하느라 자른 건지 알 수가 없군. 그러나 제임스는 그녀가 머리칼을 자르지 않았기를 정말로 바랐다.

긴 소매에 목이 높은 회색 웃옷은 허벅지를 절반쯤 가릴 정도로 내려와 귀여운 엉덩이를 효과적으로 숨겨 주었고, 그리고 그녀가 가슴을 어떻게 처리했는지 이해하려고 그는 무진장 애를 썼다. 게다가 자신이 잡아 봤던 가느다란 허리까지도 교묘하게 숨기고 있어 여간 궁금한 게 아니었다.

그녀가 입고 있는 윗옷은 그리 크지도 않았으나 그렇다고 딱 맞는 것도 아니었다. 그 위에 넓은 벨트까지 차고 있어 일자형으로 보였다. 윗옷 위에 뭔가 불룩하게 불거져 나온 부분이 있을지라도 강철 갑옷처럼 입고 있는 그녀의 조끼가 너무나 빳빳해 태풍이 분다 해도 펄럭이지조차 않을 것 같았다. 앞을 잠그지 않아도, 평평한 가슴과 납작한 배가 불과 십 센티미터도 드러나지 않았다. 그리고 무릎 바로 아래까지 오는 황갈색 반바지를 입었고, 가느다란 장딴지를 숨기느라 두꺼운 모직 양말을 신고 있었다. 바지와 양말은 헐렁하지도 달라붙지도 않아 그녀를 보통 소년같이 보이게 해주었다. 영락없는 캐빈 보이로군.

제임스는 트렁크에서 옷을 하나하나 꺼내 꼼꼼히 쳐다보곤 서랍장과 장롱으로 쓰는 캐비닛에 집어넣는 그녀를 말없이 쳐다봤다. 전에 있던 캐빈 보이인 조니는 옷을 한아름 집어들고는 가장 가까이에 있는 서랍에 푹푹 쑤셔 넣었지. 그래서 내가 수도 없이 소리를 질러 댔었는데. 그러나 내 작은 조지는 여성스러운 깔끔함을 보여 자신의 정체를 폭로하고 있군. 그렇다는 것을 알고나 있는지 의심스러워. 혹시 그런 방법 말고도 옷을 넣을 수 있다는 걸 모르는지도 몰라. 저렇게 계속 실수를 저지른다면 얼마나 오래 버틸 수 있을까?

그는 무심한 눈길로 그녀를 쳐다보려고 애썼다. 이건 정말 지독하게 어려운 일이군. 그녀를 감싸고 있는 모든 사랑스러운 것에 무심하기란 고문과 같아. 그러나 만약 모르고 있었다면……. 아마 감쪽같이 속았을 거야. 저렇게 자그마한 체구라면 누구든 속았을 테니까. 코니가 옳았어. 자기가 열두 살이라고는 했지만 열 살이라고 해도 믿었을 거야. 빌어먹을, 내게 너무 어린 것은 아닐까? 그녀에게 물어 볼 수도 없잖아. 아니야. 그녀의 관능적인 입술과 영혼을 빨아들이는 듯한 눈동자만으로도 난 그녀를 느낄 수 있어.

두 번째 트렁크를 비우고 나서 뚜껑을 닫고 그녀는 제임스 쪽을 힐끔 봤다.

「이것을 밖으로 내다 놔야 하나요, 선장님?」

그는 저절로 웃음이 나왔다.

「네가 그걸 옮기진 못할 것 같구나. 그러니 그 빈약한 팔로 옮기려고 애쓰지 말아라. 아치가 와서 다시 가져갈 게다.」

「전 보기보다 건강합니다.」

그녀가 단호하게 말했다.

「오, 정말인가? 다행이군. 매일 저 무거운 의자 하나를 옮겨야 할 테니 잘된 일이야. 난 저녁 식사를 내 일등 항해사와 함께 하지.」

「일등 항해사하고 만요?」

그녀는 눈으로 그가 지금 앉아 있는 것을 뺀 나머지 다섯 개의 의자를 둘러봤다.

「다른 분들은요?」

「이건 군함이 아니야. 또한 난 내 사생활을…… 그러니까 프라이버시를 보호하고 싶거든.」

그녀는 안색이 금세 환해졌다.

「그럼 선장님이 프라이버시를 지키도록 전 이만 나가…….」

「그렇게 서둘 필요는 없어.」

그가 문으로 가고 있는 그녀는 멈춰 세웠다.

「이 선실에서 네 임무가 끝났다는 생각을 어떻게 하게 된 거냐?」

「전…… 그러니까…… 제…… 제 생각엔…… 선장님께서 프라이버시를 말씀하셔서요.」

「내 말투가 네겐 너무 날카롭나, 꼬마야?」

「무슨 말씀이십니까, 선장님?」

「말을 더듬는 거 말이다.」

그녀가 머리를 조아렸다.

「죄송합니다, 선장님.」

「그게 아니야. 만약 네가 용서를 구할 게 있으면 내 눈을 똑바로 보도록 해. 그렇게가 아니야. 난 따귀를 때리거나 매질을 해대는 네 아버지가 아니라 선장이지. 그러니 내가 목청을 높이거나 기분이 더러워 널 심술궂게 쳐다본다 해도 그렇게 움츠리고 있지는 말아. 질문이 없다면 내가 말한 대로 해. 그럼 너와 난 잘 해 나갈 수 있을 거다. 알아들었나?」

「잘 알아들었습니다, 선장님.」

「좋았어. 그럼 이리 와. 날 위해 이 음식을 먹어 치워라. 내가 자신의 노력을 무시했다고 오숀이 생각하게 하고 싶진 않아. 안 그러면 다음 번 내 접시에 뭐가 담길지 짐작도 가지 않거든.」

그녀가 뭐라고 항의하려고 하자 그가 먼저 선수를 쳤다.

「넌 굶주린 사람처럼 보여. 그렇지 않다고 말하진 마. 하지만 자메이카에 도착하기 전에 뼈에 살이 좀 붙겠지. 어서 내 명령대로 하는 게 좋아.」

조지애나는 얼굴을 찡그리지 않으려고 애쓰면서 의자를 들고 식탁으로 갔다. 특히 그가 음식을 거의 건드리지도 않았다는 것을 보자 더욱 그랬다. 배가 고프지 않은 것은 아니야. 무척 배가 고파. 하지만 그가 쳐다보고 있는데 내가 어떻게 먹을 수 있겠어? 게다가 맥을 찾아야만 해. 먹는 것 말고는 다른 할 일이 없다는 듯이 여기서 소중한 시간을 허비할 수가 없어. 너무 늦어서 다른 방법을 찾을 수 없기 전에 맥에게 선장이 누구라는 놀라운 소식을 전해야만 해.

「말이 났으니 말인데, 내 프라이버시가 너에게도 적용되는 것은 아니야.」

선장이 식은 음식이 담긴 쟁반을 식탁 건너편에 있는 그녀 쪽으로 밀어 놓으면서 말했다.

「늘 나와 함께 있어야 네 일을 할 수 있는데 너에게까지 그걸 요구하는 건 무리지. 게다가 며칠만 지나면 네가 발치에 있다는 것조차 난 알아차리지 못할 게다.」

불행 중 다행이군 그래. 그렇다 해도 지금은 그가 그녀가 있다는 것을 알고 있고 음식을 먹기를 기다리고 있다는 사실을 바꾸어 놓진 못했다. 조지애나는 그녀가 먹어야 할 삶은 고기엔 지방이 하나도 엉겨 붙어 있지 않았고 찐 야채는 사각사각했으며 과일도 아직 신선하다는 것에 놀라움을 금할 수 없었다. 게다가 식긴 했지만 여전히 맛있게 보였다.

좋아, 먹어 치우는 게 빠르면 빠를수록 더 빨리 이 방에서 나갈 수 있어. 그녀는 무시무시한 식욕으로 음식을 마구 먹어댔다. 그러나 몇 분이 지나기도 전에 실수했음을 몸으로 깨달았다. 음식은 고맙게도 아래로 내려가지 않았고, 그녀는 동그랗게 질린 눈으로 변기를 찾아야 했다. 그리곤 한 가지 생각만 하면서 변기로 달려갔다. 제발 변기가 비어 있게 해주세요. 오, 하느님 감사합니다. 그녀는 아슬아슬하게 그것을 확 잡아당겼고, 선장이 늘어놓는 농담이 아스라니 들려왔다.

「맙소사, 넌 그렇게……. 어쨌든, 네가 어떤지 알겠구나.」

조지애나는 토사물을 쏟아놓느라 그가 무슨 생각을 하는지 판단할 만한 겨를이 없을 뿐더러 괴로운 듯 변기를 붙잡고 씨름―물론 다 끝나기도 전에―하는 동안 차가운 수건이 이마에 닿고, 동정심이 가득 담긴 손길이 자신의 등을 토닥거리고 있음을 느꼈다.

「미안하구나, 조-지. 네가 아직 긴장해 있어 음식 같은 걸 소화시킬 만한 힘이 없다는 걸 알아야 했는데 말이다. 이리 오너라. 내 침대에 누워 있으면 좀 괜찮아질 거야.」

「됐습니다, 전…….」

「말대꾸하지 말아라. 다시 그걸 써 보란 말을 들을 기회는 없을 거야. 이건 지독하게 편안한 침대란다. 내 동정을 이용해 그걸 사용해 보려무나.」

「하지만 전 그러고 싶지…….」

「내가 명령을 하면 넌 따라야 된다는 걸 잊어버린 거냐? 저 침대에 누워 잠시 휴식을 취하도록 해. 널 들어서 침대에 눕혀야 하니, 아니면 혼자서도 갈 수 있니?」

부드럽다가 날카롭고 성급함까지, 조지애나는 그의 말에 대답하지 않았다. 그냥 달려가 커다란 침대로 뛰어들었다. 저 선장이란 사람, 아마 바다에선 선장이 전능한 신이라고 믿고 있는 전제군주처럼 굴 모양이군. 어쨌든 속이 울렁거리니 잠시 누워 있을 필요가 있어. 그의 저주받을 침대만 아니라면 얼마나 좋을까. 그는 그녀를 살피느라 몸을 숙이고 있었다. 그런데 조지애나는 가쁜 숨을 몰아쉬며 헐떡였다. 그가 한 일이라곤 자신의 머리에 찬 수건을 다시 놓아 준 것뿐인데……. 그녀는 그가 그 소리를 듣지 못했기를 기도했다.

「모자와 조끼를 벗어야만 해. 신발도 벗고. 그럼 좀더 편안하게 쉴 수 있을 거야.」

조지애나는 창백해졌다. 벌써부터 그의 명령을 거역하기 시작해야 하나? 그녀는 그에게 자신이 거역한다는 생각이 들지 않도록 노력하긴 했지만 아무래도 운이 따르지 않는 날이었다.

「선장님께서 어떻게 생각하실지는 모르겠습니다만, 전 이대로도 괜찮습니다.」

「네 맘대로 하려무나.」

그는 좋을 대로 하라는 듯이 어깨를 움찔해 보이곤 침대에서 멀어져 갔다. 그러나 잠시 후에 방 건너편에서 날벼락 같은 말이 들려왔다.

「말이 났으니 말인데, 조-지, 네 기분이 좀 나아지면 갑판에 있는 네 해먹과 소지품을 가져오는 것을 잊지 말아라. 내 캐빈 보이는 필요한 곳에서 잠을 자야 해.」

12

필요하다니요?」

조지애나는 벌떡 일어나 앉았다. 그리곤 조금 전까지 그녀가 앉아 있던 의자에 앉아 몸을 앞으로 숙인 채 늘어지는 듯한 모양새로 자신을 바라보고 있는 선장을 가늘게 뜬 눈으로 바라봤다. 도저히 믿을 수 없는 일이야.

「한밤중에 필요한 게 있을 경우를 말씀하시는 건 가요?」

「난 잠을 깊게 자지 못하지. 배에서 나는 소리에 자주 깨곤 하거든.」

「하지만 그럴 때 제가 할 수 있는 게 뭘까요?」

「이런, 조-지.」

어린아이에게 하는 듯이 살살거리는 목소리로 그가 말했다.

「내가 뭔가 필요한 게 있다면 어쩔 건가?」

'스스로도 잘 할 수 있을 거예요'라고 그녀가 말을 하려는 순간 그가 말을 이었다.

「어쨌든 그게 네 일이지.」

아직 해야만 할 일을 다 듣지도 못했잖아. 그러니 뭐라 말할만한 처지도 못 돼. 하지만 선장이 잠 못든다 해서 나까지도 잠을 자선 안 된다니, 정말 내가 이 일을 자청했었나? 더 이상은 아니야. 독재자 벽돌 벽의 시중을 들게 되리라곤 생각지도 못했으니까.

그의 말을 따라야 된다는 건 인정해야 했으나 몇 가지를 명백히 해두고 싶었다.

「취사장에서 선장님이 드실 만한 것을 가져오는 것과 비슷한 일을 뜻하는 건 가요?」

「물론이지. 그러나 다시 잠들 수 있게 날 진정시켜 줄 만한 음성을 듣고 싶을 때도 있을 거야. 글은 읽을 수 있겠지?」

「물론입니다.」

조지애나는 치솟는 화를 간신히 누르며 대답했다.

이런 대답을 하지 말아야 하는 건데. 일을 벌어 들인 셈이군. 조지애나는 자기 입으로 '이곳에 있겠습니다'라고 말해 버린 셈이라 분통이 터져 미칠 것 같았다. 한밤중에 침대 옆에 의자를 당겨놓고 그가 잠들 때까지, 그가 듣든 안 듣든 그러고 있을 생각을 하니 바보 같은 짓을 하고 만 자신의 멍청함이 뼈에 사무칠 지경이었다.

침대에 걸터앉아 책을 읽어 주겠지. 옆에는 램프를 하나만 켜

놓고 말이야. 그의 눈은 졸음으로 나른할 거고 머리가 좀 헝클어져 있다면…… 희미한 불빛이 그를 부드럽게 보이게 해준다면 좀 덜 위협적으로 보일 테고, 더욱 더…… 빌어먹을, 빨리 맥을 찾아야만 해.

침대 아래로 삐죽이 다리를 내리자 새된소리가 들려왔다.

「누워 있어, 조-지!」

목소리를 따라간 조지애나의 눈은 의자 앞으로 몸을 쑥 내밀고 그녀를 향해 인상을 쓰고 있는 그의 얼굴을 보아야 했다. 만약 내가 일어난다면, 그가 문으로 걸어가는 날 막아 설까? 그러겠지, 그러고도 남을 인상이군. 그리고 빌어먹게도 그걸 시험해볼 용기가 그녀에겐 없었다. 그가 그렇게 무시무시하게 보이지 않을 때조차도 말이다.

세상에, 이건 말도 안 되는 일이야. 그녀는 슬며시 몸을 누이며 생각을 했다. 하지만 옆으로 돌아누워 그를 마주보는 용기까지는 보였으나 인상을 쓸 만한 배짱은 없었다.

그녀는 좌절감에 잠시 동안 이를 갈며 끙끙거려야 했다.

「이럴 필요는 없습니다, 선장님. 전 훨씬 좋아졌습니다.」

「좋아졌다는 정도는 내가 판단하겠다.」

얌전히 누워 있기로 마음먹은 것 같은 그녀의 태도에 그는 편안히 의자에 기대앉으며 말했다.

「넌 아직 네가 깔고 누워 있는 이불만큼이나 창백해. 그러니 내가 일어나도 좋다고 말할 때까지 누워 있어.」

알아차리진 못했어도, 화가 잔뜩 난 그녀의 귓볼은 붉게 물들어 있었다. 만족한 영주처럼 앉아 있는 그를 좀 봐. 사실 그는 만족했을 거야. 게다가 영주일지도 몰라. 평생 동안 자기 스스로 뭘 하기 위해 손가락 하나 까닥해 본 일이 없는 게 확실해. 내게 쏟아붓는, 그에게 바라지도 않는 관심 때문에 앞으로 몇 주 동안 이 배에 묶여 있어야만 한다면, 난 아마 금방 지쳐 버릴 거야. 그 순간마다 난 얼마나 싫어하게 될까. 생각만 해도 끔찍하군. 적당히, 그리고 좀 많이 반항한다면 모를까 열두 살짜리가 제 고집대로 하기 위해 할 수 있는 일이 뭐가 있냔 말이야. 당장 이 선실을 나가는 것도 맘대로 하지 못하잖아.

조지애나는 오늘밤 이 배 안에 남아 있게 될 가능성을 위해 그가 말한 자신의 잘 곳에 대해 흥정을 시작했다.

「제 생각엔 이용할 만한 모든 선실이 다 찬 것 같은데요, 선장님.」

「물론이지. 무슨 말을 하려는 거냐, 꼬마야?」

「밤에 선장님이 절 찾으실 때 제가 들을 수 있을 정도로 가까이 있어야 한다면 제 해먹을 어디다 놓아야 하는지 궁금한 것뿐입니다.」

제임스 말로리는 껄껄거리며 웃음을 터뜨렸다.

「도대체 어디에서 자야 한다고 생각한 거냐?」

갑자기 터진 그의 커다란 웃음 소리는 그가 베푸는 바라지도 않는 관심만큼이나 조지애나를 화나게 했다.

「밖에 있는 복도에서요. 제가 선장님께 드리고 싶은 말은 그게 제게…….」

「내 배꼽이 빠지기 전에 그만해. 그건 말도 안 되는 소리야. 내가 전에 데리고 있던 모든 캐빈 보이가 그랬듯이 너도 바로 여기서 자면 돼.」

바로 그거야, 그 때문이라고. 조지애나는 캐빈 보이와 함께 선실을 쓰는 선장 이야기를 간간이 듣긴 했었다. 그러니 그의 요구가 무리하다고 여자처럼 화를 내지 않을 만큼의 여유는 있었다. 조지애나는 가장 어린 선원의 안전을 위해 선실을 같이 쓰는 선장을 몇 명 알고 있기도 했다. 오빠인 클린턴도 선원 세 명이 그의 캐빈 보이를 습격해 심하게 다치게 한 이후론 그렇게 했었다. 하지만 그녀는 클린턴이 세 명의 선원을 심하게 채찍질했을 정도로 불같이 화가 났다는 것 외에 무슨 일이 일어났는지에 대해선 자세히 듣지 못했다.

그래도 이건 경우가 달라. 이 선장은 날 보호해 줄 형이 함께 타고 있다는 사실을 알고 있어. 그러니 이곳으로 짐을 옮겨 그와 함께 있으라는 명령은 완전히 자신의 편안함을 위해서지 날 위해서가 아니야. 하지만 아무 말도 하지 않겠어. 말대꾸하지 말라는 그의 경고 덕분이 아니야. 그가 들은 척도 하지 않으리란 걸 알기 때문도 아니지. 언제나 그래 왔다는 게 그의 주장이라면 토를 달아봤자 멍청한 짓을 하나 더 하는 꼴이 돼. 그리고 그의 전 캐빈 보이들은 그와 함께 방을 쓴 게 분명해.

이제 그에게 물어 볼 건 하나밖에 남지 않았다.

「이방 어디에요?」

그가 고개짓으로 문 옆 오른쪽 모서리를 가리켰다.

「저기면 괜찮을 거야. 네 의복 상자나 갖고 있는 짐이 뭐든지 놓을 수 있을 만큼 공간도 넓고, 네 해먹을 걸 만한 지지 대도 벽에 쳐져 있으니 문제될 건 없을 게다.」

그녀는 구석에 해먹을 걸 만한 너비로 박혀 있는 갈고리를 쳐다봤다. 이상해. 어제 이방에 왔을 땐 저런 게 없었던 것 같은데. 그 모서리는 침대에서 가장 먼 곳 같았다. 그러나 두 곳 사이엔 그녀를 가려줄 만한 건 보이지 않았고 단지 멀다는 것 말고는 좋을 게 하나 없었다.

그 곁으로는 창가 한쪽에 있는 가려진 욕조와 문 옆으로 놓여진 낮은 세면대뿐이었다. 식탁은 방 한가운데 있었고 나머지 것들은 방의 왼쪽 편에 그리고 그 뒤에 침대가 있었다. 캐비닛과 다리가 높은 장롱은 왼쪽 벽에 붙어 있었고 책장도 그랬다. 책상은 빛을 잘 받기 위해 창문 앞에 놓여 있었다.

「알겠나, 조-지?」

마치 모르겠다고 대답하면 다른 곳을 정해 줄 것처럼 말하는군. 별 것 아닌 캐빈 보이를 위해 그가 그런 수고를 하지 않으리란 것은 너무나 잘 알고 있어!

「알았습니다. 하지만 제가 가리개를 써도 될까요?」

「도대체 무엇 때문에 그걸 쓴다는 거지?」

프라이버시 때문이지 이 얼간아! 그러나 꽤나 재밌어 하는 그를 더 즐겁게 해줄 순 없지.

「그냥 한 번 생각해 봤을 뿐입니다.」

「그럼 생각하지 말아, 꼬마야. 대신 상식적으로 굴어. 저 가리개는 바닥에 고정되어 있고, 의자를 빼곤 모든 게 그렇지. 날씨가 나빠진다면 저 나머지 것들을 안전히 보관하는 것도 네 임무야.」

이번엔 애쓰지 않고도 뺨이 붉어진다는 걸 조지애나는 느낄 수 있었다. 그건 자신이 평생 동안 알아 왔던 거였다. 배에선 모든 것을 못 또는 끈으로 고정시키거나, 나사로 조여 놓았다. 만약 그렇지 않는다면 배가 출렁일 때마다 춤추는 가구를 피해 다니느라 아마 한발짝도 마음대로 뗄 수가 없을 뿐더러, 가구든 사람이든 둘 중 하나가 망가지고 만다. 그런 지극히 상식적인 것도 잊어버리다니 어디다 정신을 팔고 있는 거야?

「전에 배를 타 봤다고 말씀드리지 않았습니다.」

자신의 멍청하기 짝없는 말에 무슨 변명이라도 해볼 요량으로 그녀가 대답했다.

「그럼 영국이 고향이냐?」

「아닙니다!」

이런 너무 빨리 대답했어. 목소리는 지나치게 높았고…….

「제 말은 영국으로 배를 타고 오긴 했지만 그땐 승객이었다는 뜻이죠.」

이런 젠장, 토하느라 머릿속까지 비어 버렸나.

「전 그런 것을 알아차리지 못했었습니다.」

「문제 될 건 없다. 이제부터 필요한 건 일을 하면서 알게 될 테니, 그리고 모르는 게 있다면 물어보는 걸 겁내지 말아라 꼬마야.」

「그럼 선장님께서 시간이 있으시다면 제 임무가 뭔지 설명해 주셨으면 감사하겠습니다. 제가 이미 들은 것 말고 다른 임무가 뭔지…….」

그가 재밌다는 듯이 한쪽 눈썹을 치켜 올리자 그녀가 말을 멈추고 입을 꼭 다물었다. 도대체 내가 무슨 말을 했다고 저렇게 건달처럼 히죽대는 거지?

「하느님 맙소사, 조-지. 난 그러길 원치 않아. 난 네 나이 정도 때부터 남한테 감사 받을 짓을 해본 적이 없어 게다가 앞으로도 그럴 거지.」

「그건 그냥 해본 말이에요.」

좀 편안해지기는 했지만 화가 치미는 건 어쩔 수가 없었다.

「네가 어떻게 자랐는지 알겠구나, 꼬마야. 캐빈 보이치곤 지나치게 훌륭한 예의 범절이야.」

「예의 범절을 모르는 게 이 일에 꼭 필요한지는 몰랐습니다. 누구도 이야기해 주지 않았죠.」

「그렇게 건방떨지 마, 이 녀석아. 네 귀싸대기를 한 방 먹일지도 몰라. 물론 그 지독한 모자 밑에 그게 있다면 말이지만.」

「휴, 물론 있죠, 선장님. 단지 뾰족하고 다른 사람의 두 배 정도 클 뿐이지만. 그게 아니라면 제가 귀를 숨길 다른 이유가 뭐겠습니까?」

「날 실망시키는군. 대머리가 숨어 있을 거라 생각했는데, 그냥 커다랗고 뾰족한 귀뿐이라고?」

그녀는 자신도 모르게 미소를 지었다. 그의 익살스런 위트는 상당히 재미있었다. 누가 독재자 벽돌 벽인 그가 이렇게 재밌는 말을 할 수 있다고 생각하겠는가? 그게 그렇게 놀라운 일이 아니라면 그와 함께 농담을 주고받을 용기가 내게 어딨겠어? 훨씬 더 놀라운 일은 날 애송이라고 부르고 내 귀싸대기를 때려 주겠다고 하는 그의 말을 심각하게 받아들이지 않는다는 거지. 그가 아주 심각한 표정을 지으면서 그 말을 했는데도 말이야.

「세상에.」

그녀의 미소를 보고 웃으며 제임스는 놀라운 듯 말했다.

「이런, 이빨이 진주처럼 하얗구나. 물론 어리니까 그렇겠지만, 곧 썩게 될 거야.」

「선장님 이빨은 그렇지 않은데요.」

「내가 너무나 늙어서 지금쯤엔 이빨이 하나도 남아 있지 않았어야 한다는 뜻이냐?」

「아니, 전…….」

그녀는 당황해서 말을 끊었다.

「제 일에 대해 말씀해 주시죠, 선장님?」

「널 고용할 때 코니가 잘 설명해 주지 않았나?」

「제가 선장님 시중만 들면 된다는 말만 해주셨습니다. 다른 선원들 시중은 들지 않아도 된다고요. 하지만 자세히 해주신 건 아니에요. 그냥 선장님께서 시키는 일은 뭐든지 해야 한다는 정도였죠.」

「그럼 넌 모르겠지만 그것으로도 충분할 것 같군.」

조지애나는 머리 끝까지 치솟은 화가 가라앉을 때까지 이를 앙다물었다.

「말로리 선장님, 제가 듣기론 캐빈 보이가 젖소를…….」

「맙소사, 그 아이들이 정말 불쌍하군!」

제임스는 소름이 돋는다는 듯이 인상을 쓰긴 했지만, 금세 웃음을 머금은 얼굴로 돌아왔다.

「난 우유를 좋아하지 않으니까 마음을 놓아도 좋아. 그건 네가 할 필요가 없는 일이지.」

「그럼 제 일은 뭡니까?」

조지애나는 뭐든 알아낼 심산으로 계속 물었다.

「너도 알 수 있을 만한 잡다한 여러 가지 일이지. 식탁에선 웨이터 역할을 해야 하고 선실에 있을 때는 집사 역할을 해야 해. 보통은 하인 역할을 하면 된다. 내가 이번엔 시종을 데리고 오지 않았으니 그것도 네 몫이지. 그러나 힘을 들여서 해야 하는 일은 거의 없을 거다.」

부지런히 시중들라는 소리군. 등을 밀어 주고 엉덩이도 닦아 줘야 하는지 물어 보고 싶어 입이 근질근질해 미칠 지경이야. 그러나 귀싸대기를 때리진 않겠다는 말을 시험해 볼 마음은 전혀 없지. 그건 웃을 만한 일이야. 드류의 캐빈 보이는 선장의 식사를 들고 오는 일 외엔 달리 하는 일이 없어. 하지만 런던 항에 정박해 있던 배 중에서 내가 선택한 선장은 빌어먹을 영국인일 뿐만 아니라 쓸모라곤 하나도 없는 귀족이야. 평생 일다운 일을 한 적이 있다면 내 손에 장을 지지겠어.

물론 조지애나는 입을 꼭 다물고 있었다. 제임스 말로리 선장의 속을 뒤집어 놓을 만큼 정신이 나가 있는 건 아니었다.

제임스는 터져 나오는 웃음을 참느라 미칠 것 같았다. 저 창녀는 무지막지하게 부과된 제 임무에 불평하지 않으려고 엄청나게 애를 쓰고 있군. 그 중 반은 꾸며 댄 이야기라고 이 아가씨야. 특히 십 년이 넘도록 난 시종을 데리고 다닌 적이 없어. 그러나 내 선실에서 꼼짝 할 수 없을 만큼 바쁘다면 조지가 다른 선원들을 만날 기회가 그만큼 적다는 거지. 내가 그녀의 비밀을 드러낼 준비가 될 때까지 다른 선원이 먼저 발견하게 할 순 없어. 게다가 내 선실에 있는 시간이 많으면 많을수록 그녀를 내 것으로 만들 기회가 더 많아질 거야.

물론 지금은 두 사람 사이에 이 방 넓이보다 더 넓게 간격을 둘 필요가 있었다. 오랫동안 침대에 몸을 웅크리고 누워 있는 그녀의 모습을 보자 제임스는 당장 그럴 필요는 없을 거란 생각이 떠올랐다. 자제를 하자고 그는 스스로에게 타일렀다.

네가 자제를 하지 못한다면, 누가 할 수 있겠나?

그건 이 순간에 정말로 적절한 농담이었다. 그가 어떤 종류이든 실제 유혹에 직면하게 된 것은 너무나 오래간만의 일이었다. 지루해진 감정을 다스리기란 간단하다 못해 신경쓸 것까지도 없었지만, 스멀스멀 기어오르는 감각의 긴장을 억누르기란 여간 어려운 게 아니었다.

조지애나는 말로리 선장과의 분통 터지는 대화를 일말의 가치도 없는 것으로 치부해 버렸다. 그리고 아무 대꾸도 하지 않으면서 그가 배를 지휘하는 것과 같은 일로 주의를 돌리길 바랐다. 무슨 일로든 그가 방을 나간다면 그녀도 떠날 수 있는 기회가 생기는 거였다. 그런데 이건…… 말도…… 그렇다고 입 다물고 있는 자신을 살피러 그가 다가 오리라곤 생각지 못했는데……. 오늘 행운의 여신은 철저하게 그녀를 내버린 날이었다.

그녀가 조심스레 눈을 뜨자 자신을 내려다보며 우뚝 서 있는 그의 모습이 보였다.

「내가 보기엔 여전히 창백하구나. 널 편안히 눕혀 속이 가라앉게 해주다니 난 칭찬 받을 만한 일을 한 것 같군.」

제임스는 무척 자랑스러운 듯 말을 했다.

「네, 그렇군요, 선장님.」

그녀가 정말 그렇다는 듯이 대답했다.

「이젠 속이 울렁거리지 않나?」

「조금도 그렇지 않습니다.」

「잘됐군. 그럼 더 이상 누워 있을 필요는 없지만 그렇다고 서두를 것도 없지. 생각해 보니, 다음 식사 시간까지 네가 해야 할 일이 하나도 없어. 낮잠을 한숨 자고 나면 네 볼에 혈색이 돌겠지.」

「하지만 전 조금도…….」

「내가 말을 할 때마다 그렇게 말대꾸를 하…… 그러지 않을 거지, 조-지?」

날 사정없이 몰아 세우곤 그렇다는 대답을 꼭 들어야 하는 건가? 그가 위험한 남자라는 것을 잊어버리도록 제법 달콤한 잡담으로 날 누그러지게 하다니.

「그러고 보니 간밤에 전 잠을 제대로 자지 못했어요.」

이번엔 제대로 대답한 모양이군. 그의 표정 —아주 다정한 얼굴은 아니었지만 —은 보통 때보다 덜 심각한 표정이었다. 게다가 이번엔 빙글거리기까지 하잖아.

「다른 선원들이 간밤에 한 일을 하기엔 넌 너무 어린 것 같은데. 간밤에 왜 깨어 있은 거냐?」

「선원들 때문에요. 그들이 볼 일을 마치고 따로따로 돌아왔기 때문에 그런 거죠.」

그녀의 대답에 선장은 큰소리로 웃음을 터뜨렸다.

「몇 년이 지나면 좀더 참을성이 생길 게다, 꼬마야.」

「전 그렇게 무지하지 않아요, 선장님. 선원들이 항구에서 보내는 마지막 날 밤에 무엇을 하는지는 저도 알아요.」

「그런가? 인생의 그런 면에 정통한가 보지」

네가 소년이란 사실을 기억해. 소년이란 걸 말야. 그리고 제발 다시는 얼굴을 붉히지 마!

「물론이지요.」

조지애나가 대답했다.

그 말에 그가 눈썹을 악마같이 들어올렸고 진 초록색 눈엔 웃음이 번득였다. 그녀는 정신을 바싹 차리고 있긴 했지만 다음 질문을 들었을 땐 아무런 소용이 없었다.

「소문을 들은 게냐. ……아니면 경험 담이냐?」

조지애나는 숨이 턱 밑까지 차올라서 십 초 동안은 족히 기침을 해댔다. 딴에는 토닥거리는 선장의 손길 덕분에 간신히 기침을 멈추었을 때 그녀는 자신의 등뼈가 몇 개쯤 부러졌을 거란 걱정을 해야 했다.

「그런 경험이 있고 없는 게 이 일과 무슨 상관이 있는지 정말 모르겠습니다, 말로리 선장님.」

제임스는 그녀의 무례한 질문에 대해 할 말이 무척 많았으나 그가 선수를 쳤다.

「맞는 말이군.」

그녀를 열두 살짜리처럼 생각하지 않고 있었기 때문에 정말 다행스런 일이었다. 게다가 어쨌든 그는 할 말이 더 있었다.

「날 용서해야만 할 거야, 조-지. 넌 모르겠지만 독설을 퍼붓는 게 내 습관이지. 만약 그 말에 화를 낸다면 난 더 심하게 쏘아댄단다. 그러니 그런 말에 심각하게 반응하지 않기를 바란다. 만약 네가 계속 내 장난에 반응해 온다면 난 그걸 즐기려 들지도 모른단다 애야.」

이…… 이렇게 터무니없는 말까지 들어야 하는 거야? 게다가 그는 부끄러워하지도 않아. 일부러 괴롭히고 놀려먹는 데다 의도적으로 사람을 모욕하고, 빌어먹을 내가 처음에 생각했던 것보다 그는 더 심한 무뢰한이야.

「그런 악의에 찬 행동을 그만두실 순 없는…… 선장님?」

그녀가 가까스로 입을 열자 제임스는 짧게 웃음을 터뜨렸다.

「날더러 그런 지혜의 보석을 잊어버리라고? 말도 안 되는 소리야, 꼬마야. 난 남자를 위해서도 여자나 어린애를 위해서도 그런 즐거움을 포기하진 않을 거야. 내겐 즐거운 일이 별로 없으니 말이다.」

「누굴 위해서도 포기하지 않겠다 그런 건 가요? 아픈 어린아이까지도 빼 주지 않을 거예요? 아님 드디어 제가 일어나도 될 만큼 기운을 차렸다고 생각하시는 건가요, 선장님?」

「넌 돌아다녀도 될 만큼 좋아진……. 물론 네가 동정을 구하는 게 아니라면 말이지. 내 그 말을 고려해 보마. 그런 건가?」

「뭐가 말씀입니까?」

「동정을 구하는 건가?」

빌어먹을 인간 같으니라고. 다시 내 자존심을 긁고 있어. 게다가 열두 살이란 끔찍한 나이의 소년들은 아주 자존심이 세지. 그가 그런 사실을 계산에 넣었다는 것은 의심할 여지도 없어. 그 나이의 소녀들은 동정만 구하는 게 아니라 눈물도 줄줄 흘려대지. 하지만 소년들은 아주 냉혹한 놀림일지라도 그걸 참는 게 꽤나 힘들다고 인정하느니 차라리 죽어 버릴 거야. 저 거만한 얼굴에 정확히 한방 먹이고 싶어 미칠 지경이군. 열두 살 조-지로 변장했으니 그럴 수도 없고 어떻게 해야 하지?

그는 마치 자신의 대답이 그에겐 아주 중요하다는 듯이 넓은 어깨와 가슴을 긴장시키곤 멍한 표정을 짓고 있었다. 그는 좀더 기발한 야유거리를 준비해 놓고 내가 그렇다고 대답하길 기다리고 있을 가능성이 더 커. 자신이 준비해 놓은 대답이 쓸모없게 되어서 실망하는 일이 없기를 바라면서 말이야.

「제겐 형들이 많죠, 선장님. 그러니 집적거리고 못살게 굴고 약올림 당하는 것은 제가 처음 겪는 일도 아닙니다. 제 형들은 그걸 즐겼…… 선장님처럼 잘하진 못했지만 말입니다.」

그녀가 차갑고 긴장된 음성으로 말했다.

「아주 멋진 말이군, 꼬마야!」

분하게도 그의 목소린 방금 쏟아낸 환희에 찬 찬사만큼이나 즐겁게 들렸다. 메이든 앤을 떠나기 전에 그를 한 대 때려 줄 수 있다면 얼마나 좋을까.

그러나 그가 몸을 앞으로 숙여 샤프 씨가 했던 것처럼 그녀의 얼굴을 이리저리 돌려보기 위해 그녀의 턱을 잡자 조지애나는 숨이 막혀왔다. 샤프 씨와 좀…… 음…… 그러니까…… 그와 다른 것은 선장은 두 손가락을 그녀의 왼쪽 뺨에 살짝 올리곤 아주 부드럽게 잡았다는 거였다.

「대단한 용기야. 코니가 말한 대로 수염이 하나도 보이지 않는구나.」

손가락으로 천천히 아주 천천히 그녀의 부드러운 볼에서 턱까지 쓰다듬었다. 그녀의 끓어오르는 감각으론 아주 천천히 그런 것 같았다.

「곧 수염이 날 게다, 애송아.」

조지애나는 아랫배에서 느껴지는 우스운 복통 때문에 다시 아픈 것 같았다. 그러나 선장이 손을 떼자 마자 속이 다시 괜찮아졌다. 그리고 그가 선실 밖으로 걸어갈 때 등을 쳐다보는 것 외에는 달리 할 수 있는 일이 아무것도 없었다.

13

욕지기가 나타났다가 금방 사라지긴 했으나 조지애나는 엉망으로 흐트러진 생각을 진정시키는데 오 분은 족히 걸렸다. 마침내 자신이 선실에 혼자 남겨졌다는 사실을 알아차리곤 문 밖에 있는 사람도 알아들을 만큼 커다란 소리를 내며 욕지기를 해대었다. 잠시 후에 그녀가 문을 확 열었을 때 그곳엔 다행히 아무도 없었다.

조지애나는 벽돌 벽과 거만한 영국 귀족들에 대해 중얼거리면서 계단을 반쯤 오르다 낮잠을 자라는 명령을 받았었다는 생각이 떠올랐다. 그녀는 멈춰 서서 말로리 선장이 말한 대로 '진주처럼 하얀 이빨'로 아랫입술을 꽉 깨물었다. 뭘 해야만 하지?

그런 말도 안 되는 명령을 받긴 했지만 다시 침대로 돌아가진 않을 거야. 보다 중요한 일은 곧장 맥을 찾아 너무 늦기 전에 어떻게든 이 메이든 앤 호에서 벗어나야 해.

하지만 명령에 불복종한다는 건 사소하게 넘어갈 수 있는 문제가 아니었다. 어떤 식으로 명령을 했건 어떤 명령이 내려졌건 중요한 일이 아니었다. 그러니 내가 명령을 따르지 않았다는 것을 선장이 알아차리지 못하게 해야 해.

하지만 그가 가까이 있으면 어쩐다지? 오늘 난 운이…… 아니야, 긍정적으로 생각하자 조지애나. 선장님이 보인다 해도, 다른 곳으로 가거나 주의를 딴 데로 돌릴 일이 분 정도는 기다릴 수 있지만 더 이상 시간을 끈다는 건 불가능해. 그가 있든 없든 난 갑판으로 나갈 거야. 그가 붙잡으면 영국을 마지막으로 한 번 더 보고 싶어서 나온 거라고 하지. 그런 거짓말을 해야 하는 나에게 짜증이 나지만 말이야.

열려진 해치(천장, 마루에 있어 위로 젖혀 열게 되어 있는 구멍문)를 통해 조심스럽게 머리를 내밀곤 근처에 선장이 없다는 사실을 알게 되자 그런 걱정을 하느라 귀중한 시간을 낭비한 자신에게 화가 났다. 불행하게도 맥의 흔적은 찾을 수가 없었다. 삭구를 점검하느라 돛대 위에 있을 지도 모른다는 생각에 위를 쳐다보았지만 그곳에도 없었다.

나머지 계단을 마저 오른 뒤 그녀는 서둘러서 뱃머리 쪽으로 걸어갔다. 그러나 감히 후갑판(상갑판의 후부, 원래는 선미에서 후장까지의 부분을 이르는 말, 보통 고급 선원이나 일등 선객의 전용 갑판) 쪽을 돌아본다던가 아래 갑판이 훤히 내려다보이는 그곳으로 올라갈 생각은 하지도 않았다. 맥을 찾기 위해 이물에서 고물[船尾]까지 샅샅이 뒤져야 할 필요가 없기를 바라면서 달렸다. 그러나 우현 쪽을 힐끗 보곤 배 가운데 있는 뱃전과 갑판실 사이에서 잠깐 멈춰 섰다. 바다를 빼곤 보이는 게 없었다. 양옆으로 보여야 할 육지는 선미로 고개를 돌리자 그 모습이 드러났다. 그것은 그녀가 손에 닿을 듯이 가깝기를 절실히 바라는 강둑이 아니라 점점 더 조그맣게 보이는 영국 땅이었다.

배가 빠른 속도로 그 거리를 넓혀 가는 동안 조지애나는 배에서 떠날 기회가 사라지는 것을 가만히 보고 있었다. 어떻게 할 수 있겠어? 하늘을 쳐다보자 너무나 어두워서 시간이 어떻게 됐는지 짐작할 수조차 없었다. 식사를 가지고 선장에게 갔던 시간이 그렇게 늦은 때였나? 한껏 바람을 안은 돛은 배가 빠른 속도로 큰 바다를 향해 나가고 있음을 말해 주고 있었다. 그렇다고 해도 벌써 영국에서 이렇게 멀리까지 나왔다고? 선장을 만나러 갑판 아래로 내려갔을 때 겨우 강을 빠져나가고 있었는데.

조지애나의 조바심은 급기야 짜증으로 변해갔다. 빌어먹을 인간 같으니라고. 날 약올리고 쓸데없는 관심을 보이는 데 푹 빠져 있지만 않았다면 그를 다신 안 봐도 됐을 텐데. 이젠 그 제멋대로 구는 인간이 날 달달 볶아 대는 게 눈앞에 선하군. 제기랄, 난 그의 배에 갇힌 거야. 그의 심술궂은 변덕에 복종해야 하고, 더구나 오늘 오후에 있었던 일은 아무것도 아닐지도 몰라. 자기 스스로 사람의 성질을 돋구는 게 취미라고 했잖아.

나처럼 '마음씨가 착한' 사람도 그렇게 의도적으로 괴롭히면 오랫동안 견딜 수 없을 거야. 약이 오르고 올라 그의 따귀를 때려 주던가 아니면 내 정체를 폭로하고 마는 반응을 보이고 말 거야. 그럼 무슨 일이 벌어지게 될까? 그 잔인한 유머 감각이 어떻게 나올지 상상할 수도 없군. 행운의 여신이 오늘은 날 저버린 게 분명해. 그러니 조심해야겠어. 그때 누군가 어깨를 세차게 쳐서 조지애나는 하던 생각을 멈추고 뒤로 고개를 홱 돌렸다.

「뭐야?!」

화가 나 퉁퉁 부어오른, 건방지기 짝이 없는 목소리였으니 멋지게 한방 먹으리란 건 의심해 볼 여지도 없었다. 망치 같은 주먹이 옆 머리를 스쳤고, 조지애나는 뱃전으로 내동댕이 쳐진대다 발까지 헛디뎌 보기 좋게 넘어지고 말았다. 욱신거리는 귀보다 갑자기 나타난 사람에게 주먹질까지 당한 데에 너무 놀라 조지애나는 아무말도 못하고 주저앉아 있었다. 그런데 그녀 앞에 서 있는 호전적인 모습의 선원이 잽싸게 소리쳤다.

「다시 한 번 건방지게 말대꾸를 하기만 해, 이 건방진 꼬마 놈아. 다시 한 번만 이런 일이 또 있을 땐 널 늘씬하게 두들겨 놓을 테니까. 그리고 다신 내 앞을 막지 마!」

그렇게 좁지도 않은 곳에 작은 조-지와 몸집도 그리 크지 않고 빼빼 마른 그가 함께 지나가지 못할 이유가 뭐지. 조지애나는 목구멍까지 올라오는 말을 눌러 삼키고 있었다. 조지애나는 그가 일을 하러 가기 위해 비켜 가기보다는 걷어차 버리고 갈 것 같은 그의 앞에서 보기 흉하게 뻗고 있는 자신의 다리를 치우기에 바빠 그런데 신경 쓸 겨를이 없었다.

후갑판에선 그녀가 나가떨어지는 순간 난간을 뛰어넘어 아랫갑판으로 가려고 하는 선장을 막느라 콘래드 샤프가 갖은 애를 쓰고 있었다. 게다가 아무렇지도 않은 모습으로 그렇게 하지 않는 듯이 하며 그를 막는 것은 쉬운 일이 아니었다.

「빌어먹을, 호크. 최악의 상황은 이제 끝났어. 지금 끼여들면 자넨…….」

「끼여든다고? 저 자식의 뼈를 부셔 놓고 말겠어.」

「대단해. 조지 녀석이 캐빈 보이가 아니라 자네 개인 소유물처럼 다뤄지고 있다고 선원들에게 어떻게든 확실하게 알릴 생각인가 보군. 저 멍청해 보이는 모자를 벗기고 드레스를 입히는 건 어때. 어느 쪽이든 자네가 살인을 저지를 기세로 달려드는 이유를 선원들이 발견할 때까진 자네의 작은 친구에게 관심이 집중될 거고. 이봐 그렇게 눈썹을 치켜 올리지 말아, 이 지독한 바보야. 자네도 알다시피 자네 주먹은 저만한 몸집의 남자에겐 치명적일 거야.」

「알았어, 알겠다고. 그래도 저 녀석을 가만 두진 않겠어.」

제정신을 차린성 싶은 제임스의 무뚝뚝한 말투에 코니는 싱긋 웃으며 뒤로 물러섰다.

「아니, 그러지 않는 게 좋아. 자네가 그럴 이유가 뭔가? 저 창녀는 건방져. 그녀가 한 말을 자네도 들었잖나. 저런 조그만 애송이 녀석한테 그런 말을 듣고도 '티들러'처럼 하지 않을 녀석은 아무도 없어. 게다가 형이라고 말한 자가 처리할 거야. 그 작자가 저 녀석을 보호하려 든다면 아무도 뭐라 그러지 않을 테니 맞겨 두라고.」

두 사람은 티들러가 넘어져 있는 조지애나를 발로 차려는 순간 그를 홱 돌려세우는 이안 맥도넬을 보았다. 화가 난 스코틀랜드 인은 체크 무늬 셔츠의 앞자락이 터지도록 작은 남자의 멱살을 꽉 잡아 들어올렸다. 맥도넬이 목청을 높이진 않았지만, 그가 한 경고는 갑판까지 똑똑히 들렸다.

「내 동생에게 다시 한 번 손을 대 봐, 이 자식아, 그럼 널 죽여 줄 테니까.」

「아주 잘 처리했어, 그렇지 않나?」

제임스는 약간 온화해진 목소리로 말했다.

「적어도 그가 한 말에 대해선…… 누구도 이의를 달지 못할 것 같군.」

「자넨 그 빌어먹을 목적을 달성했어, 코니. 그걸 다시 확인할 필요는 없네. 도대체 지금 그녀가 저 스코틀랜드 인에게 무슨 말을 하고 있는 거지?」

그녀가 일어나서 티들러를 높이 쳐들고 있는 형에게 작은 목소리로 진지하게 말하고 있었다.

「문제를 해결하려고 애쓰고 있는 것처럼 보이는군. 저 여잔 누가 잘못했는지 알고 있는 거야. 그렇게 멍청히 서 있지 않았다면…….」

「내게도 일말의 책임은 있어.」

제임스가 말을 가로막았다.

「그런가? 그녀의 발이 갑판에 달라붙은 것을 자네는 봤는데, 내가 못 본 건가?」

「대단한 말이지 않나? 그러나 내가 하나도 재미있어 하지 않는다는 것을 알아두게.」

「나 역시도 그러니 안된 일이군. 허나 자네가 고상하게 굴고 싶어 죽을 지경인 걸 알고 있네. 자 어서 해봐. 녀석이 건방지게 구는 데 자네가 책임이 있다고 생각하는 이유를 말이야.」

코니가 웃으면서 말했다.

「생각하는 게 아니라 알고 있다는 거지.」

친구를 거의 노려보듯이 쳐다보면서 제임스가 대꾸했다.

「그녀는 날 알아보자 마자 배에서 뛰어내리기로 결심한 모양이야.」

「그녀가 그렇게 하겠다고 자네에게 말했나?」

「그럴 필요도 없었지. 얼굴에 써 있었으니까.」

「사소한 것을 붙잡고 늘어지긴 싫지만 그녀는 아직 이곳에 있는데.」

「물론이지. 그녀가 멍청한 짓을 하지 못하게 내가 선실에 붙잡아 뒀지. 그녀가 넋나간 듯 갑판에 서 있었던 게 아냐. 자신이 도망칠 기회가 점점 더 멀어지는 것을 바라보고…… 나에게 한바탕 욕을 퍼붓고 있었겠지.」

제임스는 이미 다 알고 있다는 듯이 말했다.

「하여간 멍하니 서 있는 실수는 다시 하지 않겠군. 좋은 교훈을 얻었을 테니까 말이야.」

「어찌 되었던 티들러는 그녀를 볼 때마다 툴툴거릴걸. 아치도 내가 없었다면 그녀의 엉덩이를 한방 걷어 찼을 거야. 그녀가 아치에게 얼마나 거만하게 명령을 내렸는지 자네도 들었어야 했어.」

「저 녀석이 숙녀라곤 생각하진 않겠지?」

제임스가 어깨를 으쓱했다.

「신분이 어떻든지 간에 그녀는 아랫사람을 부리는데 익숙해. 또한 교육도 받았고. 아니면 자기 주인을 아주 잘 흉내내는 녀석인지도 모르지.」

코니는 기분이 상했다.

「빌어먹을, 그렇다면 이 일의 양상이 달라지는군, 호크.」

「제기랄, 내가 그녀에게 남장을 시킨 게 아냐. 도대체 자네는 그녀를 뭐라고 생각한 건가? 선창가에 있는 창녀로 본 건가?」

코니가 입을 다물고 있는 것으로도 대답은 충분했다.

제임스가 짧게 웃어 댔다.

「이런, 기사도 정신은 잊어버리게, 코니. 내가 그걸 저버린 이상 자네한테도 중요하지 않아. 저 교활한 작은 말괄량이가 빌어먹을 공주일 수도 있지만 당분간은 캐빈 보이일 뿐이야. 그녀가 자청한 일이고 난 그녀가 그렇게 하게 내버려 둘 거야.」

「얼마 동안이나 그럴 건가?」

「내가 참을 수 있을 동안이지.」

그리곤 맥이 티들러를 놓아주는 것을 보면서 덧붙여 말했다.

「빌어먹을, 한 대 치고 말다니! 난…….」

「녀석의 뼈를 부러뜨렸겠지. 나도 아네. 그런데 이번엔 자네가 좀 심하다 싶을 만큼 개인적인 일로 받아들이는 것 같군.」

「전혀 그렇지 않아. 내가 주변에 있는 동안에 여자를 때리고도 무사한 자는 한 명도 없지.」

「그게 우리가 출항한 후에 세운 자네의 새로운 신조인가? 이보게, 제임스.」

제임스가 돌아보자 그가 달래듯이 덧붙였다.

「선원들한테 그런, 사람을 죽일 듯한 표정을 짓지 않을 수 없나? 선원들이 좀…… 알겠네.」

제임스가 한 걸음 다가오자 그는 마지못해서 바꿔 말했다.

「알았어, 모두 취소하지. 자넨 모든 여자들에 대한 빌어먹을 챔피언이야.」

「그 정도까진 아니지.」

친구의 얼굴에 나타난 소름끼치는 표정을 보는 순간 코니의 유머가 되살아났다.

「자네가 오늘 그렇게 민감하게 굴지만 않았다면 나도 그 말에 동감해 주지.」

「과민하다고? 내가? 저 여자를 때린 녀석이 맞는 것을 보고 싶어한다고 해서?」

「다시 원점으로 돌아가는군. 티들러는 자신이 여자를 때렸다는 것조차 모르고 있네.」

「관계가 없어, 그러나 자네 말은 알아듣겠어. 그럼 어린아이를 때린 녀석이라고 해두지. 어떤 쪽이든 참을 수 없는 일이야. 그리고 저 얼간이 녀석을 다시 변호하기 위해 떠들어 대기 전에, 그자가 그렇게 빠르게 조-지를 때리려고 나타날 수 있었는지 설명해 주겠나?」

코니는 마지못해 인정해야만 했다.

「그가 주변을 돌아보고 있던 것 같아.」

「물론 그렇겠지. 자네가 사람을 못살게 구는 저자에게 적당하다고 생각되는 벌을 내리지 못하게 하고 저 스코틀랜드 인이 그냥 경고만 하는 것으로 끝내서 날 실망시켰으니…….」

「저 창녀가 그렇게 하도록 한 것 같은데.」

「다시 쓸데없는 말을 늘어놓는군. 그녀가 바라는 것과 이건 아무런 상관이 없어. 그러니 다음에 내가 티들러를 봤을 땐, 그자가 손에 기도서를 들고 있는 게 좋을 걸.」

물론 제임스가 말한 것은 종교 서적이 아니라 갑판 표면을 닦기 위해 네 발로 기어야 하는 연석을 말하는 것이다. 비가 와 갑판이 젖게 되면 모래를 그 위에 뿌리곤 커다란 마석의 부드러운 쪽을 아래로 오게 해 긴 줄로 묶은 뒤 배 전체를 끌고 다니는데, 네 발로 기어다녀야 하는 이 일을 선원들이 좋아 할 리가 없었다.

「그가 모래가 뿌려진 갑판을 티 하나 없이 해놓기를 원하는 건가?」

코니가 확실히 해놓기 위해 물었다.

「네 시간씩 네 번을…… 연속해서 시키게.」

「빌어먹을, 호크. 열여섯 시간이나 무릎으로 기어다니면 살갗이 다 벗겨질 거야. 온 갑판에 피를 흘려 댈 거라고.」

그러나 제임스는 이미 마음을 정한 뒤였다.

「물론이야. 그래도 최소한 그자의 뼈엔 이상이 없어.」

「그래 봤자 그잔 자네의 꼬마 녀석을 더 미워할 뿐이야.」

「천만에. 자넨 그 녀석이 그런 사소한 벌을 받을 만한 충분한 잘못을 찾아낼 수 있을 거라 확신하네. 옷이 터졌다든가 단정하지 못하다든가 뭐 그런 것 말일세. 맥도넬이 멱살을 잡아 그자의 셔츠 앞자락이 구겨져 있다고 생각하지 않나? 무슨 트집을 잡던지간에 원망 받아야 할 사람은 조-지가 아니야.」

「눈물나게 고맙군. 알다시피 자넨 더 이상 아무 말도 하지 않는 게 좋겠어. 그들처럼 말이야.」

제임스는 앞갑판 쪽으로 걸어가는 맥도넬 형제를 가만히 바라봤다. 조지는 얻어맞은 귀를 손으로 누르고 있었다.

「그들은 그럴 것 같지 않은데. 하여간 어떤 상황에서도 난 그러지 않을 테니 내 앙갚음에 대해선 더 이상 이러쿵저러쿵 말게. 온 갑판에 피가 묻을 거라는 말을 하고 싶은 거라면…….」

「……끙.」

14

벽돌 벽에 대해 다시 말해 봐, 그 자가 널 그렇게 심하게 때렸니? 내가 그 자식을 두들겨 패도록 놔뒀어야…….」

「제가 말한 사람은 선장이에요.」

이야기할 만한 장소를 찾아가며 조지애나는 맥의 등 뒤에서 말했다.

「잊어버리고 싶은 그날 밤, 날 술집에서 들쳐 메고 나온 그 황소 같은 사람이 선장이에요.」

그 말을 듣자 마자 그 자리에 맥이 멈췄다.

「그 노란 머리 남자를 말하는 것이 아니지? 그가 네 벽돌 벽이니?」

「그자가 우리의 선장님이죠.」

「이런, 그건 좋은 소식이 아니구나.」

맥의 나직한 대답에 그녀는 놀라서 쳐다봤다.

「맥, 내 말을 듣고 있지 않았어요? 말로리 선장님이 그자와 같은…….」

「듣고 있다. 그러나 넌 화물실에 갇히지 않았잖니, 아니면 아직 알아보지 못한 건가?」

「절 알아보지 못했어요.」

알아보지 못해 약이 오른다는 듯한 조지애나의 말투에 맥은 눈썹을 치켜 올렸다.

「그가 널 자세히 본 게 확실하니?」

「머리 꼭대기부터 발끝까지 뚫어지게 봤죠. 그는 절 기억하지 못해요.」

「다행이구나, 그렇다면 너무 심각하게 받아들이지 말아라 조지. 그 두 사람은 그날 밤 딴 데 신경을 쓰고 있었어. 그리고 술에 잔뜩 취해 있어서 아마 자기 이름도 기억하지 못했을 거야.」

「저도 그럴 거라 생각해요. 그리고 그걸 심각하게 받아들이지도 않아요.」

생각만 해도 화가 난다는 듯이 한껏 틀어진 목소리로 그녀가 말했다.

「전 그냥 마음이 놓여……. 이곳에서 그를 보게 된 충격에서 벗어난 후엔 말이죠. 하지만 아저씨를 보면 그의 기억이 되살아날지도 몰라요.」

「일리가 있어.」

맥이 생각에 잠겨 어깨 너머로 고개를 돌렸을 땐 이미 영국은 작은 점이 되어 있었다.

「그러기엔 너무 늦었어요.」

「그렇구나. 따라오렴. 여긴 귀가 너무 많아.」

맥은 식구들이 있는 곳으로 그녀를 데리고 갈 작정으로 갑판 아래로 향했다. 맥이 한숨을 쉬고 혀를 끌끌 차며 골똘히 생각에 잠겨 걷는 동안 그녀는 두껍게 감아 놓은 밧줄에 털썩 주저앉았다.

조지애나는 입을 꼭 다물고 그가 말을 꺼낼 때까지 기다릴 생각이었으나 오 분을 참지 못하고 먼저 말을 시작했다.

「어쩌죠? 이제 어떻게 해야 하는 걸까요?」

「난 가능한 한 오랫동안 그 남자를 피할 거야.」

「더 이상 피할 수 없게 될 때는요?」

「그때까진 수염이 자라 있기를 바래야지. 이 늙은 살가죽을 붉은 수염이 덮어 준다면 네 변장만큼이나 훌륭할 거라 생각되는데.」

그가 싱긋 웃으면서 말했다.

「그럴까요?」

그녀가 잠깐 동안이긴 하지만 밝은 기분으로 말했다.

「하지만 그것도 한 가지 문제밖에 해결해 주진 못해요.」

「우린 문제가 하나밖에 없다고 생각했는데.」

그녀는 고개를 젓고는 벽에 등을 기댔다.

「제가 그 남자를 피할 수 있는 방법도 찾아내야죠.」

「그건 불가능한 일이란 걸 너도 알고 있어. ……네가 병에 걸리지 않는 한 말이다.」

말을 마친 맥의 얼굴이 갑자기 환해졌다.

「꾀병을 부리면 어떨까?」

「소용없을 거예요, 맥 아저씨.」

「그렇지 않을 거야.」

조지애나는 절레절레 고개를 저었다.

「계획대로 제가 앞갑판에서 잠을 잔다면 모를까. 하지만 전 이미 다른 명령을 받았어요. 선장님이 관대하게도 자신의 선실을 같이 쓰자고 하더군요.」

그녀가 코웃음 치며 말했다.

「뭐라고!」

「내 기분도 엉망이에요. 하지만 그 저주받을 남자가 그렇게 말했어요. 한밤중에 자신이 필요한 게 있을 때 내가 가까이 있기를 원한다고요. 아주 게을러빠진 자식이에요. 하지만 제멋대로 구는 영국 귀족에게 뭘 기대할 수 있겠어요?」

「그럼 그자에게 분명히 가르쳐 줘야 하겠군.」

이번엔 그녀가 가쁜 숨을 내쉬며 벌떡 일어났다.

「뭐라고요? 농담하지 마세요!」

「날 믿는 게 좋아, 조지. 네가 친구나 친족이 아닌 남자와 함께 선실을 쓰는 일은 없어.」

그가 단호하게 고개를 끄덕여 보였다.

「하지만 그는 절 소년이라고 생각해요.」

「그건 중요한 게 아니야. 네 오빠들이…….」

「오빠들은 모를 거예요. 어쨌든 아저씨가 말로리에게 무슨 말을 한다고 해도 전 그와 선실을 함께 써야 해요. 오히려 상황을 어렵게 만들고 말 거예요. 아저씨도 그걸 생각하신 거죠?」

조지애나가 화가 나서 끼여들었다.

「그자는 감히 그럴 수 없어!」

맥은 고함을 질러 댔다.

「그가 그럴 수 없다고요? 이곳의 선장이 누군지 벌써 잊어버리신 거예요? 그는 자신이 하고 싶은 일이면 뭐든지 할 수 있어요. 아저씨가 반발하면 가둬 버리면 그만이죠.」

「아주 사악한 악당이니 그런 기회를 이용할 거야.」

「맞는 말이에요. 하지만 그가 그렇지 않다고 생각하는 이유가 뭐죠? 그 남자에게 명예가 조금이라도 남아 있을지도 모른다는 가능성에 제 정조를 걸고 싶은 건가요? 전 그러진 않겠어요.」

「그러나…….」

「제 말대로 해요, 맥 아저씨. 그자에게 한마디도 하지 말아요. 그 영국인에게 조금의 양심이라도 있다는 생각이 들면 제 정체를 드러내죠. 물론 그에게 그럴 가능성이 있으리라곤 생각지 않지만 말예요. 조금이라도 상황이 다르다면 내 인내심을 시험해 보면서 이런 일을 즐길 수도 있겠지만 이 작잔 이런 비열하고 심술궂은 행동을 얼마나 즐기는지 믿을 수도 없을 걸요. 게다가 이런 게 자신이 가진 몇 가지 안 되는 취미 중의 하나라고 자랑까지 했어요.」

「뭐가 그렇다는 거냐?」

「사람을 수세에 몰아넣고 몸부림치게 만드는 것 말이에요. 그는 사람을 채집한 나비처럼 다루고 노골적인 말로 사람을 꼼짝 못하게 만들죠.」

「네가 그 남자를 싫어해서 좀 과장한 게 아니고?」

아니라는 말을 할 자신은 없었지만 인정하긴 더 싫었다. 선장이 생각하는 대로 정말 소년이었다면 경험이 없다고 나이 든 사람이 놀린 것에 그렇게 화를 내지 않았겠지. 남자들은 늘 그러니까 말이야. 여자가 없을 때조차 남자들이 늘 주고받는 화제잖아. 오빠들이 하는 얘길 엿듣기도 했다고.

다행히 그때 문이 열려 맥에게 대답하지 않아도 되었다. 젊은 선원이 바쁘게 들어서며 수부장이 이곳에 있어 다행이라는 표정을 지었다.

「중간 돛의 핼야드(돛, 기, 활대, 활줄 따위를 올리고 내리는 밧줄)가 바람에 풀어졌습니다. 샤프 씨가 수부장님을 찾을 수가 없어서 절 보내 새것을 가져오라고 했습니다.」

「내가 처리하지.」

맥은 적당한 밧줄이 있는 곳으로 돌아서며 짧게 말했다.

그 경험 없는 선원은 고마워하는 낯빛으로 그곳을 나섰다. 그러나 맥이 더 이상 자신과 함께 있어 줄 만한 시간이 없다는 것을 깨닫곤 조지애나는 한숨을 쉬었다. 그렇게 나쁜 상황에서 말을 끝내 그가 걱정하게 하고 싶진 않았다.

그럴 수 있는 유일한 길은 항복하고 인정하는 거였다.

「아저씨 말이 옳아요. 그가 실제보다 더 나쁜 사람이라고 믿고 싶었나 봐요. 그는 며칠 지나면 내가 근처에 있어도 알아차리지조차 못할 거라고 말하기까지 했는 걸요. 아마 날 시험해 본 걸지도 모르죠. 이젠 더 이상 날 괴롭히지 않을 것 같아요.」

「그럼 발각되지 않도록 최선을 다할 거냐?」

「수프에 침도 뱉지 않고 그 큰 황소에게 가져다 줄게요.」

자신이 농담을 하고 있다는 표시를 내기 위해 그녀는 생긋 웃어 보였다. 그리고 맥은 무섭다는 표정을 지어 알았다는 표시를 해주었다. 맥이 문을 향해 가기 전에 두 사람은 소리내어 웃었다.

「따라올 거니?」

「아니요.」

그녀가 모자 아래 있는 귀를 문지르면서 말했다.

「지금으로선 갑판이 더 위험한 것 같아요.」

「알았다, 이건 좋은 생각이 아니었어.」

맥은 속으로 걱정이 태산이었다. 만약 조지에게 무슨 일이 생긴다면……. 아무리 웃으면서 날 졸랐다 해도 그녀를 말렸어야 하는 건데, 게다가 이건 전적으로 내 생각이었잖아. 내 탓을 하진 않지만, 그래도 정말 미칠 지경이야.

그러나 조지애나는 이 배의 선장이 벽돌 벽이란 게 단지 운이 좀 나쁘기 때문이라는 듯 미소를 지어 보였다.

「제발 그만하세요. 우린 집으로 가고 있잖아요. 중요한 건 그거예요. 한달 동안 웃으면서 참아 내는 것 외엔 방법이 없어요. 전 할 수 있어요, 맥 아저씨. 맹세해요. 전 인내심을 기르는 중이었어요, 기억하시죠?」

「그럼, 그자 옆에 있을 땐 언제나 그걸 명심해야 한다.」

맥은 짐짓 힘을 주어 말했다.

「그럴 게요. 그 핼야드 때문에 또 누가 오기 전에 가세요. 전 조금 더 이곳에 있다 갈래요.」

그가 고개를 끄덕이곤 그녀를 두고 떠났다. 조지애나는 두껍게 감아 놓은 로프 틈으로 기어 들어가 벽에 머리를 기댔다.

— 더 이상 나쁜 날은 없을 거야. 말로리라. 아니지, 그건 이

름이 아니야. 제임스 말로리라, 난 그 남자보다 그자의 이름이 더 싫어.

— 정직해 보시지, 조지애나, 넌 그의 모습을 참을 수 없는 거야. 어쨌든 그의 손길에 넌 욕지기까지 생겼잖아. 맞아, 그러니 넌 그를 너무나 싫어하는 거야. 그가 그저 영국인이기 때문에 그러는 것이 아니야.

— 하지만 그렇다고 내가 어찌할 만한 게 하나도 없잖아. 사실 난 다른 체하거나 적어도 무관심한 체는 해야 만해.

그녀는 하품을 하곤 가슴을 꼭 누르고 있는 천을 문질렀다. 몇 시간만이라도 이걸 풀고 있었으면 좋겠어. 하지만 용기가 없어. 지금 들통이 난다면, 그에 대해 생각해 왔던 것보다 더 심한 일이 일어날지도 몰라. 그녀는 입술을 약간 치켜 올리며 만족한 듯 미소를 지었다. 그 남자는 역겨운 것만큼이나 어리석어. 그를 속이는 것은 너무나 쉬운 일이었어. 그가 봐도 괜찮을 것만 보여 주는 거야. 그런 생각에 그녀는 혼자 웃었다.

15

「조지!」

잠을 자느라 앞으로 푹 숙여져 있던 머리가 깜짝 놀라 깨는 통에 보기 좋게 벽에 쾅 소리를 내며 부딪혔다. 다행스럽게도 둘둘 말아 넣은 머리카락과 두툼한 모자 덕분에 좀 덜 아파 어깨를 쥐고 흔들어 대고 있는 맥을 노려볼 수 있었다. 그에게 한바탕 소리를 지르려고 입을 열 작정이었는데 맥이 더 큰소리로 그녀의 입을 막았다.

「도대체 아직도 여기서 뭘 하고 있는 거냐? 그가 널 찾으려고 온 배를 뒤지게 하고 있는데!」

「뭐라고요? 누가요?」

그때서야 자신이 어디에 있고 이 배에 누가 있는지 하는 생각이 떠올랐다.

「그럼, 그는…….」

아니지, 이건 잘못된 방법이야.

「몇 시죠? 그의 저녁식사 시간에 늦었나요?」

「벌써 한 시간도 더 지났어. 조지.」

그녀는 속으로 욕을 하면서 벌떡 일어나서 곧장 문으로 갔다.

「어떻게…… 그에게 가야 하나요, 아님 저녁식사를 먼저 갖다 드리는 게…….」

「먼저 음식을 가져가라. 선장이 배가 고프다면 그게 도움이 될지도 몰라.」

그녀가 홱 돌아서서 그의 얼굴을 쳐다봤다.

「도움이 된다니요? 그가 화난 게 아니죠?」

「난 그를 본 적이 없어. 허나 머리를 써. 오늘이 네가 그의 시중을 드는 첫번째 날인데도 넌 벌써 임무를 소홀히…….」

맥은 은근히 야단을 치고 있었다.

「잠이 들어서 어쩔 수 없었어요.」

조지애나는 변명을 해볼 심산으로 그의 말을 끊었다.

「그가 나에게 낮잠을 자라고 명령했단 말이에요.」

「그럼, 난 걱정할 필요가 없겠구나. 시간을 더 허비하지 말고 어서 가 봐.」

큰소리를 쳐놓긴 했지만 조지애나는 이만저만 걱정이 되는 게 아니었다. 선장이 잠을 자라고 명령을 했을진 모르지만 그가 식사를 해야 될 시간까지 잠을 자도 좋다고 말한 건 아니었다. 더군다나 그의 선실이 아니라 이런 곳에서 잠이 들어 버렸으니

……. 그가 날 찾으러 사람을 보내야 했다면 머리끝까지 화가 나 있을 거야. 빌어먹을. 오늘 걱정해야 할 일은 더 이상 없으리라고 생각했는데.

조지애나가 취사장 안으로 달려들어오자 그곳에 있던 세 사람이 하던 일을 멈추고 그녀를 멍청히 바라봤다.

「선장님의 식사는 준비가 다 됐겠죠, 오숀 씨?」

그가 밀가루가 묻은 손가락으로 가리켰다.

「준비가…….」

「아직 따뜻한가요?」

오숀은 모욕이라도 당한 사람처럼 허리를 꼿꼿이 세웠다.

「물론이지. 물론이고 말고. 내가 지금 막 음식을 세 번째로 새로 담았는데 그렇지 않을 이유가 없지. 난 호건을 보낼 참이었…… 여기 있…….」

꼬리가 밟히지 않으려고 뛰는 도마뱀처럼 잽싸게 달려나가는 조지애나의 등뒤로 그가 몇 마디 더 소리치는 것 같았지만 무슨 소리인지는 듣지 못했다. 그리고 처음보다 훨씬 더 무거워진 음식 쟁반 덕분에 두 팔은 축 처졌지만 속도를 늦출 말한 형편이 못 되었다.

그가 내 따귀를 때리진 않겠다고 말했는데. 그랬어, 그랬단 말야. 그러나 조지애나는 선장실로 달려가는 내내 그 말을 되뇌이며 마음을 다잡아야 했다. 문을 두드려 들어오라는 짧은 말을 듣기 전에 한 번 더 머릿속에 떠올렸고 들어가기 전에 다시 한 번 더 마음속에 되새겼다.

안으로 들어가면서 처음으로 들은 것은 일등 항해사의 음성이었다.

「저 녀석은 귀싸대기를 맞아야만 해.」

저 남자가 정말로 싫어. 그러나 눈에 나타난 증오의 빛을 그에게 보이는 대신에 고개를 숙였다. 그리고 생각에 잠겨 있는 제임스 말로리가 말을 꺼내기를 기다렸다.

그러나 아무 소리도 들려 오지 않았다. 선장의 기분이 어떤지 알려주는 단 한마디의 말 대신 긴 침묵만이 괴롭게 흘렀다. 그의 표정이 너무나 험악할 거라 짐작하고 그녀는 그를 쳐다보지 않았다. 봐 봤자 더 떨리기만 할 텐데 뭘.

마침내 그가 말을 꺼냈지만 조지애나는 그 목소리에 놀라 펄쩍 뛸 뻔했다.

「할 말이 있을 텐데, 꼬마야?」

이성적이군. 그녀는 기대도 하지 않았던 그의 분별력 있는 판단과, 제임스 말로리 선장의 그녀가 할 그 어떤 변명도 들을 준비가 되어 있다는 듯한 목소리를 듣게 되리라곤 생각지도 못했었다. 슬며시 용기가 돋아났고, 조지애나는 고개를 들어 그의 밝은 초록색 눈동자를 쳐다봤다. 그는 콘래드 샤프와 함께 텅 빈 식탁에 앉아 있었다.

문득 자신의 굼뜸 때문에 두 남자가 저녁을 기다려야만 했다는 생각이 떠올랐지만, 선장이 심하게 비난하는 듯이 보이지 않아 그녀는 슬그머니 마음을 놓았다. 여전히 위협적이긴 했으나 그는 언제나처럼 커다란 황소 같아 보였으니 새삼스러울 것도 없었다. 그리고 그가 화가 났다는 표시는 찾을 수도 없었다.

물론 그녀는 이 남자가 화났을 때 어떻게 변하는지에 대해 모르고 있음을 스스로에게 상기시켜야 했다. 그는 화가 났을 때 바로 지금처럼 보일지도 몰라.

「채찍으로 때려 주던가.」

그녀가 아무런 말을 하지 않자 콘래드가 말했다.

「그게 저 녀석에게 질문을 하면 대답을 해야 한다는 것을 가르쳐 줄 거야.」

이번엔 조지애나도 조금도 주저하지 않고 타오르는 듯한 눈으로 그를 노려봤다. 그러나 키 큰 붉은 머리 남자는 껄껄대며 웃기만 했다. 다시 선장을 힐끗 보자 여전히 수수께끼 같은 표정을 짓고서 아직도 기다리고 있는 것처럼 보였다.

「죄송합니다, 선장님.」

그녀가 가능한 한 뉘우치는 기색이 역력한 목소리로 말을 꺼냈다.

「선장님께서 명령하신 대로…… 전 자고 있었습니다.」

그가 한쪽 눈썹을 꿈틀했다. 날 다시 약올리고 있어.

「상상해 봐, 코니.」

그녀에게서 눈을 돌리지 않고 선장이 말했다.

「내가 명령한 대로 행동한 것뿐이야. 내가 기억하기론 저기 있는 저 침대에서 자라고 말했던 것 같지만.」

조지애나는 어깨를 움츠렸다.

「저도 압니…… 그리고 그럴려고 정말 노력했죠. 그런데 너무나 불편해서…… 제 말을…… 그러니까 빌어먹을, 선장님의 침대는 너무나 푹신합니다.」

그곳에서 잘 수 없었던 유일한 이유가 그게 그의 침대였기 때문이라고 털어놓는 것보다 거짓말을 하는 게 훨씬 나을 거야.

「그럼 넌 내 침대가 싫다는 거냐?」

조지애나가 알 수 없는 이유로 일등 항해사는 더욱 낄낄거렸고, 선장의 사람을 약올리는 듯한 눈썹이 조금 더 올라갔다.

지금 그의 눈에 나타난 게 즐거움인가? 그렇담 마음이 놓여야만 하잖아. 그러나 그녀는 지금 깜짝 놀림을 당하는 농담의 대상이 되어 있고, 또한 그 이유도 모르는 채 즐거움의 대상이 되었다는 게 정말로 싫었다.

참아, 조지애나, 무관심하라고. 토마스를 빼고 나면 넌 성질이 불같지 않는 유일한 앤더슨이야. 모두가 그렇게 말하잖아.

「선장님의 침대가 좋다는 것은 압니다. 푹신하고 쿠션이 좋은 데서 잠자는 것을 좋아하는 사람에겐 최고의 침댈 겁니다. 전 좀더 딱딱한 침대가 더 좋습니다. 그래서…….」

일등 항해사가 또다시 참을 수 없다는 듯이 웃어 댔기 때문에 그녀는 얼굴을 찡그리면서 말을 중단했다. 몸을 숙이고 기침을 해대는 것으로 보아 제임스 말로리는 목에 뭔가 걸린 것 같았다. 그녀는 이번엔 뭐가 그렇게 재밌냐고 샤프에게 물어볼 뻔했다. 그러나 들고 있기엔 쟁반이 점점 더 무거워져 갔다.

그들이 아무 생각없이 계속 쟁반을 들고 서 있게 한 채로 늦게 온 이유가 뭔지 설명하게 한다면, 빨리 끝내 버리는 게 나아.

「그래서」

두 사람의 주의를 끌어 보려고 그 말을 날카롭게 다시 하곤 말을 이었다.

「선장님이 명령하신 대로 제 해먹을 가져다 놔야겠다고 생각했습니다. 그러나 앞갑판으로 가는 도중에, 전…… 전 형을 만났습니다. 형은 저와 할 말이 있었죠. 그래서 형을 따라 아래층으로 내려갔고…… 잠시 동안만 그럴려고 했는데 다시 갑자기 속이 울렁거려 왔습니다. 그게 사라질 때까지 일 초나 이 초 동안만 누워 있으려고 했는데……. 하지만 내가 아는 다음 일은, 맥이 날 깨우고 잠이 든 데 대해 절 꾸짖어 대고 내 임무를 게을리 했다고 고함을 질러 댔다는 겁니다.」

「꾸짖고 고함쳤다고, 그게 단가?」

도대체 뭘 원하는 거지, 피를 보고 싶은 건가?

「사실, 따귀를 맞았습니다. 그래서 귀가 평소보다 두 배는 커졌을 겁니다.」

「그런가? 내 수고를 덜어 주는군, 안 그런가?」

그리곤 부드러운 어조로 덧붙였다.

「아프니, 조-지?」

「물론 아픕니다. 어떤지 보고 싶으신 겁니까?」

「네 뾰족한 귀를 보여 주겠다고? 정말 우쭐해지는데.」

그녀는 이제 얼굴을 찡그리고 있었다.

「제가 보여 드리지 않을 테니 그러지 마십시오. 그냥 제 말을 그대로 믿으시면 됩니다. 그리고 선장님께선 이 일이 대단히 재밌다고 생각하시는 것 같은데 선장님이 한 번이라도 따귀를 맞은 적이 있다면 그렇지 않을 겁니다.」

「이런, 난 맞은 적이 있어. 내가 옛날에 복싱을 시작하기 전에…… 수도 없이 맞았지. 네 녀석에게 그 방법을 가르쳐 줬으면 좋겠구나.」

「무슨 방법이요?」

「네 자신을 방어하는 방법 말이야, 꼬마야.」

「친형한테서…… 방어하는 방법이라고요?」

그녀는 그런 생각조차 해본 일이 없다는 듯이 대답했다.

「네 형이든 아니면 널 못살게 하는 다른 사람에게서 말이야.」

조지애나의 눈이 의심스럽다는 듯이 가늘어졌다.

「무슨 일이 일어났는지 보셨군요?」

「네가 왜 날 비난하려 드는지 정말 모르겠구나. 권투 수업을 받고 싶은 거냐, 아닌 거냐?」

그녀는 그런 어처구니없는 말에 웃을 뻔했다. 그리고 적어도 이 배를 타고 있는 동안에는 알아두면 유용할 것 같아서 배우고 싶다는 대답이 목구멍에 걸렸다. 그러나 그에게서 배운다는 것은 그와 함께 더 많은 시간을 보내야 한다는 것을 의미했다.

「말만으로도 감사합니다, 선장님. 하지만 전 제 힘으로 꾸려 갈 수 있습니다.」

「네 맘대로 하려무나. 그러나 조-지, 다음 번에 내가 널더러 뭘 하라고 말하면 내가 말한 그대로 해야만 해. 너 좋을 대로가 아니야. 그리고 다시 한 번 네가 바다에 빠진 것은 아닌지 날 걱정하게 만든다면 널 이 선실 안에다 가둬 놓겠다.」

그녀는 놀라서 그를 쳐다봤다. 목소릴 높이진 않았지만 지금껏 들어봤던 경고 중에서 가장 끔찍한 소리였고 그가 말 그대로 실행하리란 건 의심해 볼 필요도 없었다. 그러나 그건 말도 안 돼. 조지애나는 어떤 선원들보다 배에 대해 잘 알고 있으므로 배 밖으로 떨어질 가능성 같은 건 조금도 없다고 말하고 싶어 죽을 지경이었다.

그러나 배에 대해선 하나도 모르는 것처럼 굴었으니 말을 할 수가 없었다. 물론 나에 대해 그가 걱정했다는 말은 조금도 믿을 수가 없어. 불편했을 뿐이고 배고픈 것 외엔 조금도 걱정하지 않았을 거야. 그래서 다신 이런 일이 생기지 않게 하겠다고 마음먹었겠지. 그는 저주받을 귀족 그 자체니까. 하지만 난 이미 그렇다는 걸 알고 있었는데 뭐.

샤프 씨의 냉랭한 목소리가 조용한 방에 울려 퍼졌다.

「채찍을 가져오라고 시키지 않을 거면, 제임스, 저녁식사나 하는 게 어떤가?」

「자넨 늘 뱃속에서 명령하는 대로 움직이는군. 코니.」

「그래서 우리 중 하난 쉽게 만족시킬 수 있는 거지. 뭘 기다리고 있는 거냐, 애송이 녀석아?」

조지애나는 일등 항해사의 무릎에 음식 쟁반을 내던지면 근사할 거라는 생각이 들었다. 발이 걸려 넘어진 체한다면, 아니야, 우선은 참는 게 좋겠어. 그렇지 않으면 그가 직접 가서 채찍을 가져 올 테니까.

「오늘 밤 늦게까지 네가 할 일이 있으니 식사 시중을 들 필요는 없어, 조-지.」

그녀가 두 사람 사이에 있는 식탁에 쟁반을 놓자 선장이 무심하게 말했다.

그녀는 물어보듯이 그를 쳐다봤다. 뭘 하라는 건지 듣지 못했으니 그게 뭔지 모르는 데 대해 조금도 죄책감을 느낄 필요가 없어. 그러나 그가 설명도 해주지 않은 채 그의 지긋지긋한 친구가 빠르게 펼쳐 놓은 음식을 맛보면서 그녀에겐 조금도 관심을 보이지 않자 조지애나는 먼저 입을 열어야 했다.

「제가 무슨 일을 해야 하죠, 선장님?」

「무슨 일이냐고? 물론 내 목욕 준비지. 난 저녁식사 후에 곧바로 목욕하는 걸 좋아해.」

「담수로요, 아니면 바닷물로요?」

「물론 담수지. 물은 많으니까. 뜨거워야 하나 데일 듯이 뜨거워선 안 돼. 욕조를 채우는데 여덟 양동이는 필요할 게다.」

「여덟 양동이라고요!」

자신이 낙담을 그가 알아차리지 못했기를 바라면서 그녀는 급히 머리를 숙였다.

「알았습니다, 선장님. 여덟 양동이요. 그럼 목욕은 일 주일에 한 번 하십니까, 아니면 이틀에 한 번씩 하십니까?」

「아주 재밌는 말이군, 꼬마야. 물론 매일 하지.」

그가 껄껄 웃으면서 말했다.

그녀는 속에서부터 밀려 나오는 신음을 어쩔 수가 없었다. 또한 그가 듣던 말던 신경도 쓰지 않았다. 저 커다란 황소는 결벽증이 있는 게 분명해. 나도 매일같이 목욕하기를 좋아하긴 하지만 취사장에서 그 무거운 양동이를 날라와야 된다면 당장 바꾸고 말 거야.

그녀는 떠나려고 돌아섰으나 일등 항해사의 말에 멈췄다.

「선미에 가로대가 있어, 애송아. 그걸 사용할 수도 있겠지. 그러나 네가 한 번에 네 양동이를 나를 힘이나 있을지 모르겠구나. 그리고 차가운 물은 계단 꼭대기에 있는 통의 물을 사용하거라. 그럼 시간이 좀 덜 걸릴 게야. 널 위해 매일 저녁 그 통에 물을 가득 채워놓으라고 일러 놓으마.」

그녀는 감사의 표시로 고개를 끄덕였다.

그 순간 내가 달리 할 수 있는 게 뭐겠어. 하지만 그가 친절하게 해준 말이 무슨 소용이람. 여전히 그와 그의 깨끗한 선장이 싫은 건 마찬가진데.

그녀가 문을 닫고 나가자 코니가 물었다.

「자네가 배에서 언제부터 매일 저녁 목욕을 하게 된 거지, 호크?」

「저 귀여운 여자가 내 시중을 든다는 것을 안 후부터.」

「내가 먼저 알았어야만 했는데. 그러나 물을 나르느라 손에 물집이 생기게 되면…… 그녀는 자네가 그러는 것을 좋아하지 않을걸.」

코니가 씩씩대며 투덜거렸다.

「내가 그 양동이를 모두 그녀더러 나르게 할 작정이라고 생각하나? 하늘은 그녀에게 필요 없는 곳에 근육이 생기는 것을 막았지. 헨리더러 자신이 얼마나 인정 많은 사람인지 보여 주라고 시켜 놨어.」

「헨리더러? 인정이 많다고? 자넨 그에게…….」

코니는 히죽거리며 놀려댔다.

「물론 말하지 않았네.」

「그럼 그가 자네에게 왜냐고 묻진 않던가?」

제임스가 껄껄대며 웃었다.

「코니, 이봐, 자넨 내가 하는 모든 일에 질문해 대는 게 습관이 되어서 다른 사람들은 감히 그러지 못한다는 것을 잊고 있군.」

16

조지애나는 떨리는 손으로 쟁반에 접시들을 쌓아 올리고 선장의 탁자를 치웠다. 그러나 무거운 것을 들어서 손이 떨리는 것은 아니었다. 아니고 말고. 내가 갑판에 튀겨 댄 물 때문에 화가 나 마구 소리 지른 프랑스인 덕분에 문에서 욕조까지만 물을 나르면 됐으니까.

이름이 헨리였지. 그는 내가 하는 말은 들으려고도 하지 않았고 '조-지'와 별 차이 없는 두 명의 어린 선원에게 날 대신해서 물을 나르라고 시켰지. 물론 그 소년들은 나보다 훨씬 더 크고 힘도 더 셌지만 말이야. 난 항의해야만 한다고 느꼈기 때문에 항의했을 뿐이었어. 그들이 내 일을 대신하게 되어서 투덜거릴

게 분명했으니까 말이야.

그러나 그들은 아무 말도 하지 않았어. 그리고 헨리가 성내며 마지막으로 한 말은 한 사람 몫을 하려고 하기 전에 좀더 자라야 하겠단 거였지. 그 말에 화를 낼 뻔했지만 현명하게도 입을 다물고 있을 수 있었어. 어쨌든 그 남자가 날 도와준 거잖아. 그는 그런 식으로 보진 않을 테지만 말이야.

도와주던 사람들이 선장의 선실로 들어오는 것을 거부하고 문 앞에 양동이를 내려놓는 바람에 좀 나르긴 했지. 하지만 그들을 탓할 건 없어. 나도 그럴 필요만 없다면 선장의 영역에 들어가지 않을 테니까. 하지만 물통을 조금 날랐다고 해서 손이 떨리는 게 아니지. 아니고 말고. 제임스 말로리가 칸막이 뒤에서 옷을 벗고 있기 때문에 손이 떨리는 거야. 그 사실을 아는 것만으로 오늘 낮보다 더 긴장이 되는 걸 뭐.

조지애나는 선실에 있을 필요가 없어서 다행스럽다고 느꼈다. 취사장에 접시를 갖다 놓고 선원들이 있는 앞갑판에서 해먹도 가져와야 했다. 그러나 아직 방을 떠나지 않았다. 그리고 물이 튀기는 소리가 났을 때도 그녀는 여전히 그 방 안에 있었다.

뜨거운 물에 커다란 몸을 담그고 그를 감싸듯이 피어오르는 수증기며 물에 젖어 축 늘어진 금발머리에 대한 모습이 아무리 지우려 해도 머릿속을 떠나지 않았다. 그의 넓은 가슴에 물방울이 송골송골 맺히겠지. 그래서 천정에 매달려 있는 등의 불빛을 반사할 거야. 그 따스한 물에 몸이 나른해지는 동안 그는 뒤로 기대고 앉아 눈을 감고…… 그쯤에서 상상의 날개가 접혔다. 조지애나는 그 남자가 나른해 하는 모습을 그려볼 수가 없었다.

자신이 뭘 하고 있었는지 깨닫는 순간 그녀의 눈이 커다래졌다. 미쳤나? 아니야. 오늘이 완벽하게 끔찍한 날이라서 긴장해서 그런 거야. 아직 오늘이 끝난 게 아니지. 화가 나서 그녀는 마지막 접시를 쟁반에 털썩 내려놓고는 쟁반을 들고 문으로 향해 갔다. 문으로 다 가기도 전에 선장의 낮고 굵은 목소리가 그녀의 뒷덜미를 잡았다.

「내 가운을 가져와라, 조-지.」

가운이라고? 그걸 어디다 두었더라? 아, 그래, 캐비닛에 걸어놨지. 무릎까지도 올 것 같지 않은 에메랄드 색 실크 가운이었는데, 물론 따뜻해 보이지도 않았고. 전에 그것을 봤을 때 어디다 쓰는지 무척 궁금했어. 그러나 선장의 옷가지 중에 잠옷이 보이지 않았기 때문에 그걸 입고 잘 거란 생각을 했었다.

그녀는 탁자에다 쟁반을 내려놓고 재빨리 캐비닛에서 가운을 꺼내 뛰다시피 걸어가서 가리개 위로 확 던졌다. 그러나 탁자 쪽으로 돌자 마자 그의 목소리가 다시 들렸다.

「이리 와라, 꼬마야.」

이런, 안 돼. 안 되고 말고. 그가 나른해져 있는 모습을 보고 싶지 않아. 머릿속으로 그려봤던 그의 빛나는 피부를 보고 싶지도 않단 말이야.

「전 제 해먹을 가지러 가야 합니다, 선장님.」

「나중에 해도 돼.」

「하지만 그걸 거느라 선장님을 방해하고 싶진 않습니다.」

「그렇지 않을 거다.」

「하지만…….」

「이리와, 조-지.」

그의 목소리에선 조급함이 묻어 나왔다.

「일 분이면 될 거야.」

그녀는 유일한 탈출구인 문을 너무나 가고 싶다는 듯이 힐끗 쳐다봤다. 바로 지금 노크 소리가 난다면 가리개 뒤로 가지 않아도 될 텐데. 그러나 노크 소리는 나지 않았고 도망갈 방법도 없었다. 그의 말은 명령이었다.

조지애나는 정신을 차리고 등을 곧추세웠다. 뭘 두려워하는 거지? 오빠들이 목욕하는 것을 봤잖아. 수건을 갖다 주기도 하고 머리를 감겨 주기도 했어. 게다가 보이드가 양손을 데였을 땐 온몸을 씻겨 주기도 했고. 물론 그땐 오빠가 열 살이고 내가 여섯 살이긴 했지만. 아무튼 벌거벗고 있는 남자를 한 번도 보지 못한 것은 아니라고. 다섯 명이나 되는 오빠들과 한 집에서 살면서 그런 당황스런 모습을 한두 번쯤 보지 못했다는 게 이상한 일이지.

「조 ―지.」

「가고 있습니다, 제발…… 제 말은…….」

그녀가 가리개를 돌아 그에게로 다가갔다.

「제가…… 뭘…… 해 드려야 하죠?」

이런 세상에, 이건 전혀 똑같지가 않아. 그는 오빠가 아니야. 그는 나랑 아무런 관계도 없는 크고 잘생긴 남자야. 제임스 말로리의 청동처럼 빛나는 피부는 젖어 한층 더 아름다워 보였고, 게다가 보기 좋게 오른 근육은 그가 얼마나 멋진 몸매를 가지고 있는지를 말해 주고 있었다. 숱 많은 머리칼도 촉촉이 물에 젖어 있긴 했지만 늘어지지 않아 오히려 그의 강건함을 더해 주었다. 덩치가 커 황소 같다는 생각은 했지만 이렇게 아름다울 줄은 몰랐어. 그가 가진 저 단단한 근육은 부드럽기도 할까 아마

한군데…… 음 음 한군데를 빼고. 생각이 이쯤에 이르자 조지애나의 얼굴은 확 달아올랐고 그가 눈치채지 못하기만을 간절히 바랄 뿐이었다.

「도대체 문제가 뭐냐?」

냉큼 달려오지 않아 화가 난 게 분명했다. 그녀는 안전한 곳인 바닥으로 눈을 내리깔고 자신이 반성하고 있는 것처럼 보이기를 바랐다.

「잘못했습니다, 선장님. 앞으론 좀더 빠르게 움직이도록 하겠습니다.」

「네가 그러는지 지켜보마. 받아라.」

비누를 감싼 목욕용 수건이 그녀의 가슴을 툭 치곤 바닥으로 떨어졌다. 수건을 주어 들긴 했지만 조지애나의 두 눈은 터질 듯한 긴장감에 휘둥그레졌다.

「새것이 필요하십니까?」

그래 이 때문에 날 부른 거야, 확실해!

그러나 그녀의 희망 위로 그가 코웃음치는 소리가 내려앉았다.

「그것으로도 충분할 게다. 와서 내 등을 밀어라.」

그가…… 그런 말을 할까 봐 두려웠던 거야. 난 그런 짓을 할 순 없어. 저 벌거벗은 남자에게 가까이 다가간다고? 내가 어떻게 그럴 수가 있겠어? 하지만 넌 어린 남자아일 뿐이야, 조-지, 그리고 그는 남자고. 너에게 등을 밀라는 걸 이상하게 생각할 까닭이 없어. 네가 소년이라면 잘못된 점이 없으니까 말이야.

「따귀를 맞아서 귀에 이상이 생긴 거냐?」

「예, ……제 말은, ……아닙니다. 정말 긴 하루였습니다, 선장님.」

그녀가 한숨을 지으면서 말했다.

「긴장이 사람을 지치게 할 수 있지. 이해할 수 있어, 꼬마야. 오늘밤엔 할 일이 더 이상 없으니…… 내 등을 밀고 난 후에 일찍 자도 좋다.」

조지애나는 몸이 뻣뻣하게 굳어지는 걸 느꼈다. 그녀는 잠시 시간을 끌어 볼까도 생각해 보았지만 그러지 않기로 결정했다. 좋아, 그의 빌어먹을 등을 밀어 주는 거야. 내가 달리 어쩔 도리가 있나? 등가죽이 벗겨질 정도로 벅벅 밀어 주는 거야.

그녀는 비누를 집어들고 욕조 끝으로 돌아갔다. 몸을 앞으로 숙이고 앉아 있어 그의 넓은 등이 한눈에 드러났다. 너무나 길고 너무나 넓고 너무나…… 근육질이군. 커다란 욕조를 채우려 그녀가 부어 놓은 물은 그의 엉덩이에서 간신히 몇 센티미터 정도 올라오게 했을 뿐이었다. 게다가 물은 아직 깨끗했다. 멋진 엉덩이로군.

얼마나 그러고 있었는지, 그녀가 정신을 차렸을 땐 그의 엉덩이를 정신없이 쳐다보고 있는 자신을 발견해야 했다. 분명 오래는 아닐 거야. 그렇지 않으면 참을성이라곤 조금도 없는 저 악마가 벌써 무슨 말이든 했을 테니까.

은근히 부아가 치민 조지애나는 자신에게는 물론 이런 이상한 일을 시킨 제임스 말로리에게 더없이 화가 났다. 씩씩거리며 물에다 목욕 수건을 첨벙 담궜다 꺼낸 후 비누를 북북 문질러 족히 열 사람은 씻길 수 있을 정도의 거품을 만들었다. 그의 등에다 철썩 소리가 나도록 수건을 내려놓곤 온힘을 다해 박박 문질러 대기 시작했다.

그는 단 한마디도 하지 않았지만 붉게 변해 버린 그의 등을 보며 조지애나는 약간의 죄책감이 들었다. 슬그머니 힘을 줄이기 시작하자 이상하게도 분노마저도 사그라드는 것 같았다.

그녀의 손길에 따라 그의 살갗에 나타나는 소름에 재밌어 하며, 조지애나는 그의 등에 두 눈을 고정해 두었다. 짙은 구릿빛 피부가 거품 아래로 사라졌다 나타나는 걸 지켜보며 너무나 얇은 수건 덕분에 마치 자신의 손과 그의 매끄러운 피부 사이에 아무것도 없는 것 같다는 느낌을 받았다. 그녀의 움직임이 점점 느려졌다. 그리고 이미 씻었던 곳을 다시 지나고 있었다.

그때 일이 생겼다. 취사장에서 목욕물이 끓기를 기다리면서 서둘러 먹은 음식이 속에서 요동치기 시작했다. 너무나 끔찍한 느낌이야. 분명히 토할 것 같아. 그의 앞에서 다시 토한다면 이건 너무 굴욕적일 거야. 선장님 근처에 있으면 구역질이 나는데 어떡하죠? 그건 정말 조사해 볼 만한 일이군, 안 그래?

「다 밀었습니다, 선장님.」

그의 어깨 너머로 목욕 수건을 건네주면서 그녀가 말했다.

그는 그것을 받지 않았다.

「다 민 게 아니야, 꼬마야. 아래쪽 등은 밀지 않았잖아.」

그녀는 흘러내린 비누 거품이 가득 묻어 있는 아래 부분으로 시선을 떨궜다. 그러나 사실 그곳까지 손을 가져갔었는지 기억조차 나지 않았다. 조지애나는 거품이 가득 떠 있는 물에 감사—보게 되는 걸 막아 주잖아—하며 재빨리 문질렀다. 일을 제대로 못했다고 말할 구실을 주지 않으려고 그의 등 맨 아래쪽을 닦기 위해 그녀는 물 속으로 손을 약간 집어넣기조차 했다.

그러나 제대로 닦기 위해선 몸을 숙여야 했는데 그에게 가까워질수록 그의 머리에서 나는 향내가 그녀의 코를 간지럽혔다. 그의 깨끗한 몸에서 나는 체취까지도……. 게다가 귀를 곤두세우지 않고도 그가 나직하게 내뱉는 신음 소리마저도 섬세하게 들려왔다.

조지애나는 급히 몸을 뒤로 빼느라 뒤에 있는 벽에 쿵하고 부딪히고 말았다. 그녀만큼이나 빨리 그도 몸을 홱 돌려 그녀를 쳐다봤다. 그의 눈 속에 서려 있는 열기를 보자 그녀는 꼼짝도 할 수가 없었다.

「죄송합니다. 아프게 하려고 그런 게 아닙니다. 맹세하겠어요.」

「마음놓으렴, 조-지.」

그가 다시 돌아앉아 무릎에 얼굴을 묻으며 말했다.

「단지 좀…… 빠근했을 뿐이지. 네가 그걸 알았을 리가 없었을 게다. 가 봐라. 이젠 나 혼자서도 할 수 있으니.」

그녀는 입술을 깨물었다. 그는 마치 고통스럽다는 듯이 말하고 있어. 그럼 당연히 기뻐야 하잖아. 그런데 왜 기쁘지 않은 거지. 내가 가진 충동 때문에…… 무슨 충동? 그의 고통을 달래주고 싶은 거니? 내가 완전히 돈 건가? 가능한 한 빨리 이곳에서 나가야겠어.

17

제임스가 브랜디를 두 잔째 마시고 있을 때 '조-지'가 선실로 돌아왔다. 그는 다시 자제력을 되찾긴 했지만 그녀의 의미도 없는 손길에 너무나 쉽게 흥분해 버린 자신에게 아직도 화가 나 있었다.

잘 세운 계획이라 생각했는데 지독할 정도로 엉터리였어. 그녀에게 내 몸을 헹구게 하고 수건을 달라고 하며 가운 입는 걸 시중들게 할 작정이었는데……. 저 귀여운 뺨이 발갛게 물드는 것을 보는 건 고사하고 좀더 시간을 끌었다면 내 얼굴이 붉어질 뻔했으니. 평생 동안 이런 일로 당황해 본 적이 없었는데. 이번엔 말이 달라지는군. 실제는 어떻든지 간에 소년에게 그런 반응을 보이다니.

빌어먹을, 아주 간단한 게임이었는데 왜 이렇게 복잡해진 거야. 그래도 아직은 내게 유리해. 내 남성적인 몸매에 반한 그녀가 모자를 벗어던지고 내 품안으로 뛰어든다. 변장한 캐빈 보이인 자길 안아 달라고 말하며 매혹적인 눈길로 날 사로잡으려 들고, 난……, 난 그녀를 떨쳐 내려 애를 쓰는 거지. 대단히 멋진 그림이었는데 말야. 그녀가 열정에 굴복해 가는 모습을 지켜보며 난 승리자로서는 물론 아무것도 모르는 멋진 선장의 역할을 해내는 기분을 만끽하며 그녀를 가지는 거였는데.

그러나 늙은 존 헨리가 그녀가 가까이 갈 때마다 고개를 들어 올리는 일이 벌어지면 어쩐다지? 게다가 그녀가 눈치를 채기라도 한다면, 그 귀여운 여자는 내가 소년을 좋아한다고 생각할 거야. 그렇게 되면 그녀는 날 혐오하게 되고 더 이상 어떤 감정도 느끼지 못하겠지. 빌어먹을. 내가 그런 생각을 하지 못하게 그녀 스스로 정체를 털어놓게 해야 했어.

자신이 정해 준 구석으로 가고 있는 그녀를 눈으로 좇아갔다. 그녀는 팔 아래엔 캔버스 백을 끼고 어깨엔 해먹을 짊어지고 있었다. 소년의 옷 가방치곤 꽤나 불룩하군. 그 안엔 드레스가 한두 벌 들어 있을지도 몰라. 또는 그녀를 둘러싼 비밀을 밝혀 줄 만한 게 들어 있을지도 모르고.

오늘 밤 그는 수수께끼를 몇 조각 더 찾아냈다. 코니는 그녀가 '선원실' 대신에 '선수루'라고 아주 자연스럽게 말한다는 사실을 지적했었다. 배에 대해 잘 아는 사람이나 그런 전문적인 용어를 쓸 수 있지. 그러나 그녀는 선박에 대해 아무것도 모른다고 했었는데.

게다가 그녀는 형을 맥이라고 불렀어. 그건 그 스코틀랜드 인이 그녀와 인척 관계가 아니란 사실을 말해 주는 재미있는 단서가 되는 것이었다. 친구나 아는 사람들은 맥도넬을 맥이라고 부를지 몰라도 가족들은 이름이나 다른 애칭으로 부를 거야. 가족 모두가 맥도넬이기 때문에 그렇게 부르면 누가 누굴 부르는지 알 수가 없잖아.

그러나 그녀에겐 오빠가 한 둘은 있어. 그렇다고 아무런 생각 없이 그녀가 말했잖아. 그럼 그 스코틀랜드 인은 그녀에게 뭘까? 친구, 연인, 아니면 남편? 하느님께 맹세코 그녀는 연인이 없는 편이 나을 거야. 그녀가 원한다면 수십 명의 남편을 가져도 좋아. 그러나 연인은 다른 문제지. 내가 그녀의 연인이 될 작정이니까.

조지애나는 벽에 해먹을 걸면서 자신을 쳐다보고 있는 듯한 그의 시선을 느꼈다. 그녀가 들어왔을 때 그는 책상에 앉아 있었지만 그가 아무 말도 하지 않았으니 그녀가 뭐라 말할 이유도 없었으며, 그쪽을 쳐다보지도 않았다. 그러나 저렇게 쳐다본다면…….

그는 에메랄드 빛 가운을 입고 있었다. 에메랄드가 잘 어울리는 사람이 그 빛깔의 옷을 입으면 얼마나 화려해 보일지는 미처 알지 못했었다. 지금 그의 초록색 눈은 더 짙어졌고 금발머린 반짝거렸다. 또한 그의 짙은 구리빛 피부는 훨씬 부드러워 보였다. 게다가 맨살이 많이 드러나 있잖아. 가운이 V자로 넓고 깊게 파져 있어서 그의 가슴이 거의 다 드러나다시피 했다. 양 가슴을 가득 메우고, 위론 가슴에서부터 아래……까지 나 있는 금색 털이 등불에 반짝거렸다.

조지애나는 목에 달라붙어 있는 옷깃을 잡아당겼다. 이 빌어먹을 선실은 오늘 밤 끔찍하게도 덥군. 갑옷처럼 그녀를 감싸고 있는 옷은 시간이 흐를수록 무겁게만 느껴졌고, 가슴을 조이고 있는 끈은 그 압박을 더해만 가는 듯했다. 그러나 잠을 자야 하는 지금 벗을 수 있는 거라곤 부츠뿐이었다. 조지애나는 바닥에 주저앉아서 부츠를 벗고는 벽에 깔끔하게 세워 두었다.

그리고 자신의 움직임을 따라오는 그의 초록빛 눈동자를 여전히 느끼면서……. 물론, 그건 상상일 거야. 그가 왜 날 쳐다보겠어. 그럴 만한 이유도 없……. 그녀는 싱긋 웃었다. 선장은 아마 내가 흔들리는 해먹에 올라가다가 떨어지는 꼴을 보고 싶은 건지도 몰라. 내 서투르고 미숙한 행동에 던질 말을 이미 준비해 놨을지도 모르고. 정말로 심술궂어 날 당황시킬 게 분명한 말로 말이지.

하지만 이번엔 그렇게 안 될걸. 난 걸음마를 배울 때부터 해먹을 들락날락했었고 어렸을 땐 그걸 가지고 놀기도 했지. 좀더 커서는 해먹에서 낮잠도 잤지. 종달새 호가 항구에 들어와 있을 땐 하루 종일 그곳에서 보내기도 했으니까. 내가 해먹에서 떨어질 확률은 보통 침대에서 떨어질 확률보다 적을걸. 이번 만큼은 선장도 비웃음을 삼켜야만 할 거야. 그러다가 숨이 콱 막혀 죽어 버렸으면 좋겠어.

그녀는 노련한 뱃사람처럼 쉽게 흔들리는 해먹으로 올라가 누웠다. 그리곤 놀라는 선장의 모습을 보기를 간절히 바라면서 방 반대편 구석에 있는 책상을 힐끗 쳐다봤다. 그는 그녀 쪽을 쳐다보고 있기는 했으나 그의 표정 —이건 말도 안 돼 —에선 아무것도 알아차릴 수가 없었다.

「정말 그 옷을 입은 채로 잠을 잘 건 아니겠지?」

「입고 잘 겁니다, 선장님.」

성공했어. 얼굴을 찡그리고 있잖아, 이번엔 제대로 한 거야.

「난 밤새도록 널 침대에서 들락날락하게 할 거란 인상을 주진 않았다고 생각하는데. 그렇게 생각한 거냐?」

「아닙니다.」

아니라니, 난 그렇게 생각했는데. 하지만 그가 나에 대해 알고 있는 것은 모두 거짓말뿐이잖아. 그러니 거짓말을 하나 더 한들 무슨 큰 일이 나겠어?

「전 늘 옷을 입고 잡니다. 왜 그런 버릇이 생겼는지 기억할 순 없지만 하도 오랫동안 그렇게 해 와서 이젠 습관이 됐죠.」

혹시 날더러 습관을 바꾸라고 할 정도로 뻔뻔할지도 모른 그를 위해 한마디 더 해야겠군.

「옷을 다 입지 않은 채론 잠을 잘 수 있을 것 같지도 않습니다.」

「네 맘대로 하려무나. 나도 잠자는 습관이 있지. 그러나 네 습관과는 정반대인 것 같구나.」

도대체 그게 무슨 뜻이지? 조지애나는 잠시도 기다릴 필요도 없이 그 답을 알게 되었다. 그는…… 그러니까 제임스 선장은 일어서더니 책상을 돌아 자신의 침대로 걸어가면서 가운을 벗어 버렸다.

오, ……이런, 세상에, 이건…… 내게 일…… 일어난 일이 아니야. 그는 벌거벗은 채로 방을 활보하면서 내게 몽땅 다, 전부를 다 보이진 않을 거야.

그러나 그는 그렇게 했고 그녀의 여성적인 감정을 모욕했다.

조지애나는 얼른 눈을 꼭 감아 버리려고 했지만 그러지 않았다. 그래 알아, 알고 말고. 그러나 내가 매일 볼 수 있는 것도 아니고, 그리고 빌어먹게도 그는 훌륭한 남성 표본 같잖아. 이건 부정할 수 없는 사실이야. 배가 나오지도 않았고, 뚱뚱하지도 않을 뿐더러 아니면 작은…….

얼굴을 붉히지 마, 이 바보야. 네가 생각하는 건 널 빼곤 아무도 듣지 못해. 그리고 끝까지 생각한 것도 아니잖아. 그러니 그가 모든 면에서 특별히 잘생기긴 했지만 너와는 아무 상관이 없는 거야.

마침내 그녀는 눈을 꼭 감았다. 그러나 이미 봐선 안 될 것은 다 본 후였고, 머릿속에서 그의 벗은 몸이 곧 잊혀질 것 같지도 않았다. 빌어먹을 인간 같으니라고. 저 남잔 부끄러움이라곤 없나 봐. 아니지, 그건 맞는 말이 아니야. 날 소년이라고 생각하니까. 남자 사이에 좀 벗은 몸을 드러낸다고 무슨 대순가? 내겐 눈이 튀어나올 정도의 경험이긴 했지만 그것으로 끝일 뿐이야.

「램프를 꺼 줄래, 조-지?」

조지애나는 자신이 내뱉은 신음을 그가 듣지나 않았는지를 걱정하고 있을 때 그가 한숨을 내쉬며 덧붙여 말했다.

「관둬라. 넌 이미 잠자리에 들었으니. 네가 떨어지지 않고 다시 올라갈 수 있는 지를 시험하게 하고 싶진 않구나.」

그녀는 이를 악물었다. 저잔 쉬지 않고 날 놀려먹으려 드는군. 아마 뼛속까지 악마일 거야. 램프를 끄겠다고 말한 뒤 해먹과 운명은 아무런 상관이 없다는 것을 보여 주고 싶어. 하지만 그는 아직 침대에 누워 이불을 덮지 않았어. 벌거벗은 그와 얼굴을 마주 대해야…… 그러지 않는 게 낫겠어.

그러나 그녀는 눈을 조금 떴다. 유혹이 너무나 커서 어쩔 수가 없었다. 게다가 그 남자가 쇼를 하고 싶어한다면 그걸 감상해 줄 관중이 있어야 한다며 자신을 정당화했다. 그러고 싶어서 그러는 게 아니야. 그렇고 말고. 그건, 자위 본능은 말할 것도 없고 호기심이 일어서일 뿐이야. 만약 뱀이 내게 다가온다면 그것을 감시해야 하지 않겠어?

한편으론, 이 색다른 경험에 흥미가 이는 것만큼이나 그가 서둘러 주기를 바랐다. 다시 속이 울렁거리기 시작했고, 이번엔 그가 가까이 있지조차 않은데 그랬다. 하느님 맙소사, 그의 엉덩이는 정말 멋지군. 방이 더 더워지고 있는 건가? 게다가 다리도 저렇게 길고 옆구리엔 군살이라곤 없잖아. 그의 남성다움은 너무나 압도적이고 뻔뻔스러우며 위협적이야.

이런, 세상에, 그가 내 쪽으로 오고 있는 건가, 그러고 있잖아, 왜지? 이런, 욕조 위에 걸려 있는 전등 때문이야. 날 이렇게까지 놀래키다니 정말 빌어먹을 인간이라니까. 램프는 꺼졌고 그의 침대 옆에 있는 자그마한 불빛만이 선실을 밝혀 주었다. 그녀는 눈을 꼭 감고 있었다. 그가 천국처럼 푹신한 침대로 들어가는 것을 보지 않을 거야. 그가 이불을 덮지 않으면 어떡하지? 달이 훤하게 떠 있어서 창문을 통해 들어온 달빛이 전등처럼 환하게 방을 비추고 있는데 말이야. 목숨이 걸려 있다고 해도 다신 눈을 뜨지 않을 거야. 그건 좀 심한가. 목숨이 걸려 있다면 눈을 뜰지도 모르겠군.

이제 그는 어디에 있을까? 침대로 걸어가는 그의 발자국 소리가 들리지 않는데.

「말이 났으니 말인데, 조-지가 네 이름이냐 아니면 가족들이 널 괴롭히느라 쓰는 별명이냐?」

아니야 그럴 리는 없어. 그가 실오라기 하나 걸치지 않은 모습으로 내 옆에 서 있는 건……. 모든 게 내 상상이야. 맞아, 상상이라고. 우린 둘 다 이미 오래 전에 잠들었어. 확실히.

「뭐라고 했지? 네 말을 못 들었다니까?」

뭘 못 들었다는 거지? 난 한마디도 하지 않았는데. 그리고 하지도 않을 거야. 내가 잠들었다고 생각하게 이대로 가만히 있을 거야. 하지만 그 멍청한 질문에 대답하라고 그가 흔들어 깨운다면? 지금처럼 긴장한 상태에서 그런 일이 벌어지면 아마도 선실이 떠나갈 듯이 비명을 질러 댈 텐데. 그래선 안 되는데. 대답해, 이 얼간아. 그러면 그는 가 버릴 거잖아!

「제 이름입니다. 선장님.」

「그렇게 말할까 봐 걱정했다. 진심이야. 왜냐하면 난 조제트나 조지애나나 다른 지독하게 긴 이름을 줄여 그런 애칭을 쓰는 여자들을 알고 있거든. 그럼 넌 그렇게 불려도 아무렇지도 않나 보구나?」

「전 제 이름에 대해 그렇게 여러 면으로 생각해 본 적이 없습니다.」

'조-지'가 반은 으르렁대고 반은 우는 듯하게 대답했다.

「그럼 걱정하지 말려무나. 그 이름에 네가 익숙해진 것 같으니. 그러나 난 널 '조-지'로 부르마. 훨씬 더 남자답다고 생각하지 않나?」

제임스는 그녀가 무슨 생각을 하는지 조금도 신경 쓰지 않았고 그녀는 그가 무슨 생각을 하는지 그보다 더 관심이 없었다. 그러나 벌거벗은 채로 몇 센티미터밖에 떨어져 있지 않은 남자와 말다툼을 하진 않을 작정이었다.

「선장님이 좋다면 무엇이든지 괜찮습니다.」

「내가 좋다면 뭐라도 괜찮다? 네 태도가 정말로 마음에 드는구나, 조-지. 정말 마음에 들어.」

그가 멀어져 가자 그녀는 한숨을 쉬었다. 그가 왜 혼자서 껄껄대며 웃는지 궁금하지도 않았다. 굳은 결심에도 불구하고 그녀는 잠시 후에 살며시 눈을 떴다. 이번엔 한참만에 뜬 거였다. 그는 침대에 누워 이불을 잘 덮고 있었다. 그러나 달빛이 방 안으로 쏟아져 들어와서 그가 침대에 누워 있는 모습이 다 보였다. 그는 양팔을 머리 뒤로 깍지를 낀채 미소를 짓고 있었다. 미소를 지어? 달빛 때문에 그렇게 보이는 걸 거야. 그렇다고 해도 중요할 게 뭐가 있겠어?

스스로에게 화를 내며, 그녀는 더 이상 그를 보고 싶은 유혹에 넘어가지 않기 위해서 벽을 향해 돌아누웠다. 그리곤 의식하지 못한 채로 아주 절망적으로 한숨을 내쉬었다.

18

「다리를 보여라, 조-지.」

뭐라고 하는 거야. 벌써 아침인가?

벌 —써 —아 —침 —이 —야.

선장이 날 깨우도록 늦잠을 잤으니, 화가 났겠지. 났을 거야. 한참을 뒤척이며 잠들지 못하는 통에…… 이런 조지애나, 저 벽 돌 벽이 이불을 벗어던지라는 말을 하고 있어.

며칠 동안 잠이 부족한 탓이긴 했지만 조지애나는 캐빈 보이 둘째날 아침부터 일을 어긋나게 만든 자신에게 욕지거리를 퍼부었다. 다행스럽게도 제임스 말로리는 '옷을 입고' 있었다. 바지와 스타킹만 신고 있는다 해도 아무것도 안 입은 것보단 나

아. 그는 어제 입고 있었던 하얀색 셔츠와 비슷한 모양의 헐렁한 검은색 셔츠에 단단한 다리의 근육을 모두 보여 주는 검정 바지를 입고 있었다. 저런 바지에 단추를 잠그지 않은 셔츠라, 귀고리만 하면 저 빌어먹을 남자는 영락없이 해적으로 보이겠군. 그렇게 인정머리 없는 생각을 한참 하고 나서 그가 오늘 귀고리를 하고 있다는 것을 알아차리곤 그녀는 숨을 죽였다. 잠을 자는 동안에 흐트러진, 아직 빗질을 하지 않은 머리카락 아래로 작은 금귀고리가 보였다.

「귀고리를 하고 계시네요!」

밝은 초록색 눈동자가 그녀를 응시했다. 그리곤 가장 거만하고 사람을 약올릴 때만 보일 것 같은 얼굴인 한쪽 눈썹을 치켜올리는 동작을 해보였다.

「알아차렸나? 그럼 그게 어떻다고 생각하나?」

잠이 다 깨지 않은 조지애나가 솔직히 말하는 대신에 알랑거려야 한다는 생각을 해내지 못하는 건 당연했다.

「그걸 하시니까 해적처럼 보입니다.」

그는 정말 악마와 같은 미소를 지어 보였다.

「그렇게 생각하나, 난 난봉꾼 같다고 생각했는데.」

그녀는 코웃음 치고 싶은 것을 간신히 참는 대신 정말 궁금하다는 듯이 물었다.

「왜 귀고리를 하신 거죠?」

「하면 안 될 이유라도 있나?」

오늘 아침엔 아주 색다르게 굴고 있군, 안 그래? 진짜 해적이 아닌 한 그가 그렇게 보이고 싶어 한들 나와 무슨 상관이람?

「그럼, 서둘러라, 조-지. 날이 밝은 지 한참 됐으니 말이야.」

제임스의 목소리는 활기에 차 있었다.

그녀는 이를 악물고 일어나 앉았다. 몇 번이나 해먹에서 나오려고 하다가 마침내 바닥으로 떨어졌다. 그는 그녀를 '조-지'라고 부르는 게 아주 재밌는 것처럼 보였다. 마치 그게 그녀를 짜증나게 한다는 것을 아는 사람처럼. 정말 남자를 부르는 것 같군. '조-지'라고 부르는 조지를 많이 알고 있지만 그런 이름을 쓰는 여자는 나 말곤 하나도 몰라.

「해먹에서 자는 게 익숙하지 않나 보구나?」

그의 정확하지 않은 추측들에 정말 신물이 나서 그녀는 그를 쏘아봤다.

「솔직히…….」

「네가 밤새도록 뒤치락거리는 소리에 여러 번 깼었다. 밤마다 그러지 않았으면 좋겠어, 조-지. 자꾸 그러면 너에게 내 침대를 같이 쓰자고 말해야만 할 것 같으니 말이다.」

그가 자신도 그러는 게 싫다는 듯이 말하긴 했지만 그녀의 얼굴은 하얗게 변했다. 그가 작정만 한다면 그러고도 남을 사람이야. 내가 뭐라든 자기 맘대로 할 게 분명해. 그러나 내가 죽기 전엔 그런 일은 일어나지 않을 거야.

「다신 그런 일이 없을 겁니다, 선장님.」

「두고 보지. 그나저나 네 손이 떨리지 않았으면 좋겠구나.」

「왜요?」

「내 수염을 깎아 줘야 하니까 그렇지.」

내가 뭘 해야 한다고? 아니야, 내가 무슨 수로 그런 일을 하겠어? 다시 구역질이 나서 그의 무릎에다 토해 놓고 말 거야. 그에게 가까이 가면 속이 울렁거려 그럴 수 없다고 말해야겠어.

그녀가 끙끙거리고 있는 동안 머릿속에서는 다른 소리가 들려왔다. 그가 그 소릴 듣게 된다면 모욕당했다고 생각할 거야 조-지, 그럼 그가 내게 무슨 짓을 할지 누가 알 수 있겠어. 그 말이 맞아. 어쨌든 그는 지금보다 내 삶을 훨씬 더 비참하게 만들 수 있는 유일한 사람이잖아.

「전 수염을 깎아 본 적이 없어요, 선장님. 얼굴에 칼자국을 낼지도 모릅니다.」

「이건 네가 할 일이야. 그러지 않기를 진심으로 바래. 그리고 시종으로서 넌 개선의 여지가 많아. 오늘 아침에도 내가 혼자 옷을 입었다는 사실을 명심해라.」

울고 싶어. 그에게 가까이 가는 걸 피할 방법이라곤 전혀 찾을 수가 없고……. 언젠가 저 사람은 내가 자길 심각할 정도로 혐오한다는 것을 알아차리게 될 거야. 내가 하루에도 몇 번씩이나 변기로 뛰어가는데 그걸 그가 어떻게 알아차리지 못하겠어?

꼭 그 때문만도 아닐지 몰라. 뱃멀미를 하는 걸 수도 있지만, 오빠들과 동부 해안에 잠시 있는 동안도 이런 일이 없었고, 대서양을 건너는 동안도 뱃멀미 같은 건 하지 않았는데. 그에게 뱃멀미를 한다고 솔직하게 말해야 하나.

갑자기 기분이 훨씬 더 좋아진 조지애나는 밝은 미소를 지어 보였다.

「내일은 좀더 잘하겠습니다, 선장님.」

그가 무뚝뚝하게 대답하기 전에 한참 동안 자신을 가만히 쳐다봤으나 왜 그런지 알 수가 없었다.

「좋았어. 난 코니와 할 말이 있으니 넌 십 분 안에 뜨거운 물을 가져오고 내 면도칼을 찾아와라. 날 기다리게 하지 말아라,

조-지.」

선장은 혼자 옷을 입어서 화가 난 거야. 부츠도 신지 않고, 문을 쾅 닫고 나가 버렸잖아. 그 발에 커다란 가시나 박혔으면 좋겠어. 아니야 그렇게 된다면 나에게 가시를 빼라고 시키고도 남을 사람이지.

그녀는 한숨을 쉬다가 문득 선실에 몇 분 동안 혼자 남게 된 사실을 깨달았다. 조지애나는 주저하지 않고 곧장 세면대로 향했다. 말로리의 빌어먹을 시간표만 아니라면 그럴 모험도 하지 않았겠지만. 면도를 위해 물을 가져오라고 준 십 분으로는 화물실에 숨겨 놓은 변기로 내려가기란 불가능했고, 게다가 그의 면도를 다 마칠 때까지 기다릴 수는 더군다나 없었다. 내일부터는 그가 일어나기 전에 일어나서 이런 일을 처리하겠어.

잠시 후 제임스는 나갈 때처럼 문을 쾅 소리가 나게 열고 선실로 들어섰다. 조지를 놀래켜 줄 작정으로 벽에다 문짝이 부딪치게 냅다 밀어 젖혔다. 머릿속에서 떠날 것 같지 않은 그녀의 예기치 못했던 미소가 빙빙 맴돌았다.

상황이야 어떻든 그는 그녀를 놀래키는 데 완벽하게 성공했다. 조지애나의 얼굴은 붉게 달아 올라 있고, 마치 심한 창피를 당한 사람처럼 보였다. 그러나 그가 놀란 것에 비한다면…….

남자들이 득실대는 배 안에서 남장한 여자가 목욕을 하고 원초적인 생리 현상을 해결하며 옷을 갈아입어야 한다면, 만약 자신이 그렇게 해야 된다면, 이런 바보 같은 제임스 말로리, 어떻게 그런 생각을 한 번도 하지 못한 거야. 정말 미련한 곰 같으니라고, 기억해 너만이 그녀에게 프라이버시를 보장해 줄 유일한 사람이란걸. 그러나 이 선실만 해도 자물쇠도 없잖아, 어찌 되었던 그녀를 위해 뭔가가 필요해.

제임스는 벌거벗은 무릎에 고개를 묻고 있는 조지애나에게 눈길을 주지 않으려 애쓰면서 침대로 다가갔지만, 어떻게 해야 할지 모르긴 마찬가지였다. 제임스는 가는 동안 내내 자신의 멍청함에 욕지거리를 퍼붓는 것 외엔 이 상황을 모면할 방법이 전혀 없었다. 잠자리에서 일어나자 마자 해야 할 일이 있다는 걸 생각지도 못한 체 그녀에게 일을 시켜 이런 결과를 자초한 꼴이었다. 엉덩이를 보이고 있는 남장 여자를 모르는 척하며 자신의 선실에서 할 수 있는 일이란…… 혹시 알고 있는 사람 있소?

그리고 이 상황을 누구보다 즐기고 있는 자신을 부정하지 않으면서 제임스는 여전히 능청을 떨었다.

「내게 신경 쓰지 말아라, 조-지.」

자신이 작정했던 것보다 더 날카롭게 목소리가 나왔다.

「부츠를 신고 가지 않아서…….」

「선장님, 제발!」

「처녀처럼 굴지 말아. 혹시 딴 사람들은 그런 일을 하지 않는다고 생각하는 건 아니겠지?」

「끙…….」

조지애나의 그럴싸한 대답을 뒤로 하고 제임스는 한손에 부츠를 쥐고 다시 한 번 꽝 소리가 나도록 문을 닫고 선실을 나왔다. 그 순간 그가 바라는 게 있다면 이 사건이 그녀와의 사이에 걸림돌이 되지 않는 것이었다. 만약 그녀가 이 일로 상처를 받았다면 조지애나는 자기와는 눈도 마주치지 않으려 들 게 분명했다. 그렇게 된다면 모든 계획이 엉망이 되고 말 건 자명한 일이었으니 말이다.

게다가 그녀가 어떻게 나올지는 하느님과 조-지밖에 없으니 이건 정말 빌어먹을 일이 아닌가. 그녀가 침대로 뛰어들어가 다시는 나오지 않겠다고 하거나, 웃어 넘기면 다행이지만……, 그녀가 강심장이라면 지금으로선 더 이상 바랄 게 없겠어.

조지애나는 침대 밑으로 숨을 생각은 하지도 않았다. 선택 안은 깊이 생각해볼 필요도 없지. 배에서 뛰어내리거나 항구에 도착할 때까지 선창에서 쥐들과 함께 생활하거나 아니면 제임스 말로리를 죽여 버리던가 셋 중 하나지. 마지막 안이 가장 마음에 드는군. 그러나 갑판으로 올라간 선장이 질러 대는 고함소리와 선원들의 궁시렁거림이 그녀의 생각을 접게 만들었다.

제임스 말로리 선장 오늘 아침 엉덩이에 가시라도 박힌 거야, 아님 뭘 잘못 잡수신 거야?

조지애나의 볼에 남아 있었던 붉은 기가 싹 가셨다. 그리고 그의 면도를 위한 따뜻한 물을 들고 선실로 돌아올 때쯤엔, 그가 자신보다 더 당황했을지도 모른다는 생각이 들었다. 아니 더 당황하진 않았을 거야. 내가 느낀 것에 비한다면……. 하지만 그가 그 일로 좀 당황했다면 그래서 기분이 언짢아졌다면 난 참을 수 있어.

물론, 내가 그런 결론을 내리기까지 그의 예민함이 있어야 한다는 게 우선이지만 말이야. 그의 말처럼 그렇게 처녀티를 내고 얼간이처럼 굴지 않았다면 말로리 선장은 아무것도 모르고 지나갔을지도 몰라. 아마 그도 자신이 했던 어떤 말보다 심하게 날 당황하게 만들었다는 걸 알았을 테고, 그 때문에 부끄러워하는지도 몰라.

몇 분 후에 문은 조심스럽게 열렸다. 조지애나는 메이든 앤의 선장이 이번엔 들어가도 안전한지 보려고 문에 머리를 살짝 들이미는 것을 보고 웃을 뻔했다.

「면도칼로 내 목을 자를 준비가 된 거냐, 꼬마야?」

「그렇게 서툴지 않았으면 좋겠군요.」

「나도 진심으로 그렇기를 바란다.」

그가 어슬렁거리며 세숫대야가 놓인 탁자로 걸어가며 내뱉은 말은 정말 그답지 않았다. 게다가 우습기까지 했다. 면도칼은 수건 위에 얌전히 놓여 있었고 그 옆으론 몇 장의 수건이 더 쌓여 있었다. 그리고 면도에 필요한 거품은 충분할 만큼 조지애나가 만들어 놓았다.

그가 말한 시간보다 십 분이 훨씬 더 지난 후에 들어왔기 때문에 그녀는 방을 치우고 그의 침대를 정돈하고 자신의 해먹을 정돈한 후 그가 벗어 둔 옷가지까지도 깨끗이 정리해 두었다. 그녀가 하지 않은 일이라곤 그의 아침을 가져오지 않은 것 뿐이었으나 숀 오숀이 지금 그걸 요리하고 있는 중이었다.

차려놓은 것을 훑어보곤 그가 말했다.

「전에 이 일을 해봤나?」

「아닙니다. 형들이 하는 것을 봤을 뿐입니다.」

「완전히 모르는 것보단 낫군. 그럼 시작해 조-지.」

제임스 말로리는 셔츠를 벗어 탁자 위로 휙 던지더니 의자를 당겨 그녀와 마주보게 앉았다. 선장의 자연스러운 행동에 당황해진 건 조지애나였다. 그가 면도를 위해 반쯤 벌거벗은 자세로 그녀 앞에 있으리란 생각 —난 그의 옷이 더렵혀질까봐 커다란 수건도 준비했어 —도 못했지만, 상황이 이렇게 되면 수건을 그의 앞 가슴에 꼭 걸쳐 주어야 한다는 부담감이 삐죽이 고개를 들었다.

조지애나는 당연하다는 듯 수건을 들었지만 펼치기도 전에 그가 수건을 던져 버렸다.

「네가 날 완전히 덮어 주길 바란다면, 조-지, 네게 알려줬을 거야.」

그의 목을 잘라 버리겠다는 생각에 점점 더 마음이 끌리는군. 피를 내가 치워야 하지만 않으면 지금 당장이 좋겠어. 그의 벗은 몸이 내 정신을 산란하게 한다면 그럴 가능성은 있지. 내 의지가 아니라도 말야.

그의 면도를 할 거야. 그걸 해야 만하고. 다시 속이 울렁거려 면도하는 게 더 힘들어지기 전에 빨리 끝내는 게 최선의 방법일 거야. 내려 보지 마, 조지, 그리고 올려보지도 말고. 그의 수염 말고 다른 데는 쳐다보지 마.

가능한 한 멀리 떨어져서도 거품을 듬뿍 바르는 건 가능하지만, 면도를 하기 위해선 어쩔 수 없이 가까이 다가가야 했다. 조지애나는 그의 뺨에만 정신을 집중시키며, 자신의 손놀림에 최선을 다하려 애를 썼다. 그러나 얼마 지나지 않아 제임스의 느긋한 눈빛과 마주치고 말았다. 심장이 멎을 것 같은 조급함에 조지애나는 얼른 시선을 돌렸지만 여전히 자신을 응시하고 있는 있는 그의 눈동자를 느낄 수 있었다.

「이제 됐어 조-지. 남자들끼리 엉덩이 좀 보였기로 뭐 그리 대수냐?」

잊고 있었단 말야 이 빌어먹을 인간아. 생각조차 하지 않았다고. 그러나 제임스는 화제를 돌릴 생각이 전혀 없어 보였고, 조지애나의 얼굴은 점점 더 달아올랐다.

「좀전에 일었던 일은 내가 사과하마. 그러나 이곳이 내 선실이란 걸 잊지 마라. 무슨 말인지 알겠지? 난 문을 두드려 가며 이 선실에 들어올 이유가 전혀 없는 유일한 사람이란 걸 잊지 말란 소리지. 그런데 조-지, 네가 하는 꼴은 꼭 여자처럼 느껴져.」

제임스는 짜증 섞인 목소리로 투덜거렸다.

「죄송합니다, 선장님.」

「신경 쓰지 말아. 그렇게 프라이버시가 중요하다면 문에 빌어먹을 표시라도 해놓으렴. 내 그 빌어먹을 것을 존중해 주마. 그리고 다른 사람들은 허락 없인 이곳에 들어올 수 없게 하지.」

문에 자물쇠가 있다면 모든 게 해결된다구요, 제임스 말로리 씨. 그러나 그런 말을 할 순 없지. 생각지도 않은 조건들을 제시해 주었잖아. 그리고 이렇게 사려 깊게 굴지는 정말 몰랐어. 이제 선창에 숨어서 간신히 몸을 닦는 게 아니라 진짜 목욕도 할 수 있을지 몰라.

「시작해라, 조-지. 난 이 얼굴이 정말 좋아. 그러니 내 얼굴에 흠을 내지 말아라, 알았나?」

선장의 말에 깜짝 놀란 조지애나는 무심결에 톡 쏘아댔다.

「그럼 직접 하세요!」

그리곤 탁자에 면도칼을 집어던졌다.

그녀가 팔을 크게 흔들면서 쿵쿵거리고 걸어가자 제임스는 재미있다는 듯이 한마디 내뱉았다.

「이런, 세상에, 애송이도 성질이 있군, 그런가?」

무슨 짓을 저지른 거지.

「끙…….」

그녀는 크게 신음을 하고 느끼는 것만큼이나 불안하게 보이는 표정을 짓고 돌아섰다.

「잘못했어요, 선장님. 제가 어떻게 됐나봐요. 그리고…… 모든 면에서 제가 좀 이상해졌나 봐요. 성질이라뇨, 제게 그런 건 없어요. 맥에게 물어 보셔도 좋아요.」

「그럼 한 가지만 물어보자, 조-지. 이제 내게 솔직하게 대하는 걸 두려워하지 않겠지?」

저 사람, 정말 끝이 없군.

「제가 두려워해야만 합니까?」

「아니야. 그럴 필요가 없다는 거야. 만약 너에게 채찍을 들거나 주먹이 필요할 경우라도 넌 맞기엔 때린 사람을 불편하게 할 그런 체격을 가졌어. 너무 조그맣거든. 그렇다고 벌로 힘든 일을 시킨다는 것도 그렇고……. 조-지, 편안하게 네 생각을 내게 말해. 우린 가까운 사이가 아니냐?」

「제가 버릇없어 보일 정도로 군다면 어떻게 하죠?」

「음, 그럴 경우엔 네 등짝을 두들겨 주겠다. 네 나이 또래 소년들에게 내가 내릴 수 있는 유일한 벌인 것 같아. 그러나 그럴 필요는 없을 거지, 조-지?」

「물론입니다, 선장님. 물론이고 말고요.」

치미는 화와 어깨를 누르는 두려움을 달래며, 조지애나는 이를 앙다물었다.

「그럼 이리 와서 면도를 끝내라. 이번엔 좀더 조심하도록 애써 봐라.」

「선장님이…… 말씀만 하시지 않는다면, 집중해서 할 수 있을 겁니다.」

이번엔 공손하게 그가 시킨 대로 내 의견을 말한 거야. 그런데 저 눈썹이 왜 올라가는 거야.

「선장님께서 제 생각을 말해도 된다고 말씀하셔서…….」

탁자로 돌아가 면도날을 잡으며, 조지애나는 내친김에 제 할 말을 중얼거리기 시작했다.

「그리고 전 선장님이 그러는 게 싫습니다.」

나머지 눈썹마저 올라가는 군.

「뭐가 말이냐?」

칼을 잡은 손을 그의 쪽으로 내밀어 흔들었다.

「눈썹을 오만하게 치켜 올리는 것 말이에요.」

「하느님 맙소사, 넌 정말 날 당황스럽게 하는구나.」

「제 말이 우습게 들리시나요?」

「넌 말을 글자 그대로 받아 들이는구나. 솔직하게 이야기해도 좋다는 이야긴 선장을 비판해도 좋다는 소리가 아니야. 그 정도로 어리석을 거란 생각은 못했어. 만약 선을 넘는다면 무슨 일이 일어날지는 네가 더 잘 알 거라고 생각하는데.」

알고 있죠, 이 바보야. 조지애나는 물에 빠지기 전에 얼마나 가라앉을 수 있는지 시험해 봤을 뿐이었다. 많이 가라앉을 수 있진 않겠어.

「죄송합니다, 선장님.」

「사과를 할 땐 눈을 보고 말하라고 이야기했을 텐데. 어제 약속을 한 것 같다고 생각하는데……. 그러니 좀더 낫군. 그게 싫은 거냐?」

아주 열긴 하지만 입끝에 매달린 미소와 눈가에 머문 웃음은 이제 그가 즐거워하고 있음을 그대로 드러내 주었다. 그리고 그의 그런 얼굴은 치켜 올라간 그의 눈썹보다 훨씬 싫어하는 표정이었다. 게다가 왜 즐거워하고 있는지 조지애나가 모를 경우라면…….

「대답하지 않는 편이 제겐 더 좋을 것 같습니다, 선장님.」

제임스 말로리의 참았던 웃음이 커다랗게 터지고 말았다.

「잘했어, 조-지! 빨리 배우는걸.」

선장이 껄껄거리며 그녀의 등을 냅다 치는 통에 조지애나는 그의 허벅지 쪽으로 몸이 쏠려 그가 잡아 주지 않았다면 쓰러질 뻔했다. 선장의 허벅지에 몸이 실리는 것보다는 이편이 나았지만, 조지애나는 선장을 붙잡았고 선장도 그녀를 붙잡았다.

두 사람이 서로를 붙잡고 있다는 걸 깨닫자 그녀만큼이나 빨리 제임스가 손을 빼, 그 순간은 얼마 되지 않았다. 조지애나는 아주 잠깐 스친 그 순간 배가 가라앉는다 해도 아무것도 느끼지 못할 것만 같았다.

선장은 아무 일도 없었다는 듯이 짐짓 목소리를 낮추며 다시 말을 꺼냈다.

「네가 면도를 한 후에 내 수염이 일 센티미터는 자랐을 거야, 조-지. 우리가 자메이카에 도착하기 전에 네가 이 일을 끝냈으면 한다.」

조지애나는 너무나 당황해서 대답할 수가 없었다. 그 대신 입술을 앙다문 채 그의 뺨부터 조심스레 면도를 하기 시작했다. 심장이 심하게 두근거리고 있어, 하지만 왜 그러지 않아야만 하지? 그의 다리로 쓰러질 뻔했는데. 그건 그를 만지는 것과는 다른 일이야.

남은 다른 쪽 뺨을 면도하기 위해 얼굴을 돌리려던 조지애나는 그의 얼굴에서 스며나오는 붉은 피를 보았다. 무심결에 그녀는 손가락으로 부드럽게 피를 닦아냈다.

「아프게 하고 싶진 않았는데.」

그녀의 목소리만큼이나 아름다운, 아니 훨씬 더 부드러운 목소리로 그가 대답을 했다.

「나도 안단다.」

이런, 세상에, 다시 속이 울렁거리는 것 같아.

19

「어디가 아픈 거니, 조-지 녀석아?」

「그냥 조지로 불러요, 맥 아저씨.」

「그럴 수가 없어.」

맥은 단 둘밖에 없다는 것을 확인하기 위해 선미를 둘러보고서 덧붙였다.

「그래선 안 될 때 널 아가씨라고 부를 뻔한 적이 한두 번이 아니야. 일부러 녀석이란 소릴 넣어서 부르는 거야.」

「좋을 대로 하세요.」

이미 스플라이스(밧줄 따위의 끝을 풀어서 서로 꼬아 잇기) 되어 있는 세 개의 밧줄이 있긴 했지만 자신의 무릎에 놓여진 밧줄과 다른 것을 연결하기 위해 그녀는 두 사람 사이에 놓여 있는 연장통 속으로 무관심하게 손을 뻗었다.

조지애나는 시간을 보내기 위해 허드렛일 하는 맥을 도와주겠다고 자청하고 나섰다. 그러나 빈둥거리는 손은 맥의 일거리만 늘려 주었다. 그녀가 꼬아 둔 밧줄은 밧줄 스파이크(밧줄의 꼬인 가닥을 푸는데 쓰는 바늘 모양의 연장)로 하나 하나 다시 풀어내야 했으나 굳이 그만두게 하진 않았다. 그리고 조지애나가 지금 일을 엉망으로 망치고 있다는 걸 전혀 모르고 있는 것 같아 보여 말하기를 관두었다.

맥은 고개를 설레설레 저으면서 그녀를 쳐다봤다.

「이런, 아픈 것 같구나. 너무나 상냥하게 굴고 있어.」

평소답지 않은 그녀의 성질을 돋구어 톡 쏘긴 했지만 간신히 듣게 된 대답이었다.

「전 늘 상냥했어요.」

「네가 그 자그마한 머리로 영국으로 가야겠다는 생각을 해낸 후로는 아니야. 엉덩이에 가시가 박힌 것처럼 난리였어.」

이제 그녀가 그의 말에 주의를 기울였다.

「그러고 싶었으니까요. 사실 아저씬 저랑 함께 오실 필요가 없었어요. 그리고 전 아저씨 없이도 영국에 잘 도착할 수 있었을 테니까요.」

그녀가 화가 나서 말했다.

「널 혼자 보내지 않으리란 건 네가 더 잘 알잖니. 가두어 놓는 것 말고는 다른 방법이 없었으니까, 그러나 지금은 차라리 가두어 둘 걸 하는 생각이 든다.」

「아마 그랬어야만 했을지도 모르죠.」

맥은 조지애나의 한숨 소리에 코웃음을 쳤다.

「넌 약간 이상해졌어. 전에는 이런 일이 없었잖니. 네가 내 말을 그렇게 쉽게 인정하다니, 그 선장이란 작자가 널 심하게 부려먹기라도 하는 거냐?」

심하게……. 아니야, 그건. 첫날 내게 말한 일 중에 난 절반도 하지 않아. 그 절반을 그가 직접 하고 있지. 그는 언제나 나보다 먼저 일어났고, 혼자서 옷을 입어. 한 번 내가 먼저 일어나 그를 깨웠을 때 마치 내가 잘못이라도 한 것처럼 굴었어. 그가 농담을 하는지 아님 화가 나 심술을 부리는 것인지를 구별하고부터는 그의 기분도 쉽게 알 수가 있게 되었어. 그날 아침엔 심하게 화를 냈고, 벌이라도 주는 듯이 네게 그의 옷을 입히도록 시켰지. 난 다신 그보다 일찍 일어나지 않겠다고 맹세해야 했을 정도였으니까.

그렇게 사람을 초조하게 만드는 일은 없었으면 해. 그에게 다가가는 것만으로도 난 충분히 고통받고 있단 말야. 더군다나 그가 화를 낸다면 견디기 힘들 거야. 지금까진 그런 일은 없었지만. 그는 내게 옷 벗는 걸 거들게 하지도 않아. 목욕할 때 등을 밀어 주는 것을 제외한다면. 게다가 지난 주 이틀 동안은 목욕 준비를 하지 않게 했고 나에게 욕조를 사용해도 좋다는 허락까지 했지. 그는 내가 하루에도 몇 번씩 걸어두는 표식을 존중해서 선실에 들어오지 않았지만 옷을 다 벗고 그의 욕조에서 편안히 누워 쉴 만큼의 배짱은 없다고.

가끔은 그의 면도를 해주기도 해. 처음 그 일을 할 때 왜 속이 울렁거리지 않았는지 모르겠어. 뱃속에선 난리가 난 것 같았는데 그 이유를 모르겠어. 좀더 그곳에 서 있어야 했다면 그날 아침이 아주 다르게 끝났을 거야. 난 그의 턱에 면도칼을 몇 번 대지도 않고 끝났다며 그에게 수건을 던져 주었고 그가 불러 세우기 전에 선실에서 달려나갔었지. 아침 식사를 가지고 순식간에 돌아오겠다고 소리치면서 말이야.

그리고 한 번 더 그의 얼굴을 면도해야 했지만 그땐 너무 여러 군데를 베어 놔서 차라리 수염을 기르는 편이 현명하겠다는 말을 할 정도였으니까. 어쨌던 그는 수염을 기르지 않았어. 샤프 씨는 물론 다른 선원들이 수염을 기르는 동안 그는 매일 아침 혹은 늦게라도 스스로 면도를 했잖아. 그리고 식탁 시중도 들 필요가 없어. 내가 하려 하면 손을 들어 막았고, 자기가 알아서 잘도 먹었으니까. 한밤중에 날 깨우는 일은 더더군다나 단 한번도 없었지.

중요한 것은 내가 할 일이 별로 없어 거의 대부분의 시간을 빈둥거린다는 거야. 선실이 비면 그곳에서 빈둥거리고 그렇지 않으면 맥과 함께 갑판에서 시간을 보내. 선장과 함께 있을 시간을 최대한 줄이려고 나는 애쓰고 있단 말야. 그런데도 내가 이상하게 변했다는 걸 맥이 알아차렸다면 모두 제임스 말로리 선장 덕분이야.

그러나 이 배에서 보낸 일 주일이 영원보다 더 긴 것 같아. 난 끊임 없이 긴장하고 있는 통에 식욕도 없고, 잠도 잘 자지 못해. 그가 다가 온다거나 날 이상하게 쳐다볼 때면 난 속이 울렁거려 참기가 힘들어져. 때때론 그를 조금이라도 오래 바라본다거나, 밤마다 그의 벗은 몸을 봐야 할 때면 정말이지……. 내가 너무 신경을 곤두세우고 있나 봐. 그걸 맥이 알아차리지 못한다면 오히려 이상한 일이야.

맥에게 모든 걸 말하고 싶지 않아. 그러나 맥은 두 눈을 동그랗게 뜨고 날 유심히 바라보며, 내가 느끼는 이 모든 혼란에 대해 듣기를 원하고 있잖아. 아니야, 그에게 모든 걸 이야기하고 아주 상식적인 대답을 듣는다면 적절한 해결책을 얻게 될지도 몰라.

「일은 힘들지 않아요.」

조지애나가 무릎에 놓인 밧줄을 내려다보면서 대답했다.

「힘든 것은 영국인의 시중을 들어야만 한다는 거죠. 그가 다른 사람이었다면…….」

「그래, 무슨 뜻인지 알겠어. 네가 떠나는 데 너무나 열중해 있어서 이곳에…….」

그녀가 고개를 홱 치켜들었다.

「열중이라고요? 열중이라니요!」

「그땐 성급하게 구는 것을 연습 중이었고. ……요점은 네가 서둘러 영국과 영국과 관련된 모든 것에서 떠나고 싶어했다는 거야. 덕분에 넌 그렇게나 벗어나고 싶어했던 영국과 영국에 관련된 그것에 묶이고 말았잖니. 한 가지만 더한다면 그가 바로 귀족이라는 사실이야.」

「그가 귀족처럼 군다는 건 부정하지 않겠어요. 하지만 정말로 귀족인지는 의심스럽기 짝이 없어요. 귀족들이 돈 벌이를 위해 직접 바다를 헤치고 다닌다는 게 이상하잖아요?」

조지애나는 말로리 선장이 진짜 귀족이 아닐 수도 있다는 투로 말했다.

「규칙이란 변하기 마련이고, 있다 한들…… 조지애나 이 배를 둘러봐, 화물이라곤 보이지 않아. 그러니 그가 무역을 한다고 단정지을 수도 없어. 적어도 내가 듣기엔 그는 '자작' 이야.」

「대단하군요.」

그녀가 코웃음 치며 말하곤 무겁게 한숨을 내쉬었다.

「아저씨 말이 맞아요. 그가 그 빌어먹을 귀족이란 사실을 인정하기 싫기 때문인지도 모르죠. 왜 그가 귀족이 아닐 거란 생각이 들었는지 모르겠어요.」

「조지, 네 성급한 행동에 대한 대가쯤으로 여기고 편안하게 지내려고 노력해 봐. 그리고 네 오빠들이 네게 노발대발 해대기 전에 이걸 고려에 넣기를 바라고 말이야.」

그녀가 희미하게 웃었다.

「아저씨가 제 기운을 북돋아 주실 수 있다는 것을 알고 있었어요.」

그는 그런 소리 말라는 얼굴을 해보이곤 다시 줄을 잇기 시작했다. 조지애나도 손을 움직여 일을 도왔으나 머릿속에선 자신을 괴롭히고 있는 일들에 대해 끊임없이 생각하고 있었다.

마침내 조지애나는 맥에게 털어놓았다.

「뭔가에 가까이 다가가면 속이 울렁거리는 사람에 대해 들어본 적이 있으세요, 맥 아저씨?」

호기심에 차서 양미간을 찌푸리곤 그는 밝은 초록색 눈동자로 그녀를 뚫어지게 쳐다봤다.

「어떻게 울렁거리지?」

「구역질이 나는 거죠.」

즉시 그의 미간이 펴졌다.

「아, 그야, 남자들이라면 간밤에 퍼마신 술 때문에 속이 엉망이 되었거나……, 여자라면 임신으로 인해 그럴 수도 있다더구나. 음식을 보면 그런다지.」

「아니, 그런 이유가 없을 때 말이에요. 그러니까 이상할 게 하나도 없는데 어떤 특별한 것에 다가가면 구역질이 나는 경우예요.」

맥이 다시 눈살을 찌푸렸다.

「어떤 특별한 것이라고? 널 울렁거리게 하는 것이 뭔지 말해 줄래?」

「전 그게 제 얘기라곤 하지 않았어요.」

「조 —지.」

「알았어요. 선장님 말예요. 그에게 가까이 다가갈 때, 두 번 중 한 번은 속에서 난리가 나요.」

「절반 정도는 그렇다는 거니?」

「예. 언제나 그런 일이 일어나는 것은 아니에요.」

「그럼 정말로 아픈 거냐? 토한 적도 있고?」

「딱 한 번뿐이긴 하지만 토하기도 했어요. 하지만…… 그건 첫날에 그가 누군지 알았을 때 그런 거죠. 그가 제게 억지로 음식을 먹도록 했고, 전 너무나 긴장하고 당황해 있어서 그럴 수밖에 없었어요. 그 뒤론 속이 울렁거리기만 하는데 갈수록 심해져요.」

맥은 턱을 덮고 있는 붉은색 수염을 잡아당기면서 그녀가 한 말을 곰곰이 생각했다. 하나의 생각이 그의 머리를 스쳤지만 슬며시 고개를 저었다. 그럴 리는 없어. 선장을 싫어하니 그에게 끌린다는 건 생각할 필요도 없는 것이고, 그를 원해서 생기는 감정을 단순히 속이 울렁거린다고 말할 만큼 맹하지도 않으니

이야기해 볼 필요도 없는 문제라고.

맥이 심사숙고해서 입을 열었다.

「향수 때문이 아닐까? 혹은 비누일 수도 있고? 머리에 바르는 것은 어때?」

그녀는 눈을 휘둥그레 뜨며 웃었다.

「어째서 제가 그런 생각을 못했을까요?」

조지애나는 밧줄을 맥의 무릎에 던지곤 벌떡 일어났다.

「어딜 가려는 거냐?」

「비누 때문은 아니에요. 저도 그걸 쓰거든요. 그리고 머리엔 아무것도 바르지 않아요. 그냥 바람에 날리게 놔두죠. 하지만 면도 후에 뭔가를 바르긴 해요. 가서 그걸 냄새 맡아 보면……. 그래서 만약 그것 때문이라면 그게 어떻게 될는지 아저씨 상상에 맡길게요.」

다시 미소를 짓는 조지애나를 보자 그는 기뻤다. 그러면서도 잊지 않고 덧붙여 말했다.

「네가 그걸 치워 버리면 그가 찾을 게다.」

그런 건 나중에 생각하겠다는 말을 할 참이었으나 지금 맥의 야단을 벌 필요는 없었다.

「사실대로 말하죠. 그는 거만한 짐승이긴 하지만…… 그게 날 불편하게 한다는 걸 아는데도 계속해서 사용할 만큼 둔하진 않아요. 나중에 봐요, 맥 아저씨, 아님 내일 봐도 좋고요.」

태양은 이미 기울고 있었고, 지금부터는 조금은 바쁠 조지애나였다.

「벌 받을 짓은 하지 않겠다고 약속할 수 있지?」

무슨 벌을 받게 될지 그가 안다면 내게 장난거리를 제공해 줄지도 몰라.

「약속할게요.」

물론 그럴 작정이죠, 맥 아저씨. 선장이 쓰는 향수가 날 구역질나게 만들었다면 그에게 말 못할 이유가 전혀 없는 거였다. 좀더 빨리 말했어야 할 일이었다면 몰라도.

뛰어가던 조지애나는 속이 갑자기 꿈틀거려 얼굴을 찡그렸고, 재빨리 표정을 숨길 수도 없었다.

「이런, 네가 내 마음을 읽은 게 분명하구나, 조-지.」

제임스 말로리가 그것을 보고 말했다.

「무슨 말씀이십니까?」

「네 표정 말이다. 네가 씻는 것에 대해 내가 할 말이 있다는 것을 꿰뚫어 본 것 같구나. 아니면 네가 목욕을 안 하는 것에 대해 내가 말을 해야만 하겠나?」

그녀의 얼굴은 붉다 못해 보라색이 될 지경었다.

「어떻게 감히…….」

「조―지. 네 나이 또래 소년들이 목욕을 고문으로 생각한다는 것을 내가 모르리라 생각하나? 나도 너만 할 때가 있었다는 걸 생각해보렴. 그러나 넌 나와 함께 선실을 쓰고 있으니…… 음…… 음…….」

「제가 좋아서 그런 것은 아니죠.」

잔뜩 화가 난 조지애나는 톡 소리가 날 만큼 쏘아붙였다.

「어쨌든, 내겐 몇 가지 기준이 있어. 그 중엔 청결도 포함된다. 아니 적어도 청결한 냄새가 있지.」

제임스는 말을 마치자 마자 킁킁거리는 시늉을 해보였고, 조지애나는 배시시 웃음이 나올 것만 같았다. 맥의 말처럼 내 몸에서 나는 냄새 때문에 그가 구역질을 해댄다면 이건 글자 그대로 환상적이라고 말해야 해.

「네가 내 기준에 맞는 어떤 조그마한 노력도 하지 않았기 때문에…….」

「선장님께 말씀드릴 게…….」

「다신 내 말을 끊지 말아라, 조-지.」

짐짓 냉정해 보이는 목소리로 조지애나의 말을 끊었다.

「답은 나와 있다. 이제부터는 적어도 일주일에 한 번씩은 내 욕조에서 널 깨끗이 해라. 너만 좋다면 더 자주 해도 좋고. 당장 시작하도록 해. 그리고 이건 명령이야. 그러니 네가 프라이버시를 운운할 만큼 새침을 떨 거라면 서두르는 게 좋아. 저녁 식사 시간 전까진 다 해야 할 테니까.」

지지 않으려고 조지애나가 입을 열려던 찰나에 제임스는 자신이 가장 고집스러워 보인다고 생각하는 얼굴 표정을 지어 보였다.

「예, 선장님.」

앙다문 이빨을 비집고 나온 '선장님'이란 말은 얻어맞는 걸 간신히 피하게 해주었다.

제임스 말로리는 자신이 최대의 실수를 저지르지 않았기를 바라며, 쿵쾅거리며 걸어가는 조지의 뒷모습을 바라보았다.

난 숙녀들이, 그러니까 여자란 동물이 얼마나 씻는 것에 열심인지에 대해 알아. 그래서 난 그녀에게 아무의 방해도 받지 않고 충분히 씻을 수 있는 기회를 제공한 거야. 그녀가 발각될 두려움 때문에 그걸 못하고 괴로워한다면 나 역시도 기분 좋은 일은 아니라고. 당연히 그녀는 나에게 감사해야 해. 그런데 왜 화를 내는지 이유를 모르겠군.

멍청한 제임스, 생각을 해!

그러나 제임스의 머리를 스치는 한마디는 '멍청이'였다.

숙녀에게 냄새가 난다는 말을 해선 안 돼. 이 지독한 멍청아.

20

조지애나는 욕조에 편안하게 몸을 누이는 순간 모든 분노가 사라져 버렸다. 천국에 있는 것 같아, 집에 있는 욕조만큼이나 좋게 느껴지는걸. 선장의 욕조가 내게 꼭 맞을 리는 없지만, 아, 머릴 감겨 줄 하녀와 아주 향이 좋은 향료, 그리고 아무도 들어오지 않으리란 확신만 있다면 바랄 게 없어.

선장의 넉넉한 욕조에 온몸을 담그고 물 위로 떠오르는 머리칼과 장난하며 미소를 머금고 있는 조지애나였지만, 오랫동안 묶어 둔 가슴 주위는 발갛게 쓸려 쓰라렸으며, 선명한 자국마저 남아 있었다. 그래도 아픈 것에 비해 이렇게 목욕할 수 있다는 것만으로도 난 만족해.

지금 빌어먹게도 선장에게 감사해야 하잖아. 나 혼자라면 일주일은 더 눈치를 살피고야 이런 일을 저질렀을 거야. 소금기에 취사장 열기도 모자라, 선장이 밤마다 꼴사납게 옷을 벗어 댈 때면 왜 그렇게 선실이 더워지는지. 차가운 수건으로 재빨리 닦아내는 걸론 정말 참아 내기가 힘들었다고.

그러나 조지애나에겐 충분한 시간이 없었다. 그가 저녁식사를 하기 전에 완전히 머리를 말려 모자 속에 숨겨야 하고, 가슴을 다시 꼭 조여 묶어야 했다. 게다가 선장이 불쑥 들어오기라도 한다면……. 벗은 몸으로 선장과 마주 대할지도 모른다는 염려에 조지애나의 얼굴이 붉게 달아올랐다.

선장은 약속대로 표식을 걸어둔 시간 동안 선실에 들어오지 않았고, 먼저 식사를 마친 그녀가 두 사람 몫의 식사를 차려두고 그를 기다리기까지 했다. 목욕 물을 가지러 갈 때쯤에야 조지애나는 그가 사용하는 향수 생각이 났다. 그리고 조심스레 가리개 뒤로 발걸음을 옮겼다. 물론 그 향수의 향을 맡아 볼 작정이었다.

그러나 선장이 한발 먼저 가리개 쪽을 향해 걸어가며 그녀에게 머리를 헹굴 물을 더 가져오라고 시켰고, 한 양동이의 물을 가져왔을 땐 등을 밀라고 했다. 조지애나는 향기를 맡을 기회를 놓쳐 버린 자신에게 한바탕 욕지거리를 퍼부었다.

무슨 생각을 하고 있었던 거야. 아니 아직은 기회가 있어. 그가 몸을 닦을 때 어쩌면 그럴 수도 있어. 시간은 충분해. 머릿속에서 이런저런 생각을 하는 동안 조지애나는 그의 등을 빠르게 밀어 치웠고, 그게 울렁증을 가라앉게 해준다고 여겼다. 그러나 조지애나는 지금은 울렁거리지 않는다는 사실조차 깨닫지 못하고 있었다.

그의 손이 닿을 만큼 가까운 곳에 수건을 두었기 때문에 조지애나는 선장의 등에 물을 쏟아붓고는 곧장 그곳을 나와 다리가 높은 장롱으로 갔다. 아직까지는 행운의 여신이 그녀의 편일지는 몰라도 향수병을 꼭 쥐고 키 큰 장롱 앞에 멍하니 서 있는 그녀에게 웃어 줄 정신 나간 여신은 없었다. 선장이 가리개를 돌아 나와 향수병에 코를 박고 있는 자신의 캐빈 보이에게 소리를 질러야 하는 상황이라면 그녀는 지금쯤 자메이카에 가 있을지도 모를 일이었다.

그러나 조지애나는 울렁증을 일으키게 하는 것이 이 향수의 향기일 거란 기대로 꽉 차 냅다 뚜껑을 열었지만……. 아니란 사실을 받아들이고, 울렁증의 원인이 다름 아닌 선장 때문이란 걸 인정하기가 여간 힘든 게 아니었다.

「내 명령을 어기지 않았기를 바라는데, 조-지.」

제임스 선장의 목소리는 날카로왔다.

「무슨 말씀이죠, 선장님?」

「그 병으로 네가 뭘 하고 있는 중이라고 생각하나?」

그제서야 그가 무슨 말을 하는지 깨달은 조지애나는 얼른 뚜껑을 닫은 후 향수병을 내려놓았다.

「선장님이 생각하시는 건 절대로 아닙니다. 제가 쓰려고 한 것이 아니라……. 그럴 필요가 있다고 해도 사용하지 않았을 텐데……. 사용할 필요도 없죠. 전 정말 목욕을 했습니다. 맹세할 수 있다고요. 전 향수 따위로 역겨운 냄새를 숨길 수 있다고 생각할 만큼 바보는 아닙니다. 그러는 사람도 있다는 것은 알고 있지만 전 차라리……. 다시 말해서 전 그러지 않았습니다.」

「그런 말을 들으니 좋구나. 그러나 내 질문에 대한 대답이 아니야.」

「아, 선장님께서 물으신 거요. 제가 하고 있던, 음…… 하고 싶었던 것은 단지…….」

냄새를 맡아 보고 싶었다고, 아냐 그가 항상 뿌리고 있잖아? 그는 믿지 않을 거야, 조지. 하지만 뭘 망설이고 있는 거야. 그는 내게 냄새가 난다고 조금도 주저 않고 말했잖아.

「솔직히 말해서, 선장님…….」

「이리 와, 조-지. 네가 솔직히 말하는지 직접 봐야 겠다.」

조지애나는 화가 나서 이를 악물었다. 저 빌어먹을 인간이 내 냄새를 맡아보고 싶다는 건가. 그러지 말라고 말해 봤자 아무 소용없겠지. 그는 명령을 하게끔 만든 나나 명령을 해야 했다는 사실에 짜증이 나 있을 거야. 오, 이런. 그는 난봉꾼 같아 보이는 얇은 가운밖에 입고 있지 않아. 벌써 온몸이 뜨거워지는 것 같아.

그녀는 천천히 침대를 돌아 나와 양손을 마주잡고 비틀며 그의 앞에 섰다. 제임스는 거침없이 몸을 숙여 그녀의 목에 코를 들이밀고는 킁킁거리는 소리를 내며 냄새를 맡았다. 그의 뺨이 그녀의 얼굴을 스치지만 않았다면 아무런 문제가 없는 상황이었는데…….

「도대체 뭐 때문에 신음을 하는 거냐?」

마치 신음을 해야 하는 사람이 자기라는 것처럼 화가 난 목소리로 그가 말했다. 그러나 그녀도 어쩔 수가 없었다. 몸 속의 모든 부분 하나 하나가 밖으로 나오겠다고 아우성치는 듯이 느껴졌고, 그의 목소리는 귓전에서 맴돌 뿐이었다. 조지애나가 한걸음 뒤로 물러서자 다시 숨을 쉴 수 있는 것 같았고, 그의 눈도 똑바로 쳐다볼 수 있었다.

「죄송합니다, 선장님. 하지만…… 이걸 달리 말할 방법이 없네요. 선장님은 절 아프게 해요.」

그의 주먹이 눈앞에 나타난다 해도 그녀는 놀라지 않았을 것이다. 그는 미동도 하지 않고 지금껏 들어 보았던 목소리 중에 가장 무섭게 되물었다.

「다시 한 번 말해 봐, 조-지.」

이걸 설명하는 대신에 얻어맞는 쪽이 차라리 더 나아. 말하려는 나 자신도 이렇게 당황스러운데 당사자라면 어떨까. 이건 분명 내 문제야. 아무도 아프지 않잖아. 게다가 무슨 정신으로 그런 결정을 내린 거지. 그가 낮에 있었던 일로 내가 앙갚음하려든다고 믿고, 내 말을 무시하면 그뿐이잖아. 그렇게 되면 뭐가 달라지냐고. 더군다나 그는 미친 듯이 화를 낼 거야.

이젠 너무나 늦었어. 그가 날 사정없이 후려치기 전에 빨리 설명을 해야 해.

「모욕하려는 뜻은 아니었어요. 맹세할 수도 있습니다. 저도 문제가 뭔지 정확히 몰랐었죠. 그러나 오늘 낮에 맥이 선장님에게서 나는 냄새가 그럴 수도 있다는 말을 하더군요. ……향수병을…… 들고 냄새 맡아…… 하지만 그것 때문이 아니라는 걸 알았죠. 그것 때문이길 바랐는데 아니었습니다. 그건 그저 우연의 일치일 수도 있…….」

어쩌면 살게 될지도 몰라. 자신이 방금 생각해낸 정말 기특한 생각에 그녀의 표정은 금세 밝아졌다. 그리고 그걸 설명하느라 용기를 내서 그를 올려다보기조차 했다.

「예, 바로 우연의 일치인 게 확실합니다.」

「뭐가 그렇다는 거냐?」

하느님 감사합니다, 그는 이제 차분해졌고 표정도 그래 보여. 지금까지 그의 얼굴이 분노로 울그락불그락 하고 있을까 봐 두려웠는데.

「선장님이 근처에 있으면 전 아파요. 주로 가까이 있을 때 그러죠.」

그를 보기만 해도 라던가 날 쳐다봐도 그렇다는 것은 말하지 않는 게 좋겠어. 사실, 이 문제에 대해선 빨리 끝내는 게 현명한 일일 거야.

「순전히 제 문제죠, 선장님. 그리고 그것 때문에 제 일을 소홀히 하는 경우는 없을 겁니다. 그러니 제발 제가 한 말을 잊어 주십시오.」

「잊어버……?」

목구멍에 가시라도 걸린 사람처럼 그가 말했다. 조지애나는 어딘가에 있을 쥐구멍을 찾았고, 얼른 그곳에 들어갈 수 있기만을 바랐다.

생각한 대로 그가 차분해진 것은 아닌가 봐. 아마 내 대담한 행동에 충격을 받았을지도 몰라. 아니면 너무나 화가 나서 말이 안 나왔던지.

「어떤…… 종류의…… 병이지?」

이건 대본에도 없었어. 그가 자세한 설명을 원하잖아. 조지애나는 그가 자신의 말을 믿기 때문에 저러는 건지 아님 심술궂은 캐빈 보이를 실컷 두들기기 위한 구실을 만드는 중인지 종잡을 수가 없었다. 만약 얼버무려 적당히 넘어가려 한다면 선장이 당한 모욕 때문에라도 그냥 지나가지 않을 것만은 확실했기 때문에 조지애나 역시 이유를 설명하는 일에 물러설 수가 없었다.

말 많은 내 입이 정말로 미워. 하지만 일이 이렇게 된 이상 솔직하게 말하는 게 최선이지. 정신차려 조지애나.

「죄송합니다, 선장님. 그러나 제가 할 수 있는 가장 가까운 표현은 구역질입니다.」

「정말이냐?」

「아…… 아닙니다! 제가 느끼는 건 정말 우스운 울렁증일 뿐이에요. 그리고 숨이 가빠지고 몸이 더워지고…… 사실 뜨거워진다는 것이 정확한 표현입니다. 분명한 건 열 때문이 아니란 거예요. 게다가 제 몸에서 기운이 다 빠져나가 버린 듯해요.」

제임스는 지금 들은 말을 믿을 수가 없어서 조지애나를 그냥 쳐다만 보고 있었다. 창녀라면 저렇게 순진할 리가 없어. 정말 무슨 말을 하고 있는 건지 모른다면…… 무엇보다 나 역시도 똑같은 감정을 느끼고 있다는 거야. 내 정석에서 벗어난 유혹이 효과를 발휘하고 있는 데도 난 몰랐다니 말이 돼? 그녀는 날 원하고 있어. 그녀가 느꼈지만 그것이 무엇인지 몰랐기 때문에 나 역시도 몰랐던 거야.

지금처럼 순진하다는 게 경이로워 보인 적이 없었어. 이런 건 환희라고 해야 하나. 그러나 이 경우엔 그녀의 순진함 때문에 난 완벽한 지옥을 맛봤군. 이 순간부터 모든 전략은 바뀌어야 해. 저토록 순진한 아가씨에게 날 가져달라는 고백을 받기란 있을 수 없는 일이지. 우선 그녀의 속마음을 완전히 알아낸다면 내가 우위라는 사실은 변하지 않아.

「그런 증상이 심하게 불쾌한 건가?」

그가 조심스럽게 물었지만 조지애나가 인상을 썼다.

불쾌한가? 전에 그런 것을 경험해 본 적이 없었기 때문에 놀랍기는 했어도, 불쾌했나?

「심하진 않습니다.」

「그럼 더 이상 그런 일로 걱정하지 말아라, 조-지. 전에 이런 문제에 대해 들어본 적이 있어.」

조지애나의 눈이 반짝였다.

「들어보셨다고요?」

「그렇고 말고. 또한 치료법도 알고 있지.」

「정말요?」

「물론이지. 그러니 이 문제는 내게 맡겨 놓고 잠이나 자려무나. 내가 그걸 처리해 주…… 개인적으로 말이야. 넌 그걸 믿으면 될 게다.」

그의 입가에 매달린 웃음은 악마를 닮아 있어. 조지애나는 그가 자신의 말을 단 한마디도 듣지 않았다고 생각했다.

아마 날 놀리는 걸 거야.

21

벌써 잠든 건가, 조-지?」

그래야만 했다. 잠자리에 든 지 한 시간도 더 지났건만 아직도 정신이 말짱한 이유가 선장의 벌거숭이 몸을 본 탓은 아니어야 했다. 조지애나는 해먹에 눕자 마자 꼭 감은 눈을 뜨지 않으려 기를 쓰면서 생각을 딴 데로 돌리려고 애썼다. 아니고 말고. 오늘 밤 잠 못 드는 이유는 선장이 정말 날 괴롭히고 있는 병이 무언지 또, 그에 대한 치료법을 아는 게 사실인지가 궁금해서야. 치료약이 있다면, 어쩐다지? 아마도 무척 끔찍한 맛이 나는 약일 테고 그렇지 않더라도……, 선장이 그렇다고 믿게 만들어 버리고 말 거야.

「조-지?」

그녀는 잠든 척 하려고 했으나, 괜히 그럴 이유가 없었다. 그가 원하는 게 주방에 가서 뭔가를 가져오게 시키고 싶은 거라면, 들어주고 나면 좀 피곤해질 거야.

「예?」

「난 잠이 오지 않아.」

이미 알고 있는 것이라 그녀는 그가 있는 쪽으로 고개를 돌렸다.

「뭐라도 갖다 드릴까요?」

「아니, 날 진정시켜 줄 뭔가가 필요해. 아마 네가 잠시 동안 책을 읽어 준다면 잠이 들지도 몰라. 맞아, 그럴 게 분명해. 불을 켜, 그래 줄 수 있지?」

마치 내게 선택권이 있는 것처럼 이야기하는군. 그녀는 잠자리에서 일어나며 속으로 투덜거렸다. 이런 일을 요구할 수도 있다는 말을 듣긴 했지만, 내가 아직 깨어 있으니 오늘 밤은 별 문제가 아니지 뭐. 내가 잠들지 못하는 이유는 알겠는데 그가 왜 그러는진 모르겠군.

그녀는 해먹 옆에 걸려 있는 등을 켜서 책꽂이로 들고 갔다.

「특별히 듣고 싶은 책이라도 있습니까, 선장님?」

「아래 칸 맨 오른쪽 끝에 얇은 책이 있다. 그걸 들으면 잠이 올 테지. 그리고 의자를 끌어와라. 내가 원하는 것은 조용하고 차분한 목소리지 방이 울리도록 소리치는 건 아니거든.」

조지애나는 그가 누워 있는 침대 가까이에 가는 게 도무지 내키지 않아 잠시 동안 머뭇거렸다. 명령을 거역할 순 없어서 미적거리는 와중에도 자신에게 그가 이불을 잘 덮고 있고, 더구나 그를 쳐다볼 필요도 없다는 사실을 끊임없이 상기시켜 주었다. 단지 책을 읽어 주기만을 바라는 거야. 아마 이 책은 나도 잠들 수 있을 정도로 지루할지도 몰라.

그녀는 의자를 지시한 대로 그의 침대 발치께로 끌어다 놓고 그 뒤에 있는 식탁에 등을 놓았다.

「표시해 둔 페이지서부터 읽어라.」

그녀가 의자에 앉자 그가 말했다.

그 페이지를 찾아 그녀는 작게 헛기침을 한 번 하고 읽기 시작했다.

「내가 그렇게 크고 둥글고 풍만한 것을 본 적은 이번이 처음인 게 확실했다. 그걸 물고 싶어서 이빨이 근질근질했다.」

세상에, 이렇게 시시할 수가! 몇 분만 지나면 우리 두 사람 다 졸리게 할 만한 책이군.

「내가 하나를 꼬집자 기쁨에 찬 헐떡거림이 들렸다. 다른쪽은 내 입을 유혹했고 난 기꺼이 은혜를 베풀었다. 아아, 하느님! 아, 이렇게 달콤할 수가. 너무나 황홀한…… 가슴의…….」

조지애나는 고통스럽게 숨을 헐떡이면서 책을 쾅 덮었다.

「이건…… 이건…….」

「나도 알아. 그런 걸 성애를 다룬 문학이라고 부르지, 이 녀석아. 전에 그런 쓰레기 같은 책을 한 번도 읽어보지 않았다고 말하진 않겠지? 네 또래 소년들은 다 읽으니 말이야. 글을 읽을 줄만 안다면 말이지.」

그런 소년인 체해야 한다는 것을 알지만 무척 당황해서 둘러댈 겨를이 없었다.

「전, 전 한 번도 읽어본 적이 없어요.」

「다시 새침을 떠는 거냐, 조-지? 어쨌든, 계속 읽어라. 그런 책을 읽어본 적이 없다면, 거기서 배우는 점도 있을 게다.」

이런 순간이야말로 변장하고 있는 자신이 가장 싫은 경우였다. 조지애나라면 어린 소년의 도덕성을 무너뜨리는 책을 읽게 하면서도 태연자약한 그의 귀를 호되게 때려 주고 싶었으나, 캐빈 보이 '조-지'는 기꺼워할지도 몰랐다.

「정말 이런…… 선장님이 부르신 대로 이런 쓰레기가 좋으세요?」

「세상에나, 좋아할 리가 있나. 좋아한다면, 그걸 듣는데 잠이 올 리가 있겠니?」

마치 소름이 오싹 끼친다는 투의 대답을 듣고서야 당황한 감정이 약간 줄어들긴 했지만, 그래도 조지애나는 모진 고문으로 다스리겠다는 협박을 받는다 해도 그 구역질나는 책을 다시 펴고 싶지 않았다. 적어도 그가 근처에 있을 때는.

「괜찮으시다면, 선장님께서 지루하게 여기실 만한 다른 책을 읽어드리고 싶은데요, 좀 덜…… 덜…….」

「새침 떠는 것만으로도 모자라 까다롭게까지 구는 건가?」

그가 침대에서 길게 한숨을 쉬었다.

「몇 주만에 널 어른으로 만들 순 없겠지. 신경 쓸 필요 없어, 조-지. 어쨌든 날 잠 못 자게 하는 것은 두통이니까, 네 손이 약손이 되어 줄 수 있을 거야. 이리 와서 내 관자놀이를 마사지해. 그럼 금방 잠들 수 있을 게야.」

더 가까이 가서 마사지하라고? 이대로 굳어 버렸음 좋겠군. 그녀는 옴짝달싹 못하고 의자에 앉아 있었다.

「전 어떻게 하는지 모르…….」

「물론 모르겠지. 내가 가르쳐 주지. 자, 손을 내밀어봐.」

그녀는 속으로 신음을 했다.

「선장님…….」

「빌어먹을, 조-지! 아픈 사람에게 말대꾸하지 마. 아니면 날 밤새도록 고통스럽게 놔두고 싶은 건가?」

그가 날카롭게 소리쳤다.

그녀가 여전히 꼼짝도 하지 않자, 그는 음성을 낮췄다. 여전히 무뚝뚝한 음성이었다.

「네 걱정거리가 그 병이라면, 그걸 마음에서 몰아내 버리면 도움이 될 거야. 네가 그렇게 하든 하지 않든 간에, 지금은 내 병이 네 병보다 우선이지만.」

물론 그러시겠지. 선장은 매우 중요한 존재지만 나야 단지 하찮은 캐빈 보이에 불과하니까. 저 대단하신 선장님 앞에서 버릇없고 생각도 모자란 아이처럼 굴면 어떨까?

천천히 위치를 바꿔, 침대에 누워 있는 그의 옆에 꼿꼿하게 다가앉으면서 조지애나는 다짐했다. 아무 생각없이, 단, 무슨 일을 하던지 간에 그를 쳐다보지 말아야 해. 조지애나는 그의 뒤에 있는 침대 기둥에 눈을 고정시켰다. 그때 불쑥 뻗어온 손이 그녀의 손을 잡아 그의 얼굴에 갖다 대었다.

조지애나, 그가 맥이라고 생각해. 맥이나 오빠였음 기꺼이 이렇게 해줬을 거야.

그녀는 손가락 끝으로 그의 관자놀이를 슬며시 누르곤 이어 작은 원을 그리기 시작했다.

「긴장을 풀어, 조-지. 이 일이 널 죽이진 않을 테니 말이야.」

내가 할 말을 앞질러 하고 있네. 하지만 그처럼 냉담하게 말하진 않았을 텐데. 그는 무슨 생각을 하는 걸까, 내가 자신을 두려워한다던가 뭐…… 그런 생각? 이유는 모르겠지만, 내가 전전긍긍하고 있는 건 사실이야. 한 주를 딱 붙어서 지내고 보니, 날 해치지 않을 거라는 것만은 알겠어. 그래서 더 속을 모르겠다고, 이건 대체 뭐지?

「이제 혼자서 해봐, 조-지. 그냥 같은 동작을 반복하면 돼.」

조지애나의 손을 잡고 있던 그의 따스한 손이 사라지자 손가락 끝에 살포시 닿아 있는 피부의 온기를 느낄 수 있었다. 정말로 만지고 있어. 그가 약간 몸을 움직거려 머리카락이 조지애나의 손등에 닿기 전까지는 그다지 나쁜 기분은 아니…… 그의 머리카락은 너무나 부드럽고 차가웠다.

이렇게나 선명한 대비라니. 하지만 무엇보다도, 자신의 엉덩이 근처에 있는 그의 몸에서 내뿜어지는 열기가 그녀를 태울 듯이 뜨거웠다. 그제야 그가 두꺼운 누비이불이 아닌, 마치 피부처럼 달라붙어 있는 얇은 실크 이불만을 덮고 있음을 알았다.

그를 쳐다봐야 할 이유는 하나도 없어. 그러나 이미 잠들었다면 어떡하지? 더 이상 필요하지 않는데도 마사지를 계속해야 하는 건가? 잠들었으면 코를 골 거야, 그럼 알게 되겠지. 하지만 여태까지 코를 고는 모습은 한 번밖에 보지 못했고, 아마 코를 골지 않을지도 몰라. 혹시 벌써 잠들었을지도 모르고…….

쳐다봐! 그리고 이 일을 끝내 버리라고!

그렇게 하고야 말았다. 본능이 시키는 대로라면 하지 않았어야 옳았을 테지만, 경고를 거스르고 쳐다본 그 남자는 아주 행복한 얼굴로 지긋이 눈을 감고 입술엔 관능적인 미소를 머금고 있었다. 사악할 정도로 핸섬해 보이는 얼굴로. 그는 잠든 게 아니라 그냥 눈을 감은 채 그녀의 손길을 즐기는 중이었다.

이런 세상에! 마음이 요동치고 몸이 뜨거워지면서 온몸에서 기운이 쭉 빠져나갔다. 바다 한가운데서 만난 폭풍우처럼, 그녀의 마음속에서 '난리'가 일어났다. 불에 데인 듯 얼른 손을 떼려는데 그가 재빨리 붙잡아 힘을 주자 그녀는 숨을 죽였다. 그는 천천히 손을 끌어가 관자놀이 대신 뺨에다 갖다 대었다.

그 열정적이고 최면을 거는 듯한 초록색 눈을 응시하면서 그녀는 자기도 모르는 새 그의 뺨을 감싸쥐었다. 이윽고 두 사람은 자석에 끌려가는 쇠붙이처럼 서로의 입술을 맞댄 채 서로의 입 속에 정열을 불사르기 시작했다. 그녀는 자신을 점점 더 깊게 빨아들이는 관능의 소용돌이에 빠져들어 휘돌았다.

쏜살같이 혹은 느릿느릿 시간이 흐르는 듯한 느낌 속에서 조지애나는 점차 무슨 일이 벌어지고 있는지 깨닫게 되었다. 제임스 말로리가, 남자가 키스를 할 때 뿜어낼 수 있는 최대한의 정열을 담아서 내게 키스를 하고 있는 거야. 그리고 난, 목숨이 달려 있기라도 한 것처럼 그의 키스에 반응하는 중이고. 가슴의 울렁증과 구역질이 전보다 더 심해졌다.

이상스럽지만, 지금은 그게 기분 좋게 느껴져 그리고 옳은 일이야. 옳다고? 아니, 이건 옳은 일은 아니야. 그는 내게 키스를 하고 있는…… 아니야, 그는 '조-지'에게 키스하고 있는 거야!

돌연 흥분이 충격으로 가시면서 그녀는 미친 듯이 그를 밀어내려고 버둥거렸으나 그가 꽉 안고는 놓아주지 않았다. 간신히 키스만을 멈출 수 있었다. 그것으로도 충분했다.

「선장님! 멈추세요! 미치셨어요? 절…….」

「그만해, 이 귀여운 여자야. 난 더 이상 이 게임을 끌 수가 없어.」

「무슨 게임이요? 제정신이 아니군요! 아니, 기다…….」

그가 가까이 끌어당긴 후 자신의 체중으로 그녀를 부드러운 침대에서 꼼짝도 못하게 내리눌렀다. 조지애나는 머릿속이 텅 비어 버렸는지 잠시 동안 아무 생각도 할 수가 없었다. 익숙해진 울렁거림이 이젠 너무나 기분 좋은 울렁거림으로 바뀌어 — 뭐랄까, 생경하다? — 삽시간에 온몸으로 퍼져나갔다. 그런데 뭐, 이 귀여운 여자라고?

「알고 있었군요!」

정면으로 바라보고 적절하게 비난하기 위해 그의 어깨를 밀어내면서 그녀가 헐떡이며 소리쳤다.

「처음부터 알고 있었던 거죠, 그렇죠?」

제임스는 평생토록 한 번도 겪어보지 못한 강한 욕망에 온몸이 욱신거려 오는 고통을 느꼈다. 그러나 그렇다고 고백하는 게 불에 기름을 끼얹는 격이 되지 않는다고 확신할지라도 장차 어떤 빌미가 될지도 모르는 실수를 할 만큼 정신 나간 상태는 아니었다.

「내가 알았어야만 한다고 정말 빌어먹을 정도로 간절히 바라는 바요.」

그가 그녀의 어깨에서 조끼를 밀어내면서 나직이 속삭였다.

「그리고 나중에 당신으로부터 설명을 들어야겠소. 당신은 설명을 해야만 할 거요.」

「그럼 어떻게……? 아!」

그의 입술이 목과 귀에 낙인을 찍어 대자 그녀는 온몸으로 매달렸다. 그가 혀로 그녀의 귓불을 간질여 주자 조지애나는 기쁨에 몸을 떨었다.

「전혀 뾰족하지 않군. 이 조그만 거짓말쟁이야.」

깊은 곳에서 터져 나오는 제임스의 웃음소리에 자신도 마주 미소 짓고 싶은 충동을 느끼곤 그녀는 깜짝 놀랐다. 정체가 발각되는 것은 예견하고 있었지만, 그의 입술이 그녀의 입술에 닿는 경우는 생각도 못했던 일이었다. 그를 막아야 해! 그러나 입술과 입술이 맞닿아 있는 지금 머릿속에서만 맴도는 희미한 이성의 파편 따위가 의지나 힘이 되어 줄 리 만무했다.

제임스가 단숨에 모자와 스타킹을 벗겨 냈고 길다란 머리카락을 베개 위에 한껏 풀어놓아 자신의 정체를 모두 드러내자, 그녀는 그를 실망시키지 않았으면 좋겠다는 완전히 여성적인 불안감으로 숨을 죽였다. 맙소사, 실망시키고 싶지 않다고? 그는 아주 꼼꼼하게 그녀의 온몸을 구석구석 조사하듯이 살펴봤다. 마침내 그녀의 눈과 마주친 그의 초록색 눈은 다시 뜨겁게 타오르며 강렬한 번쩍임을 발했다.

「이 모든 것을 숨긴 당신을 때려 줘야만 하겠군.」

그녀는 놀라지 않았다. 그의 시선은 때리겠다는 말과는 전혀 다른 감정을 내뿜어 오히려 그 말 뒤에 숨어 있는 의미에 그녀의 발가락 끝으로 전율이 흘러내렸다. 뒤이은 키스에 온몸으로 나른하게 퍼지는 전율은 그녀의 모든 긴장을 잠재웠다.

한참이 지나서야 그녀는 다시 숨을 쉴 수가 있었다. 숨 쉴 필요가 있는 사람이 누구지? 그는 아니었다. 그녀만이 아직도 제대로 숨을 쉬지 못하고 있었다. 풍부한 경험으로 단련된 입술이 햇병아리의 얼굴과 목을 혀로 쓸어내리는 통에 그녀는 계속 숨만 헐떡이고 있었다. 그가 노련하고도 교묘한 기교로 셔츠를 벗겨 내었지만, 그녀는 거의 알아차리지도 못했다. 그러나 가슴을 동여맨 끈을 재빠른 동작으로 찢기 시작하는 것은 알아차릴 수 있었다.

그녀는 이런 일이 일어나리라곤 생각하지도 못했었다. 여태껏 일어난 모든 일이 그녀가 겪어 보지 못했던 또, 상상해 본 적이 없었던 것들이었다. 정신이 혼미한 가운데 막연하게나마 그녀는 옷이 벗겨지는 이 상황이 자신이 벌인 속임수의 결과라고, 더 이상 놀랄 게 없다는 점을 확실히 알려 주려고 그러는 게 분명하다고 생각했다. 그럼 왜 키스를 해대는 거지? 그가 자신의 가슴을 삼킬 듯이 쳐다보자 그녀는 생각을 멈추었다.

「당신이 이 불쌍한 것들에게 한 짓은 죄악이야, 조-지.」

이 남자를 쳐다보는 것만으로도 얼굴이 붉게 물들기 일쑤였지만, 그 말은…… 피부가 영원히 붉게 물들어 있지 않는 게 이상해. 그 말을 마치자 마자, 동여매서 생겨난 붉은 자국과 선을 따라 그가 혀로 쓰다듬고 있는 중에 내가 생각을 할 수 있다는 것도 이상해. 그는 이제 혀만으론 성에 차지 않는지 손으로 양 가슴을 쥐고 부드럽게 마사지하기 시작했다. 마치 오래 묶어 놓은 데 대해 연민을 느낀다는 듯이 아주 부드럽게.

조지애나 자신도 꽉 묶어 놓은 끈을 풀 때마다 똑같은 일을 되풀이하던 게 떠올라서 그에게 그만 멈추라고 말할 생각조차 하지 않았다. 끝없이, 너무나 부드럽게 가슴을 매만지던 그가 손으로 한쪽 가슴을 쥐어 입으로 집어넣었다. 그녀의 머릿속이 하얗게 비면서 단지 느낄 뿐, 더는 이어지는 어떤 생각도 떠오르지 않았다.

조지애나와는 달리 제임스의 모든 능력은 고도로 발휘되고 있었다. 그녀의 몸을 이루고 있는 구석구석이 매우 다루기 쉬운 거라고 큰소리 칠 순 없지만, 그녀가 이토록 정열적으로 협조해 주는지라 다른 유혹을 선보일 필요는 없었다. 사실 누가 누구를 유혹하는 중인지 궁금하기까지 했다. 물론 이 시점에선 하나도 중요한 문제가 아니었다.

그녀는 자신이 상상했던 것보다 훨씬 더 아름다웠다. 그가 이미 알고 있는 섬세한 용모가 조그마한 얼굴을 감싸고 있는 숱 많은 짙은 색 머리카락과 합쳐지자 믿을 수 없을 만큼 매혹적으로 보였다. 더군다나 가능한 모든 상상력을 동원해서도 그녀의 자그마한 몸이 이렇게 관능적일 거라곤 생각조차 못했었다. 풍만한 가슴과 가느다란 허리가 캐빈 보이의 복장 속에 은밀히 숨겨져 겉으로는 전혀 드러나지 않았다.

하지만 선술집에서 자신을 매료시킨 그 귀여운 엉덩이만은 모양도 완벽하고 탄력에 넘친다는 것을 처음부터 알고 있었다. 지금 봐도 기대 이상으로 근사했다. 그는 벌거벗긴 엉덩이에 입술을 대고 기쁨에 넘친 키스를 했다, 나중에 그 사랑스런 곳에 좀더 시간을 들이기로 맹세하면서. 지금은…….

조지애나는 사랑을 나누는 일에 대해 온전히 쑥맥이라곤 할 수 없었다. 다섯이나 되는 오빠들이 귀가 밝은 여동생에 대한 조심성도 없이 그걸 어떻게 하는지 훤히 알아들을 수 있을 정도로 적나라하게 말하는 것을 수도 없이 엿들었다. 다만, 자신의 몸으로 직접 그의 몸을 느끼며 살과 살이 맞닿아 뜨거운 열기를 더해 가는 지금까진 실제 상황으로 연결시켜 보지를 않았었다.

그가 언제 어떻게 자신의 옷을 다 벗겨 내었는지에 대해서 궁금하지조차 않았다. 둘 다 벌거벗고 있다는 것만을 깨달았다.

당장 너무나 많은 다른 느낌과 생각들이 엉켜 한꺼번에 몰아치는 바람에 당황할 틈도 없었다. 그는 황소 같은 육중한 체구를 그녀의 가녀린 몸 위에 올리곤 정복자처럼 아래로 누르며 둘러쌌다. 가능한 일인지는 알 수 없지만, 그는 벽돌 벽이고 자신은 아니기 때문에 부서뜨려질지도 모른다는 느낌만 모호하게 들었다. 그가 커다란 손으로 자그마한 그녀의 얼굴을 잡고 부드럽고 달콤하게 타는 듯한 열기를 담아 키스를 퍼부었다. 입 안으로 침입해 들어온 혀가 빈틈없이 구석구석 입 속을 탐구해 맛을 보고 그녀도 그를 맛보게 했다.

그녀는 자신의 몸 위를 거침없이 돌아다니는 그의 손과 혀와 피부가 일으키는 모든 접촉과 그것이 주는 느낌 중 어느 한 가지도 멈추게 하고 싶지 않았다. 그러나 멈춰야만 한다고, 적어도 멈추려는 노력은 해봐야 한다고, 이 일의 끝이 어딘지 알기 때문에 이토록 쉽게 굴복해 버리면 난봉꾼의 유혹에 자발적으로 동의하고 받아들이는 거라고 생각했다. 정말로…… 멈출 수 있겠어, 솔직히, 그러길 바래?

상반되는 생각을 화해시킬 방법이 없는 이 상황에서 어떻게 차분하고 조리에 맞는 결론을 내릴 수 있겠어? 그에게서 한 열 발자국, 아니 스무 발자국만 떨어져 있으면 알 수 있을 텐데…… 아니, 일 센티미터도 떨어져 있지 않는 지금이 더 좋아. 이런, 세상에, 이미 굴복해 버린 게 틀림없어! 단지 그걸 모르고 있다 뿐이지. 아니야! 내일 아침에 '무슨 일이 일어난 거죠?'라고 묻는다면 양심에 걸릴 게 분명하니까 지금이라도 노력은 해봐야 해.

「선장님?」

잠깐 키스가 멎은 틈을 타서 가쁜 숨을 몰아쉬며 입을 열었다.

「음?」

「저와 사랑을 나누고 있는 건가요?」

「오, 그래, 내 귀여운 여자야.」

「정말로 그래야만 하겠어요?」

「물론이지. 어쨌든 이건 당신을 괴롭히고 있는 것에 대한 치료야.」

「농담하지 마세요.」

「농담이 아냐. 당신의 울렁증은 단지 건강한 욕망이었을 뿐이야…… 나에 대한 욕망 말이야.」

그를 원했다고? 그를 좋아하지조차 않는데? 하지만 욕망이란 말이 이렇게 즐기고 있는 나를 완벽하게 설명해 주긴 해. 또, 열정의 대상을 좋아할 필요가 없다는 것도 분명하고. 맞아, 이게 정답일 거야. 단지 일 분만이라도 지금 느끼는 감정에서 벗어나 정신을 집중해서 말할 수 있으면 이 생각을 조금도 놓치지 않을 텐데. 미칠 듯 흥분시키는 이 감정은 어디로 사라져 버리지도 않고…… 그래, 그를 원하는 거야, 적어도 지금은 말이야.

당신은 계속하라는 내 허락을 받은 거예요, 선장님.

그가 으스댈 게 뻔해서 그녀는 속으로만 가만히 중얼거렸다. 지금 그에게 고백해서 즐거움을 더해 주고 싶진 않았다. 어쨌든 그럴 생각이라, 그의 몸을 감싸안는 손길로만 미묘하게 속마음을 전달했고, 그리고 그는 그 암시를 아주 빠르고 정확하게 알아들었다.

미칠 듯이 흥분된다고? 미칠 정도는 아니야.

그는 그녀의 다리 사이에 자리를 잡았다. 그녀의 전신이, 보드레한 맛과 달콤한 느낌까지도 그를 위한 공간을 만들기 위해 오므라든 것처럼 보였다. 그의 입술이 그녀의 입술로 돌아왔다가 다시 목으로 거기서 다시 가슴으로 내려가더니 이내 몸을 곧추세웠다. 그녀는 갑자기 허전한 느낌이 들어 싫었다. 이젠 그의 무게가 좋았다. 그러나 곧 보상이 따랐다. 아래쪽에서 보다 큰 압력이…… 오, 세상에, 그곳이 뜨거워. 단단하고 두꺼운 그가 열기 속으로 밀고 들어와 나를 꽉 채우곤 흥분시키고 있어. 그의 몸이 두렵진 않아…… 하지만 너무 너무 아파!

그녀는 숨을 헐떡거리고, 지독한 고통을 견디어 내면서도 그를 거부하진 않았다.

「선장님, 제가 전에 이걸 해본 적이 없다고 말했던가요?」

그가 거의 무너지듯이 그녀의 몸 위로 돌아오자 또다시 자신을 가득 채워 주는 듯한 체중이 느껴졌다. 그의 얼굴이 그녀의 목을 향해 있어 그곳에 닿은 입술이 달싹거렸다.

「내가 지금 막 그 사실을 발견했다고 믿소.」

그녀는 그가 하는 말을 거의 들을 수가 없었다.

「이제 당신이 날 제임스라고 불러도 된다고 생각하는데.」

「알았어요, 하지만 제가 지금 그만두라고 말하면 심하게 고통스러운가요?」

「그렇소.」

그가 웃고 있나? 몸을 떨고 있는 것은 확실해.

「제 말이 너무 공손했나요?」

그녀가 물었다.

이젠 확실히, 그가 크게 웃고 있었다.

「미안하오. 정말 미안하오. 그러나…… 이건 충격이오. 당신이…… 다시 말해 당신이 너무나 열정적이라서…… 이런, 빌어먹을.」

「말을 더듬는 거예요, 선장님?」

「그…… 그런 것 같소.」

그가 몸을 약간 들어올려 입술로 그녀의 입술을 살짝 스치고는 싱긋이 웃으며 내려다보았다.

「내가 멈출 수 있다고 할지라도 지금 멈출 필요는 없소. 손상은 끝났고, 당신의 처녀막이 찢어지는 고통도 이제 끝났소.」

증명이라도 하려는 듯이 그가 그녀 안에서 천천히 움직이면서 관능적인 즐거움을 안겨 주자 조지애나의 눈이 휘둥그레졌다.

「아직도 그만두기를 원하오?」

「아니요.」

「하느님 감사합니다!」

그가 불쑥 내뱉은 안도의 말에 미소를 지었을 때 받은 뜨거운 키스에 그녀는 신음했다. 그가 허리를 천천히 움직여 대자 쾌감은 점점 쌓여만 갔고, 자꾸만 더 커져서 온몸이 터져 버릴 것 같았다. 정점에 다다르자 산산조각으로 폭발해 오직 느낌만이 살아 있었다. 환희의 비명 한 조각을 간신히 내뱉었지만, 그녀의 입이 그의 입에 막혀 있어서 아무런 소리도 새어나오지 못했다. 그 또한 정점에 다다르자, 그녀의 입 안으로 짐승의 울부짖음 같은 신음소리를 토해 내었다.

멍해진 상태에서 깨어나지 못한 조지애나는 자신이 무엇을 했길래 그런 감정을 느낄 수 있는지 믿기가 어려웠다. 그러나 자신의 몸이 무엇을 할 수 있는지 보여 준 남자를 꽉 붙잡고 감사와 상냥한 감정이 섞인 키스를 해주면서 그가 얼마나 근사하고 자신이 지금 얼마큼 행복을 느끼는지 말하고 싶었다. 물론 그녀는 그러지 못하고 단지 그를 꼭 잡고 있을 뿐이다. 간간이 그의 몸을 어루만지다가 마침내 어깨에 입술을 대고는 우연인 듯이 가볍게 키스했다.

하지만 그는 알아차렸다. 여자에 관해선 전문가고 닳고닳은 귀족인 제임스 말로리는 그런 감각만큼은 아주 뛰어났다. 그는 조그마한 움직임 하나 하나를 다 느끼곤 인정하고 싶었던 것보다 더 많이 그녀의 부드러움에 마음이 끌렸다. 이런 건 느껴본 적이 없는데……, 그는 지금 자신의 감정에 꽤나 놀라고 있었다.

22

사람들이 이런 종류의 일을 왜 하는지 그 이유를 이제서야 알겠어요.」

제임스는 안도의 한숨을 쉬었다. 두 사람에게 어울리는 미래를 결정하기엔 충분치 못한 말이긴 했지만 그래도 들을 필요가 있는 말이었다. 그녀는 최고이긴 하나 단지 창녀일 뿐 예전에 유혹하기로 작정했던 여느 여자들과 다를 바가 없었다. 도전이 사라지면 흥미도 사라질 터였다. 그런데 왜 내 몸을 떼어 내고 그녀를 자신의 침대로 돌려보내지 않는 거지? 왜냐하면 아직 그러고 싶지 않기 때문이지.

제임스는 팔꿈치로 몸을 괴고 그녀를 내려다보았다. 여자의 피부는 아직도 촉촉하게 젖어 홍조를 띠고 있고 입술은 도톰하게 부풀어 있다. 그는 손가락으로 부푼 입술을 가라앉혀 주려는 듯 부드럽게 쓰다듬었다. 벨벳처럼 부드러운 그녀의 갈색 눈동자에 담긴 따스한 표정과 그밖의 몇 가지 이유 때문에 그는 기뻤다. 배 안에서 다시 만난 이후, 그녀의 눈엔 언제나 초조함과 좌절감, 노골적인 짜증이 뒤섞여 번갈아 나타났었다. 그래서 그녀가 소년 복장에 즐거워하…… 세상에, 어떻게 그녀의 변장과 그렇게 한 이유에 대해 물어보는 걸 깜박했군. 내 관심을 붙들고 있는 수수께끼가 아직도 남아 있어, 안 그래?

「이런 종류의 일이라니, 조-지?」

그의 눈썹이 위로 치켜 올라간 모양새를 보아 자신이 그를 기쁘게 해준 것 이상임을 알 수 있었다. 그럼 뭐라 그러지? 내가 에둘러 한 말이 지금은 짜증나게 만들진 않겠지.

「제 말이 로맨틱하게 들리진 않죠?」

갑자기 믿을 수 없을 정도로 부끄러워하면서 그녀가 작게 물었다.

「또한 연인 같지도 않소. 그러나 못 알아들은 건 아니오. 당신은 즐긴 거요, 안 그렇소?」

그녀는 고개만 끄덕였다. 그리곤 그가 보인 미소에 말로는 표현할 길 없는 전율을 느꼈다.

「당신도 그랬죠?」

조지! 그런 것을 묻다니 너 미쳤니?

「제 말은…….」

그가 고개를 뒤로 젖히고 크게 웃으면서 그녀를 안고 옆으로 돌아눕자 이젠 그녀가 내려다보는 위치가 됐다. 그가 다리를 벌려 그 사이로 그녀를 미끄러뜨릴 때까지는 이 새로운 자세가 좀 더 자제력을 되찾게 해주었다.

「내가 당신과 함께 무엇을 해야만 하겠소, 조-지?」

그는 아직도 웃으면서 그녀를 꼭 안았다. 그녀는 그가 즐거워하는 것에는 정말 신경 쓰지 않았으나 보통 때처럼 그 농담을 알아듣진 못했다.

「우선 날 '조-지'라고 부르는 것을 멈출 수 있어요.」

그 말을 하곤 곧바로 후회했다. 그녀는 괜한 말을 꺼내 자신의 속임수를 문제로 삼지 말았어야 한다고 생각하며 입을 다물곤 아주 조용해졌다. 그도 더 이상 아무 말도 하지 않았다. 여전히 웃음을 머금고는 있지만 냉소적인 귀족으로 되돌아온 그의 변화는 너무나 쉽게 알아차릴 수 있었다.

「그럼 뭐라고 불러야 하겠소? 제발 말해 주시지, 진짜 이름으로!」

「조지가 제 본명이에요.」

「다시 한 번 생각을 짜내 봐. 이번엔 내가 믿을 수 있는 이름으로 말이오.」

아무런 대답이 없었다. 문득 그녀의 표정이 외통수처럼 고집스럽게 변했다.

「이런, 내가 당신에게서 그걸 끌어내야만 하겠소? 종교재판소의 고문 도구인 채찍과 몽둥이 같은 것을 꺼내도 되겠소?」

「하나도 우습지 않아요.」

그녀가 앵돌아진 목소리로 대답했다.

「알고 있소. 그러나 난 그게 즐거운…… 아니, 꿈틀거리지 마시오. 그러면 기분은 매우 좋지만 지금은 설명부터 듣고 싶은 기분이오. 먼저, 당신이 변장을 하게 된 이유부터 설명하는 게 어떻소?」

그녀가 한숨을 쉬곤 그의 가슴팍에 머리를 기댔다.

「전 영국을 떠나야만 했어요.」

「문제가 생긴 거요?」

「그냥 단 하루도 그곳에서 더 있고 싶지 않았다는 게 문제였죠.」

「그럼 여객선을 탈 수도 있었잖소.」

「대서양은 횡단하는 배들이 다 영국 배였기 때문이에요.」

「그게 이치에 맞는 말인지 생각해봐야겠군. 내게 이해할 시간을 좀 주시오. ……또다시 이해할 수가 없군. 도대체 영국 배면 안 될 이유라도 있었던 거요?」

그녀가 고개를 들고 그에게 눈살을 찌푸렸다.

「당신이야 영국 배가 안 되는 이유가 뭔지 모르겠지만, 전 영국과 관련된 모든 게 다 싫어요.」

「정말 그렇소? 그럼 나도 그 속에 포함되는 거요?」

그녀는 이번에 치켜 올린 그의 눈썹을 확 잡아 내려놓고 싶은 강한 충동을 느꼈다.

「물론이죠. 당신이 영국인이라도 내 결심엔 변함이 없어요.」

그가 싱긋이 웃다가 끝내 껄껄대고 웃었다.

「밝은 면을 보기 시작한 거요. 조-지. 당신은 저 걸핏하면 흥분하기 좋아하는 미국인은 아니잖소? 당신 말투에선 미국인이란 사실을 알아차릴 수 없으니 내 짐작이 확실하오.」

「그럼 제가 미국인이면 어떡하죠?」

그녀가 수세에 몰렸다고 느끼며 물었다.

「물론 당신을 가둬놓을 생각이오. 그렇게나 싸움을 좋아하는 민족에게 가장 안전한 장소에 말이요.」

「우리가 전쟁을 시작한…….」

그가 일단 키스로 말을 막더니 양손으로 머리를 꼭 잡고 그녀가 숨이 막히도록 정열적인 키스를 해댔다. 그리고 말을 이었다.

「당신과 그런 쓸모 없는 논쟁을 하진 않을 거요. 당신은 미국인이요. 당신이 미국인인 것은 용서해 줄 수 있소.」

「왜 당신이…….」

효과가 있는 것은 되풀이할 가치가 있다는 사실을 제임스는 늘 유념하고 있었다. 그래서 다시 키스를 해서 그녀의 입을 막았다. 이번 키스는 그녀가 멍해질 때까지 계속되었는데 뜻하지 않게 자기 자신까지 달아오르는 바람에 괜히 그녀를 약올렸다는 후회가 스멀거렸다.

「당신의 국적에 대해선 아무 저주도 않겠소. 그 우스운 전쟁에 참여하지 않았고 그걸 이끈 정책이나 전쟁에 아무런 지원도 하지 않았다는 걸 말해 두지. 사실, 난 그때 서인도 제도에 살고 있었거든.」

그가 그녀의 입술에 대고 말했다.

「그래도 당신은 영국인이에요.」

이제 거의 흥분이 가라앉은 음성으로 그녀가 말했다.

「그렇소. 그러나 어쩔 수 없는 문제가 아니오, 안 그렇소?」

그가 그녀의 입술을 살짝살짝 물어뜯으면서 물어 오자 그녀는 그게 문제가 돼야만 하는 이유를 한 가지도 생각해낼 수가 없었다. 나아가, 아니라고 속삭이곤 자신의 입술을 깨물기 시작했다. 갑자기 변화를 보이는 그의 몸이 전달하는 의미를 깨달으며 그녀의 마음 한구석에선 다시 사랑을 나누기 시작하면 곤혹스런 질문이 끝날지도 모른다는 말이 들려오는 듯했다. 물론 그것은 근사한 느낌이 그녀 안에서 다시 소용돌이 치는 사실과 아무런 상관이 없었다.

그러나 침대 시트가 좀더 엉클어진 잠시 후에, 그녀는 아까보다 부분적이긴 하지만 다시 그의 위에 누워 있었다.

「그럼 당신이 내 밑에 있는 캐빈 보이가 아니라 창녀라는 사실을 발견하곤 내가 느낀 감정에 대해서 말해 보면 어떻겠소? 내가 목욕할 때마다 당신에게 도와달라고 했던 일을 기억했을 때 얼마나 굴욕적이었겠소? 또한 내가…… 당신 앞에서 옷을 벗거나 벌거숭이 비슷한 몸으로 돌아다닌 때를 기억하면 얼마나 수치스러운지 아오?」

조지애나는 그가 말하는 방식이 질리도록 끔찍하게 느껴졌다. 자신의 속임수 자체만으로도 지긋지긋한데 더 나쁜 것은 선장에게 알리지 않아 이제 그가 당황스러워 한다는 점이었다. 그가 목욕탕으로 부르던 바로 그날 사실대로 고백했어야만 했다. 대신에 멍청하게도 항해가 끝날 때까지 발각되지 않고 잘 해나갈 수 있다는 착각을 했었다.

그는 당연히 화낼 모든 권리가 있다고 생각하면서 머뭇머뭇 물었다.

「매우 화가 나신 건가요?」

「매우는 아니오, 더 이상 화내지도 않을 거고. 그런 모든 당황스러움을 적절하게 보상받았다고 말할 수 있겠군. 사실 당신은 뱃삯을 포함해 당신이 원하는 모든 것에 대한 값을 지금 지

불한 거요.」

조지애나는 자신의 귀를 의심하면서 날카롭게 숨을 들이마셨다. 어떻게 우리가 함께 그런 친밀한 관계를 맺은 후에 이런 말을 할 수 있는 거지? 쉬운 일이지, 이 얼간아. 그는 영국인에다 거만하고 알량한 귀족이잖아. 게다가 널 뭐라고 불렀지? '창녀'라고! 그가 널 얼마나 하찮게 여기는지 아주 명쾌하게 보여 주는 말이군.

천천히 일어나 앉아 내려다보는 순간, 그녀는 왠지 자신도 화가 났다는 듯 구겨진 그의 얼굴을 보았다. 그러나 제임스는 그녀가 느끼는 엄청난 모욕감에 대해선 조금도 눈치채지 못했다.

「내일 아침까지 참았다가 다시 심술궂게 굴 수도 있었을 거예요, 이 빌어먹을 인간아.」

「뭐라고 했소?」

「또한 당신은 그래야만 했어!」

제임스가 뻗은 팔을 무시하고 그녀는 침대에서 튕겨져나가려는 듯이 내려왔다. 그는 설명하려고 애썼다.

「내 말은 그런 뜻이 아니었어, 조-지.」

그녀가 홱 돌아서서 그를 쏘아봤다.

「그런 식으로 절 부르지 말아요!」

지금 일어나고 있는 일이 지극히 불합리하다는 생각에 그가 조용한 음성으로 말했다.

「어쨌든 알다시피 당신은 아직 이름을 알려 주지 않았소.」

「조지애나예요.」

「세상에나, 정말 동정을 금할 길이 없군. 그러니 난 당신을 계속 '조-지'라고 부를 거요.」

웃기려고 그러는 건가? 그 말과 함께 거짓으로 지어 보인 공포에 하마터면 웃을 뻔했다. 그러나 뱃삯을 치렀다는 말이 준 호된 충격에 아직도 명치 끝이 아팠다.

「전 침대로 갈 거예요, 선장님. 제 침대로요.」

그녀가 대단히 오만하게 말했다. 그리곤 벌거벗은 채로 서서 아주 당당하게 말을 이었다.

「아침에 절 위해 다른 선실을 준비해 주셨으면 좋겠군요.」

「마침내 내가 무시무시한 성격이 두루 갖춰진 진짜 조지를 보게 된 거요?」

「지옥으로나 가요.」

그녀가 침대를 홱 돌아가 옷을 집어들면서 중얼거렸다.

「아주 성을 잘 내는군. 그리고 내가 한 짓이라곤 당신에게 찬사를 한 것뿐이요…… 내 방식대로긴 했지만」

「그럼, 당신의 방식은 전혀 쓸모가 없나 보군요.」

그녀가 궁리 끝에 경멸을 담아 덧붙였다.

「자작님!」

제임스는 한숨을 쉬었다. 하지만 잠시 후에 긴 갈색 머리를 귀여운 등에 펄럭이며 방을 가로질러 씩씩하게 걸어가는 그녀를 보고 또다시 거의 소리내어 웃을 뻔했다. 그녀가 얼마나 즐거운 놀라움인지 밝혀지고 있는 중이군.

「도대체 어떻게 일 주일 동안이나 온순하게 있었던 거요, 조-지?」

「제 혓바닥에 구멍이 날 정도로 참고 또 참지 않았으면 어떻게 그랬겠어요!」

그녀가 그의 말을 맞받아 빽 소리쳤다.

이번엔 정말로 웃었다. 하지만 작게 웃어서 그녀는 듣지 못했다. 제임스는 모로 누워서 여자들이 화가 났을 때면 으레 그러듯이 옷을 구석으로 홱 던졌다가 즉시, 자신이 한 짓을 깨닫곤 도로 셔츠를 집어드는 그녀를 쳐다봤다. 셔츠를 입고 나서 그녀는 해먹을 향해 가다 잠시 머뭇거리더니 바지를 집어 잽싸게 입었다. 마침내 적절하게 옷을 입은 자신에게 만족해하면서 그녀가 해먹으로 올라갔다.

아주 쉽게 해먹에 오르는 모습을 보자, 제임스는 새삼스레 그녀가 아무런 어려움도 없이 그 불안정한 침대를 쓰고 있다는 사실에 주목했다.

「영국 나들이 말고도 배를 타본 적이 있지 않소, 조-지?」

「당신이 말하듯이 제가 '조-지'가 아니란 사실을 충분히 증명했다고 생각하는데요.」

「그럼 내 비위를 맞춰봐요, 귀여운 여자야. 난 당신이 조-지인 게 더 좋소. 아무튼 당신은 배를 타 본 적이…….」

「물론이에요.」

그녀는 무뚝뚝한 대답과 동시에 그가 알아차리길 바라면서 벽을 보고 돌아누웠다. 그러나 한마디 덧붙이고 싶은 충동을 참을 수가 없었다.

「어쨌든 전, 제 배를 갖고 있어요.」

「물론 그렇겠지.」

그가 능청스레 비위를 맞췄다.

「정말이에요, 선장님.」

「아, 당신 말을 믿소. 믿고 말고. 그럼 당신이 진저리치도록 싫어하는 영국으로 온 이유가 뭐요?」

그가 장단을 맞추는 척하자 그녀는 이를 악물었다.
「당신이 상관할 바가 아니에요.」
「결국엔 알아낼 거요, 조-지, 그러니 지금 털어놓는 게 나을 거요.」
「안녕히 주무세요, 선장님. 다시 생각해보니, 머리가 또 아프셨으면 좋겠어요…… 머리가 아프기나 했다면 말이죠. 그게 의심스럽기 시작하는군요.」
이번엔 그의 웃음소리를 들었다. 처음부터 '조-지'가 여자였음을 알고 있었다는 사실을 그녀가 알게 됐을 경우 부릴 성질과 비교해 보면 오늘밤 피운 까탈 정도는 대단치 않다는 생각이 떠올라 제임스는 웃음을 참을 수가 없었다. 다음 번에 지루해질 땐 그녀에게 이 말을 해줘 무슨 일이 일어나는지 봐야겠군.

23

다음날 아침 제임스는 잠자는 그녀를 쳐다보며 오랫동안 해먹 옆에 서 있었다. 그는 잠에서 깨어난 순간 어젯밤 그녀를 자신의 침대로 다시 데려오지 않은 것을 후회했다. 강한 정력을 지닌 남자답게, 그는 꼿꼿하게 일어선 욕망에 휩싸여 잠이 깨는 경우가 아주 흔했고, 자신의 옆에서 잠들어 있는 어떤 여자에게라도 간밤에 경험했던 것 이상을 맛보게 해주곤 했다.

그 시들 줄 모르는 욕망을 자제하느라, 며칠 전 조지애나가 자신의 앞을 걸어다니고 있을 때 날카롭게 굴어야 했으며, '조지'의 임무라고 말한 자신의 옷 입는 시중을 스스로 물리쳤었다. 그는 생전 처음으로 자신의 몸을 맘대로 하는데 곤란을 겪었으나 그럭저럭 해나갈 수 있었다.

더 이상은 그 문제로 곤욕스럽지 않으리란 생각에 그는 미소를 지었다. 지금부터는 저 여자를 이처럼 많이 원한다는 사실을 숨길 필요가 없어. 없고 말고. 지난 밤에 저 보드라운 작은 몸뚱아리 옆에서 잠드는 대신 밤새도록 화를 내고 있게 그냥 놔둔게 정말 후회스러워. 이제 그런 일은 없을 거야. 오늘 밤에는 함께 침대를 쓰고 거기에서 재울 테니까.

「일어나시오, 조-지.」

그가 해먹이 흔들리게 무릎으로 건드렸다.

「당신이 '조-지'가 아니라는 사실을 항해 중인 우리의 조그만 세계에 알리지 않기로 결정했소. 그러니 그 사랑스런 가슴을 다시 졸라 메고 내 아침 식사를 가져오시오.」

그녀는 눈을 게슴츠레 뜨고 그를 쳐다만 보았다. 하품을 하고 눈을 깜박대더니 완전히 잠이 깨서 그 벨벳처럼 부드러운 갈색 눈을 크게 떴다.

「여전히 당신의 캐빈 보이로 행동하라는 건가요?」

그녀가 믿을 수 없다는 듯이 물었다.

「바로 그 말이요, 조-지.」

제임스가 비장의 무기라도 꺼내 듯 자신의 가장 불쾌하고 냉랭한 음성으로 대답했다.

「하지만…….」

그녀는 머릿속에 일어난 어떤 생각 때문에 말을 멈췄다. 내 정체가 드러났다는 말을 맥에게 할 필요가 없어, 무슨 일이 있었는지 설명하지 않아도 되고. 설명할 재간도 없지만, 무슨 일이 일어났는지 나도 정확히 잘 모르겠으니 말야. 하지만 다른 사람에게 그 사실을 알리고 싶지 않다는 건 아주 확실해.

「알았어요, 선장님, 하지만 전 선실을 혼자 쓰고 싶어요.」

「생각할 가치도 없는 말이요.」

그녀가 말대꾸를 하려는 순간 그가 손을 들어 올렸다.

「당신은 일 주일 동안 여기서 잤소. 이제 와서 방을 옮기면 대단한 관심을 불러일으킬 거요. 게다가, 당신도 알다시피 남은 선실은 하나도 없소. 선수루는 생각도 마시오. 내가 당신을 그리로 돌려보내느니 차라리 가둬 버리겠소.」

그녀가 그를 보고 인상을 썼다.

「내가 여전히 캐빈 보이라면 그게 사람들에게 무슨 차이가 있죠?」

「난 사실을 너무나 쉽게 끌어냈소.」

「당황할 정도로 순진한 제 멍청한 고백 때문이죠.」

그녀가 반쯤 정나미가 떨어진다는 듯이 말했다.

그때 그가 보인 미소는 그녀가 여태껏 보았던 가장 부드러운 미소였다. 가슴이 방망이질을 치다가 덜컹 멈출 만큼 그렇게 마음을 따뜻하게 하는 미소였다.

「당신의 고백이 무척 달콤했다고 생각하오.」

그가 손등으로 그녀의 뺨을 살짝 쓰다듬었다.

「이젠 어…… 울렁증이 안 생기지 않소?」

그의 손길은 그녀에게 강력한 영향을 미쳤다. 물론, 미소도 그랬다. 하지만 지난밤 같은 실수를 다시는 저지르지 않을 테야. 게다가 그런 일도 되풀이하지 않을 거고. 그가 내 피를 달아오르게 하고 내 속을 떨게 만든다고 해도 이 남자는 아니야, 그는 너무도 분명한 영국인이야. 설상가상으로 쓸모 없는 귀족이고. 그의 나라 때문에 내가 사 년간이나 지옥을 맛봐야 했잖아?

더구나 전쟁이 일어나기 전에조차 오빠들은 영국의 고압적인 행동에 대해 격렬하게 비난해 댔어. 그건 내가 아무리 모른 체하고 싶어도 무시할 수 없는 점이야. 오빠들은 이 남자가 집안으로 들어오는 것조차 허락하지 않을걸! 그렇고 말고, 영국 귀족인 제임스 말로리와는 미래가 없어. 이제부터 계속 명심해야 할 사항이지. 그리고 거짓말을 해야만 하더라도 그에게 이걸 알려야 해.

「그래요, 선장님, 속이 조금도 울렁거리지 않아요. 선장님이 치료해 주마고 약속하더니 확실히 효과가 있군요. 정말 고마워요. 이젠 더 이상 그런 치료가 없어도 되겠어요.」

여전히 미소를 띤 얼굴로 보아 그를 멀리하려는 그녀의 시도가 조금도 먹히지 않은 게 분명했다.

「안됐군.」

그 간단한 말로도 그녀의 얼굴을 붉히게 하기엔 충분했다.

「선실에 대해선……?」

그녀가 해먹에서 기어 나와 두 사람 사이에 거리를 좀 두면서 다시 물었다.

「더 이상 말하지 마시오, 조지. 당신은 여기에 있을 거고 그 문젠 이걸로 끝이요.」

그녀는 다시 말대꾸하려고 입을 열었다가 즉시 다물었다. 내가 모든 면에서 그의 명령에 복종하지 않는다는 것만 이해해 준다면 그 문제에선 물러설 수 있어. 사실, 내가 혼자서 방을 쓰지 못한다면 그의 선실이 다른 곳 보단 더 낫지. 적어도 나머지 항해 동안 밤 시간만이라도 끈을 풀고 좀더 편하게 잘 수도 있으니까.

「알았어요, 잠자는 곳만 똑같다면 그래도 좋아요.」

그 말을 아주 명확하게 했다.

「그리고 전 더 이상 당신의 등을 씻는 일 따윈 하지 않을 거예요…… 선장님.」

제임스는 큰소리로 웃을 뻔했다. 오늘 아침 저 조그만 여자가 마치 숙녀처럼 새침을 떨고 이런저런 요구까지 해대다니, 그녀가 바지를 입고 있지 않을 땐 어떤 삶을 사는지 또다시 궁금해지는걸. 어젯밤 후엔 부두가 창녀라는 가능성을 빼 버려야 했잖아?

「다시 말해 두겠는데, 조-지, 당신은 캐빈 보이일 뿐이오. 당신이 자청한 일이니 내가 다르게 말할 때까지는 그 일을 하는 거요. 아니면 내가 여기 선장이라는 사실도 잊은 거요?」

「당신은 까다롭게 굴려고 작정을 하고 있군요.」

「천만에. 당신이 내게 다른 선택의 여지를 주지 않았다는 점을 말하는 것뿐이요. 그러나 혹시 당신이 어젯밤에 그렇게 유순했기 때문에 내가 당신을 이용할 작정이라고 생각하고 있진 않겠지?」

그녀는 눈을 가늘게 뜨고 그를 쳐다봤다. 그의 표정엔 아무런 감정이 드러나 있지 않아서 마침내 한숨을 내쉬었다. 자신에게 애정을 강요할지도 모른다는 어떤 암시를 주기 전까지는, 절대로 있을 수 없는 일이지만 자신이 요청하기 전에는, 그가 괴롭히지 않을 거라고 믿고 공손하게 구는 것 말고는 달리 선택의 여지가 없었다.

「알았어요, 전처럼…… 어젯밤이 있기 전처럼 계속 해나갈 게요.」

그렇게 양보하면서 그에게 머뭇머뭇 미소를 지어 보였다.

「그럼 말씀하신 대로 이제 옷을 좀더 잘 입고 나서 아침 식사를 가져오도록 하죠, 선장님.」

제임스는 그녀가 바닥에서 나머지 옷을 집어들어 가죽 가리개 뒤로 가는 것을 바라봤다. 간밤에 벌거벗은 몸으로 방을 씩씩하게 활보했던 후라 이처럼 정숙하게 구는 데 대해 한마디 해주고 싶은 걸 참느라 그는 혀를 깨물어야만 했다. 대신에 다른 말을 했다.

「굳이 선장님이라 부를 필요는 없소.」

그녀가 걸음을 멈추곤 그를 돌아봤다.

「죄송합니다. 그게 적당할 것 같군요. 어쨌든 선장님은 제 아버지뻘이 될 정도로 나이가 드셨고 전 손윗 사람에게 늘 어울리는 존칭을 써왔으니까요.」

그는, 입술을 씰룩댄다거나 눈에 승리감이 어른거린다던가 하는 그녀가 일부러 그를 모욕하려고 했다는 것을 암시하는 기미를 모두 찾아내려고 눈을 부라렸다. 그건 직격탄이었다. 그는 화가 났을 뿐만 아니라 자존심과 허영심에도 상당한 상처를 입었다. 하지만 그녀의 표정엔 아무것도 드러나지 않았다. 마치 너무나 당연해 미리 생각지도 않았는데 무심코 튀어나온 말인 듯 천진한 표정을 짓고 있었다.

제임스는 이를 악물었다. 여느 때와는 달리 그의 황금색 눈썹이 조금도 움직이지 않았다.

「당신 아버지라고? 그건 불가능한 일이라고 말해 줘야겠군.

열일곱 살짜리 아들이 있긴 하지만…….」
「아들이 있다고요?」
그녀가 완전히 돌아섰다.
「그럼 아내도 있겠군요?」
눈에 띄게 풀이 죽은 표정에 놀란 그는 잠시 대답을 못하고 머뭇거렸다. 그게 실망할 만한 일인가? 어쨌든 그가 머뭇거리는 동안에 그녀는 충격에서 회복됐다.
「열일곱 살이라고요?」
그녀가 도저히 믿을 수 없다는 듯이 소리치고 나서 거봐란 듯 승리감에 도취해 덧붙였다.
「제 말이 맞는 것 같군요.」
그리곤 가리개 쪽으로 힘차게 걸어갔다.
제임스는 잠시 동안 난처해하다가 그 건방진 계집애의 목을 조르고 싶다는 충동에 굴복하기 전에 선실을 떠나기로 결정했다. 내 입장을 고수해야 겠어. 내가 한창 때라는 것을 너무나 잘 알고 있는데 어떻게 감히 날 늙었다고 할 수 있지?
선실 안 가리개 뒤에서 조지애나는 오 분은 족히 웃고 나자 은근히 양심이 찔려 왔다.
— 넌 그의 자만심을 공격하지 말았어야만 했어, 조지. 그는 지금 미칠 듯이 화가 났을 거야.
— 아무렴 어때 내가 신경 쓸 게 뭐야. 넌 나보다 더 그를 싫어하잖아, 조지애나. 게다가 그는 그런 꼴을 당해도 마땅해. 너무나 잘난 체하니까 말이야.
— 당연한 거야. 그가 지난 밤에 보통 때처럼 굴기 전까진 넌 그가 신이 생명을 불어넣은 창조물 중 가장 걸작품이라고 생각

했잖아.

— 나도 알아! 넌 내가 거대한 실수를 했다고 생각했기 때문에 고소해 하는 것을 참을 수가 없었을 거야. 내가 그랬던들 어쩔 거야? 실수를 해도 내 인생이야. 난 그걸 부인하진 않아. 난 그에게 허락도 했어.

— 그는 네 허락이 필요하지 않았어. 네가 허락하든 말든 그는 널 가졌을 거야.

— 그게 사실이고 그럴 경우라면 내가 그 상황에서 정말로 할 수 있었던 일이 뭐가 있겠어?

— 넌 너무나 고분고분해.

— 난 네가 지난 밤에 그렇게 불평해 대는 것을 듣지 못했는데…….

이런, 세상에, 내가 혼자 떠들고 있잖아.

24

브랜디 마시겠소, 조-지?」

조지애나는 움찔했다. 너무나 조용히 책상에 앉아 있어서 그녀는 제임스가 방에 있다는 것도 거의 잊고 있었다. 거의지, 다는 아니야. 어쨌든 그는 쉽게 무시해 버릴 수 있는 남자가 아니니까.

「아니 됐습니다, 선장님. 전 그런 술은 마시지 않습니다.」

그녀가 그에게 멋진 미소를 지어 보이면서 말했다.

「너무 어려 마실 수가 없나보군, 그런가?」

그녀는 뻣뻣하게 굳어졌다. 저 남자가 날 아이 같고 생각이 유치하다라는 암시적인 말을 하려 한 게 이번이 처음은 아니야.

게다가 이번엔 내가 충분히 성숙한 숙녀라는 것을 잘 알고 난 후에 한 말이잖아. 그에게 너무 늙었다고 빗댄 데 대한 앙갚음이란 걸 알아. 하지만 그 정도로 날 화나게 할 순 없지. 아직까지는 어림없어. 어쨌든 다른 점에선 내게 상당히 예의바르게 굴고 있잖아. 어찌 보면 그의 나이에 대한 모욕으로 느낀 분노를 명백하게 보여 주려는 듯 냉정하리 만치 깍듯이 굴고 있지만 말이야.

그녀의 정체가 드러난 운명적인 밤에서 사흘이 지났다. 전과 같이 지낼 거라고 말하긴 했지만, 그는 더 이상 목욕할 때 도와 달라고 하지 않았고 벌거벗은 몸을 과시하고 다니지도 않았다. 게다가 지금처럼 잠자리에 들기 전에 가운 아래에 바지를 입기조차 했다. 또, 그가 손가락으로 그녀의 뺨을 부드럽게 어루만진 아침 이후로 다시는 그녀에게 손도 대지 않았다.

마음속 깊은 곳 자신에게 너무나 솔직한 부분에서 그녀는, 그가 다시 사랑을 나누려고 애쓰는 기미조차 보이지 않는 데 대해 유감스러워하고 있다는 사실을 인정해야 했다. 그에게 허락해 주진 않을 거지만 적어도 노력을 해볼 순 있을 텐데…….

그녀는 오늘밤 일찌감치 자신의 일을 끝마친 후 살며시 흔들리는 해먹에 누워 열 살짜리 소년의 손톱처럼 보이기 위해 손톱을 물어뜯고 있었다. 바지와 셔츠를 빼곤 모두 벗고 잠자리에 들 준비를 다 했으나 조금도 졸립지가 않았다.

조지애나는 책상과 그 뒤에 앉아 있는 남자를 다시금 살며시 쳐다봤다. 공연히 분위기를 바꿔 보려고 말을 꺼내 그에게 가슴속에 쌓아 두었던 분노를 방출시킬 기회를 줄 맘은 터럭만큼도 없어. 특히나 시선만으로도 날 녹일 수 있는 다른 제임스로 돌아오기를 원하는지도 확실치 않은 마당이니 나머지 항해 동안 그가 자신의 분노를 스스로 달래게 놔두는 게 나을 거야.

「사실, 선장님.」

그의 빈정대는 말에 대한 대답으로 그녀가 말했다.

「그건 기호의 문젭니다. 전 브랜디에 별 맛을 못 느끼겠더군요. 포트와인이라면…….」

「그럼 정확히 몇 살이오?」

마침내 그가 물었고, 자신이 그랬다는 사실에 꽤 짜증이 난 것 같았다. 그녀는 그가 얼마나 참을 수 있을는지 궁금했다.

「스물두 살이에요.」

그가 시덥지않다는 듯 콧방귀를 꼈다.

「당신같이 건방진 여자는 적어도 스물여섯 살은 됐으리라고 생각했었소.」

이런, 세상에, 제임스가 말싸움거리를 찾고 있었나봐, 안 그래? 그렇담 기쁘게 해 줄 수야 없지. 눈치가 둔한 여자처럼 시치미를 떼고, 그녀가 장난기 넘치는 웃음을 생긋 웃었다.

「그렇게 생각하세요? 그걸 칭찬으로 듣죠. 전 항상 제 나이보다 어려 보여서 불만이었거든요.」

약오르리 만치 달콤한 어조에 그가 심통맞게 대답했다.

「내가 말했던 것처럼 너무나 지독하게 건방지군.」

「이런, 하지만 오늘 저녁엔 선장님이 토라지셨군요. 이유가 뭔지 궁금하네요.」

그녀의 얼굴엔 미소조차도 보이지 않았다.

「난 토라지지 않았소.」

그가 캐비닛 서랍을 열면서 냉랭하게 대답했다.

「운이 따랐는지 당신이 좋아하는 게 여기에 있군. 그러니 의자를 끌고 이리로 오시오.」

그녀는 이런 상황이 닥칠 줄은 미처 예측하지 못했다. 그가 포트와인의 병을 기울여 서랍 속에 있던 다른 잔에 반쯤 따르는 것을 보면서도 어떻게 하면 우아하게 거절할 수 있을까에 골몰하면서 천천히 일어났다.

그러나 포트와인 반 잔쯤으로 별 피해가 생길 리도 없고 오히려 긴장을 풀어 줘서 편히 잠들 수 있게 해줄지도 모른다고 자신을 다독이며 그녀는 어깨를 으쓱거렸다. 식탁에서 의자를 끌어내 그의 책상으로 끌고 갔다. 그의 손가락을 스치거나 생각에 잠긴 초록색 눈에 사로잡히지 않으려고 조심하면서, 그녀는 앉기 전에 그가 내민 잔을 받아들었다.

대수롭지 않다는 듯 여전히 웃으면서 그녀는 마시기 전에 그를 향해 잔을 들어올렸다.

「사교적으로 구는 당신을 위해, 제임스!」

전에는 한 번도 부르지 않았던 이름을 사용하는 게 기대 이상으로 그의 약을 잔뜩 올려 놓았다.

「특히, 당신이 몇 가지 이유 때문에 제게 화가 나 있다는 인상을 받고 있을 때 이러는 당신을 위해, 제임스.」

「화가 나 있다고? 이렇게 매력적인 애송이에게? 도대체 왜 그렇게 생각하는 거요?」

그 말에 그만, 달콤한 포트와인이 목에 걸릴 뻔했다.

「당신 눈에 담긴 불길을 보고 난 후죠.」

그녀가 대담하고 뻔뻔스럽게 말했다.

「그건 열정이요. 순수한…… 다른 것은 전혀 섞이지 않은…

… 열정 말이오.」

그녀는 아무 말도 하지 않았으나 심장이 두 배는 빨리 고동쳤다. 이성의 경고에도 불구하고 그녀는 눈을 들어올려 마력을 가진 그 초록색 눈동자와 마주했다. 그곳엔 방금 말한 대로 뜨겁고 사람을 꼼짝 못하게 최면을 거는 열정이 있었다. 그리고 날카로우리 만치 관능적이라서 그녀의 마음에 곧장 와 박혔다.

아직 바닥에 쓰러지진 않았지? 하느님 맙소사, 이제 곧 그럴 것 같아.

그녀는 남아 있는 와인을 마시다가 이번엔 진짜로 사레가 들렸다. 발은 기침을 해대는 동안에 지각 있게 말할 수 있을 만큼의 시간을 벌 수 있어서 다행이었다.

「제가 옳았어요. 제가 본 것처럼 열정적인 분노예요.」

그가 약간 입술을 치켜 올렸다.

「당신의 몸매는 근사하오, 조-지. 아니, 아니, ……더 이상 피하지 말아요.」

그녀가 술잔을 내려놓고 일어서려고 하자 그가 단호히 덧붙였다.

「우린 아직 내…… 열정적인 분노의 원인이 뭔지 규명하지 않았소. 난 그 말이 좋소. 정말이오. 다음 번에 제이슨이 노발대발할 때 그 말을 사용할 수 있게 기억해 놔야만 하겠군.」

「제이슨이라고요?」

이렇게 맥박을 뛰게 하는 주제에서 벗어날 수만 있다면 어떤 거라도 좋아.

「내 형이오. 옆길로 새지 맙시다, 내 사랑.」

그가 어깨를 움츠렸다.

「아니, 그래야 해요. 전 정말 무척 피곤해요.」

그가 다시 자신의 잔을 채워 주는 것을 보고 눈살을 찌푸리면서 그녀가 말했다.

「겁쟁이로군.」

즐거움이 묻어 있는 어조로 걸어오는 직접적인 도전에 그녀의 몸이 굳어졌다.

「좋아요.」

조지애나가 이번엔 반도 넘게 채워진 와인을 거의 쏟을 뻔하면서 잔을 낚아채 단숨에 마셨다. 더구나 좀더 쉽게 마시기 위해 의자에 기대앉기까지 했다.

「무슨 말을 하고 싶은 거지요?」

「물론, 내 열정적인 분노에 대해서요. 내가 열정이라고 했을 때 당신이 분노를 생각한 이유가 뭐요?」

「왜냐하면…… 왜냐하면…… 이런, 빌어먹을, 말로리, 당신 스스로도 제게 화가 나 있다는 것을 너무나 잘 알고 있어요.」

「난 아는 게 없소.」

사냥감을 향해 가라앉은 듯 움직이는 고양이처럼 그가 이제 정말로 미소를 지었다.

「당신이, 내가 당신에게 화내야만 하는 이유를 말해 줄 수 있지 않겠소?」

그의 자존심에 한방 먹인 것을 인정한다면 일부러 그렇게 했다는 것을 인정하는 거나 마찬가지야.

「전 잘 모르겠군요.」

할 수 있는 한 순진하게 눈을 크게 뜨고 그녀가 말했다.

「그렇소?」

그의 금색 눈썹이 활처럼 휘어졌다. 그녀는 지난 며칠 동안 자신이 그의 이런 모습을 몹시 그리워했다는 것을 깨달았다.

「이리 오시오, 조-지.」

그녀의 눈이 휘둥그레졌다.

「이런, 안 돼요.」

그녀가 단호하게 머리를 저으면서 말했다.

「내가 당신에게 조금도 화가 나 있지 않다는 것을 증명해 보이려는 것뿐이오.」

「그렇다는 당신의 말을 믿도록 하죠.」

「조-지…….」

「안 돼요!」

「그럼 내가 당신에게 가지.」

그녀는 벌떡 일어서서 잔이 그를 막아 줄 수 있다는 듯이 들어올렸다.

「선장님, 전 반항할 거예요.」

「나도 그렇게 생각하오.」

그녀가 책상의 다른 쪽으로 돌기 시작하는 동안 그가 책상을 돌아 오면서 말했다.

「날 믿지 않는 거요, 조-지?」

지금은 듣기 좋은 말을 할 때가 아니었다.

「안 믿어요.」

그가 껄껄대며 웃어 대서 그녀는 자세히 설명하지 않았다.

「영리한 여자군. 어쨌든 대단히 말썽 많은 난봉꾼이라고 사람들이 내게 말해 주더군. 난 리건의 좀더 사려 깊은 표현인 '여자에 대한 전문가'라는 말이 더 좋소. 더 근사하게 들리니까, 그렇게 생각하지 않소?」
「당신이 취했다고 생각해요.」
「내 동생은 그 말에 이의를 제기할 거요.」
「당신 동생과 당신 둘 다 빌어먹을 인간들이야! 이건 어처구니없는 짓이에요, 선장님.」
그녀가 날카롭게 말했다.
그가 책상을 돌아 오는 것을 멈추자 그녀도 멈춰 섰다. 그녀는 손에 잔을 들고 있었는데 어떻게 했는지 한 방울도 흘리지 않았다. 이제 잔을 내려놓고 노려보자, 그는 히죽 웃으면서 마주 쳐다봤다.
「당신 말에 동의하오, 조-지. 내가 책상을 돌아 당신을 따라다니게 할 작정은 아니겠지? 이건 늙어서 비틀거리는 멍청이와 하녀나 하는 장난이오.」
「그 신발이 맞는다면요.」
생각 없이 한 대꾸가 실수였음을 깨닫자 조지애나는 숨을 죽였다.
그에겐 이제 장난기라곤 남아 있지 않았다.
「이번엔 내가 당신에게 그 빌어먹을 신발을 먹여 버리고 말겠어.」
낮게 으르렁대며 그는 책상을 훌쩍 뛰어넘었다.
조지애나는 너무나 놀라서 달아나지도 못했다. 제임스가 순식간에 그녀 앞에 서 있는지라 가도 멀리 가진 못했을 것이다. 그녀가 다음에 기억하는 일은 커다란 근육질의 팔에 감싸여 그의 단단한 몸을 모두 느낄 때까지 꽉 껴안긴 것이다. 그녀는 굳어지거나 화를 내거나 적어도 아무런 반응을 보이지 않았어야만 했다. 그러나 조지애나의 몸은 그를 반기며 집같이 편안함을 느꼈다.

압도당한 채 움츠러들었던 그녀의 이성이 저항할 엄두를 내기 시작했을 땐 이미 너무 늦었다. 그녀는 그렇게 달콤하고 관능적으로 서두르지 않고 해대는 키스에 희생물이 되었다. 조지애나는 그 키스로 그녀가 깨뜨리기엔 불가능한 마술에 걸려들고, 계속되는 키스가 주는 만족감이 언제 욕망으로 변했는지 모를 때까지 점점 더 깊이 빠져들었다.

제임스는 자신이 멈추기를 그녀가 원치 않는다는 느낌을 확실히 받고서야 그녀의 입술을 살짝 깨물었다. 그녀는 손으로 그의 숱 많은 머리카락을 움켜잡고선 몸을 좀더 밀착시켜 자신의 기분을 알렸다. 마침내 부드러운 음성으로 '제임스'라고 속삭이자, 그가 마음이 따스해지는 미소를 지었다. 그녀는 온몸이 녹아드는 것 같았다.

「까다로운 어린 '조-지'는 오늘 밤엔 물러난 건가?」

그가 쉰 음성으로 물었다.

「그는 잠들었어요.」

「그럼 난…… 내 늙은 나이와 접촉을 끊었다고 생각해야겠군.」

아이고! 그를 공평하게 다루기 위해 그녀가 우는 시늉을 했다.

「미안하오, 내 사랑.」

미안한 척하는 목소릴 냈지만 동시에 조금도 미안해하지 않고 히죽 웃었다.

「괜찮아요. 전 혼자 싱글벙글 대는 남자들을 너무나 잘 아니까요.」

「그럴 경우, 그건 맛이 좋소?」

「뭐가 말이죠?」

「신발 말이요.」

이 남자는 내가 원하는 일이 오직 그에게 다가가는 것뿐일 때 날 웃게 만들 수 있는 진짜 악마야.

「특별히는 아니에요. 하지만 당신은 그렇겠죠.」

「뭐가 말이요?」

그녀는 혀를 내밀어 그의 아랫입술을 관능적으로 핥았다.

「맛이 좋군요.」

그가 너무나 꽉 안았기 때문에 조지애나는 숨이 콱 막혔다.

「그런 말을 하면 당신에게 사과는 물론이고 당신이 원하는 모든 것을 해줄 거요.」

「제가 원하는 게 당신뿐이라면요?」

「내 사랑, 그건 의심할 여지없이 갖게 될 거요.」

그가 그녀를 들어올려 침대로 가면서 달콤하게 속삭였다.

조지애나는 강한 팔에 안겨 마치 무게가 사라진 사람 같은 느낌으로 그를 꼭 붙잡았다. 그렇게 하면 좀더 딱 달라붙어 있을 수 있다는 듯이.

제임스가 두 사람의 옷을 벗기느라 잠시 떼어놓자 그녀는 허전한 느낌이 들어 불만스러웠다. 그가 전에도 그리고 지금도 느끼게 하고 있는 것을 무시할 수 있다고 정말로 믿었던 건가? 최근 며칠 동안 그러려고 애썼는데. 정말로 애썼고 말고. 그가 화가 나 있어서 더 쉬웠지. 하지만 그가 더 이상 화를 내지 않고 있고 이처럼 강력한 것에 저항하려고 애쓰는 게 이젠 싫증이

나. 하느님, 이런 느낌은…….

그의 입술이 자신의 한쪽 가슴에 닿았을 때 그녀는 낙인을 찍는 듯한 열기에 숨을 헐떡거렸다. 그가 다른 쪽에도 그렇게 하기 전에 이미 몸부림치고 있었다. 지금 즉시 그를 원했다.

그러나 그는 서두르지 않고 그녀를 뒤집어 놓고 모든 기교를 동원해서 키스하고 애무하면서 그녀를 미칠 지경으로 몰아 갔다. 특히 활활 타올라서 재가 될 거란 생각이 들 때까지 그녀의 엉덩이를 주무르고 키스하고 깨물었다. 그가 마침내 그녀를 돌아 눕혔을 때 그녀 안으로 유혹하러 들어간 것은 손가락이었다. 그녀가 쾌락의 신음소리를 내지르자 그는 입으로 자신의 기술에 대한 경탄을 받아들이기 위해 그녀의 입을 막았다.

잠시 후에 그가 그녀의 몸 안으로 깊숙이 들어가 좀더 숙련된 기교를 보여 줬다. 매번 다르게 몸을 움직여 전보다 더 깊은 쾌감을 느끼게 했고 매번 그가 키스하고 있지 않는다면 다른 신음소리를 내게 할 정도로 힘있게 움직였다.

여자에 대한 전문가라고? 하느님 감사합니다.

♠♠♠

조지애나는 둘 사이에 체스 판을 놓고 제임스와 마주보며 누워 있었다. 뭐에 씌여서 그가 체스를 두자고 했을 때 좋다고 대답했을까? 그러나 일단 게임을 시작하고 나자 승부욕에 잠이 확 달아나 버렸다. 아침을 침대에서 보내도 좋다는 약속에 그녀는 서두르지 않고 체스를 뒀다. 또한 제임스 말로리를 이긴다는 생각이 너무나 매력적이라 저항할 수가 없었다.

특히 그가 게임 중에 계속해서 말을 시켜 자신의 집중력을 흩뜨려 놓고자 애쓰고 있다는 의심이 들면서 더욱 그랬다. 하지만 그녀는 가족이 다 모인 자리에서 체스를 배웠고, 가족들은 한 방에 있으면 조용한 적이 없었기 때문에 그런 수법이 그녀에게 별 효과가 없다는 것을 그도 금세 알아차렸다.

「아주 잘하는군, 조-지.」

그녀가 졸을 잡아 그의 비숍(대각선 방향으로 가는 말)을 공략할 수 있는 길을 트고, 그가 잡을 수 있는 자신의 말은 하나도 남겨두지 않은 채 보호해야 할 그의 비숍만 남겨놓자 그가 감탄의 말을 했다.

「그럼, 이게 쉬울 거라고 생각하진 않겠죠, 그렇죠?」

「그렇지 않기를 바라오. 당신이 매우 잘해서 날 실망시키지 않고 있소.」

그가 자신의 비숍을 보호하기 위해 여왕을 움직였으나 두 사람 다 그게 쓸모 없는 수라는 것을 알고 있었다.

「하여간 맥도넬은 당신에게 뭐라고 말했었지?」

그녀가 아무 생각 없이 대답하기를 바라면서 꺼낸 그의 유치한 수법에 조지애나는 비웃음을 쏟을 뻔했다. 그녀는 그보다 영리하게 굴어야 하겠지만, 더 이상 맥이 오빠인 체할 필요는 없었다.

「전 말하지 않았어요. 물어보는 건가요?」

「그럼 우린 그가 당신의 오빠가 아니라는 데는 합의했소.」

「그래요? 언제 그렇다고 합의했죠?」

「빌어먹을, 조-지, 그는 당신 오빠가 아니요, 안 그렇소?」

그녀는 말을 움직여 그의 여왕을 위태롭게 하는 동안 그를 기다리게 했다.

「예, 제 오빠가 아니에요. 맥은 소중한 삼촌 같은, 가족의 좋은 친구죠. 그는 항상 주변에 있었고, 절 자신이 갖지 못한 딸같이 생각하는 면이 좀 있어요. 당신 차례예요, 제임스.」

「알았소.」

자신의 여왕을 보호하기 위해 그녀의 말을 막는 대신에 그는 기사로 그녀의 졸을 하나 잡았다. 그러자 그녀의 여왕이 위험해졌다. 그러나 두 사람 다 아직 여왕을 잃을 준비가 되지 않았기 때문에 조지애나는 제임스에게 공격의 기회를 주면서 잠시 물러났다. 기대하지 못했던 상황에 제임스는 잠시 동안 체스 판을 유심히 들여다보며 전략을 짜내야 했다.

그녀도 정신을 산란하게 하는 그의 전략을 사용하기로 마음먹었다.

「왜 갑자기 맥에게 관심을 갖게 된 거죠? 그와 이야기를 해봤나요?」

「물론 해봤소, 내 사랑. 어쨌든 그가 내 수부장이 아니오.」

조지애나가 갑자기 조용해졌다. 맥이 오빠가 아니라는 사실을 그가 알아봤자 문제될 게 없지. 하지만 아직도 그가 맥을 선술집에서 처음 만났던 일을 기억해내지 못했으면 좋겠어. 대답하고 싶지 않은 모든 질문들이 날아올 테니 말이야. 틀림없이 내가 그곳에서 뭘 했냐고 물어볼 테고, 더군다나 제임스는 내 변장뿐만 아니라 전에 만났던 사실까지 더해 이중으로 속은 데 화를 낼지도 몰라.

「그리고요?」

그녀가 조심스럽게 물었다.

「그리고라니 무슨 말이요, 조-지?」

「빌어먹을, 제임스, 당신은 알아…… 아, 제 말은 우리에 대해 그에게 무슨 말을 했나요?」

「우리에 대해?」

「제말이 무슨 뜻인지 정확히 알고 있잖아요, 제임스 말로리. 이번에도 대답하지 않으면 난, 난 이 체스 판으로 당신을 때려 주겠어욧!」

그가 선실 안이 떠나갈 듯이 웃음을 터뜨렸다.

「설마……, 난 당신의 그런 성질이 사랑스럽소. 정말로 그렇소, 내 사랑. 그 자그마한 몸에 그런 거품과 불이 있다니.」

그가 체스 판 너머로 손을 뻗어 그녀의 머리카락을 살짝 잡아 당겼다.

「물론 당신 친구에게 우리에 대해 말하지 않았소. 실은 개인적인 말은 한마디도 하지 않고 배에 대해서만 얘기했소.」

그가 맥을 알아봤다면 무슨 말인가 했을 거야, 안 그래? 맥도 그랬을 테고. 그렇게 결론을 내리자 조지애나는 마음이 놓였다.

「제가 이 체스 판으로 당신을 치게 놔뒀어야 했어요.」

그녀가 다시 유머감각을 살려 말했다.

「당신이 질 게 확실하거든요.」

「내가 질 턱이 있나. 세 수만 더 두면 당신의 왕을 잡을 거요.」

그가 코웃음치며 말했다. 하지만 네 번째로 움직이고 나서 제임스는 자신이 수세에 몰려 있다는 것을 발견했다. 그래서 다시 그녀의 정신을 산란하게 하려고 애쓰면서 동시에 자신의 호기심도 채우려고 했다.

「왜 자메이카로 가는 거요?」

조지애나가 거드름을 피우며 생긋 웃었다.

「당신 때문에요.」

미리 예측했듯이, 그가 잘생긴 한쪽 눈썹을 치켜 올렸다.

「내가 우쭐해도 되는 거요?」

「아니에요. 당신 배가 그쪽 방향으로 떠나면서 영국 배가 아닌 첫 번째 배였을 뿐이죠. 전 조급해서 다른 배를 기다릴 여유가 없었어요. 당신이 영국인이라는 것을 알았었다면…….」

「그 문제를 다시 시작하지 않는 게 어떻겠소?」

「좋아요. 그럼 당신은 어때요? 자메이카로 돌아가는 건가요, 아니면 다니러 가는 건가요?」

그녀가 웃으면서 물었다.

「둘 다요. 난 오랫동안 그곳에서 살았소. 그러나 영원히 영국으로 돌아오기로 결심한 터라 자메이카의 내 일을 정리할 필요가 있어서 가는 거요.」

아, 아! 그의 대답에 자신이 실망했다는 것을 깨닫곤 그녀가 작게 중얼거렸다. 그렇지만 그가 알아차리지 못하기를 바랐다.

맥이 서인도 제도행 배라고 말했다고 해서 그가 자메이카에 머물 거라곤 생각하지 말았어야 했다. 적어도 자메이카는 그녀가 다시 갈 마음이 생기는 곳이지만 영국은 다시 보고 싶지가 않았다. 물론 항해도 아직 끝난 게 아니다.

조지애나는 정신적으로 혼란스러워졌다. 무슨 생각을 하는 거지? 이 남자와 함께 할 미래? 그게 얼마나 불가능한지 잘 알잖아. 가족들은 그를 절대로 받아들이지 않을 거야. 또, 내가 그에게 열정 외에 다른 감정을 느끼는지조차 확실치 않고.

「그럼 그 섬에서 오래 머무르지 않겠군요?」

「오래 머물진 않을 거요. 옆 농장에 사는 남자가 오랫동안 내 농장을 팔라고 따라다녔으니 말이오. 그 문제를 편지로 처리할 수도 있었을 거요.」

그랬음 우리의 두 번째 만남은 없었겠죠.

「당신이 직접 처리하기로 결정해서 기뻐요.」

「나도 그렇소. 그럼 당신의 행선지는 어디요?」

「물론 집이에요. 뉴잉글랜드지요.」

「곧 바로 가지 않기를 바라오.」

그 스스로 결론을 내리게 놔두곤 그녀는 어깨를 들썩였다. 그건 그에게 달려 있지만 말로 표현할 만큼 뻔뻔하진 않았다. 사실, 얼마나 일찍 종달새 호가 항구로 들어오느냐에도 달려 있지만 그걸 그에게 말할 이유가 없었다. 지금 생각하고 싶지 않은 문제에서 그의 마음을 떼어 놓기 위해 그녀는 장군을 불렀다.

「빌어먹을.」

그녀가 막 둔 수를 쳐다보면서 그가 툴툴거렸다.

「내 정신을 딴 데로 돌려 지게 하다니 아주 영리하군, 조-지.」

「제가요? 질문을 해댄 사람은 당신이잖아요. 난, 여자에게 지면 변명거리를 찾는 그런 사람을 좋아하죠.」

그녀가 화난 어조로 신랄한 한마디를 내놓았다.

그가 낄낄대고 웃고는 그녀를 가볍게 들어올려 자기 쪽으로 데려왔다.

「질문에 대해 말한 게 아니오, 내 사랑. 당신의 요염한 몸이 날 정신 못 차리게 했어. 하여간 난 진 것에 대해선 신경 쓰지 않소.」

「전 셔츠를 입고 있었어요.」

그녀가 거세게 항의했다.

「그러나 그것만 입고 있었지.」

「당신은 그 얇아빠진 가운만 입고 있잖아요.」

그의 부드러운 옷을 가리키면서 그녀가 말했다.

「그래서 산란스러웠소?」

「그 말엔 대답하지 않을래요.」

그가 놀라는 체했다.

「세상에, 당신이 마침내 당황해서 할 말을 잃었다고 말하진 마시오. 내가 접촉을 끊을까 생각하고 있는 중이니까.」

「당신이 익살을 부려 아무 말도 못하게 하려고요?」

「그렇소. 내가 당신이 아무 말도 못하게 하는 한, 내 사랑……」

자신의 생각처럼 그렇게 잔인하게 말하지 않는다고, 적어도 늘 그런 것은 아니라고 그에게 말려고 했다. 그러나 그녀는 다시 정신이 산란해졌다.

25

밖에서 제임스와 함께 있을 때 조지애나는 캐빈 보이 '조지 맥도넬'인 체하기가 점점 더 어려웠다. 마치 그렇게 해주는 대가로 뇌물이라도 받은 양 바다는 거의 잔잔했고 항해는 순조롭기만 했다. 하루 하루 안타까운 시간이 지나고 서인도 제도로 다가갈수록 그는 갑판에서든 선실에서든 그녀를 자기 옆에 꼭 붙여 두려고 했다. 조지애나에게 가장 어려운 일은 표정에서 자신의 감정을 감추는 거였다. 특히 제임스를 볼 때마다 가득 차오르는 감정과 열정을 눈동자에서 숨겨야만 했다.

매우 어려운 일이었으나 그럭저럭 버티어 나갔다. 적어도 자신은 그렇다고 생각했다. 그러나 전엔 그녀를 알아보지도 못했던 선원들이 지나칠 때마다 고개를 끄덕이며 미소를 짓거나 '안녕'이라는 인사를 던져 오면 혹여 사실을 알거나 의심하는 선원들이 있지나 않은지 의문이 생겼다.

성미 고약한 아치와 퉁명스런 프랑스인 헨리조차도 이제 그녀를 좀더 예의바르게 대했다. 물론 시간이 지나면 사람들은 친숙해지기 마련이고, 그녀는 이제 거의 한달이나 배에 타고 있었다. 그동안 함께 지내는 사이에 선원들이 자기에게 친숙해졌다는 가정도 가능하다고 생각했다.

변장이 아직도 효과가 있기를 바라는 유일한 이유는 맥을 위해…… 아니, 자신이 제임스 말로리를 연인으로 받아들였다는 사실을 그가 알게 되면 어떤 반응을 보일는지 불을 보듯 뻔한 일이었으니 솔직히 그녀 자신을 위해서였다. 그는 제임스가 말한 것처럼 당연히 노발대발 해댈 게 분명했다. 그녀 자신도 아직 그게 사실인지 의심스러울 때가 가끔 있었다.

그러나 엄연한 사실이었다. 진정으로 사랑하지 않는다는 점만 빼면 제임스는 어느 모로 보나 그녀의 연인이었다. 그는 정말로 그녀를 원했고, 그건 의심할 여지도 없는 일이었다. 또한 그녀도 그를 원했다. 두 번째로 그의 부드러운 설득에 넘어간 이후로 다시는 부인해 보려고 애쓰지도 않았을 만큼 분명한 진실이었다. 이 같은 남자는 여자가 운이 좋아도 일생 동안 단 한 번 밖에 만나지 못할 거라고 확신에 찬 말을 자신에게 들려 주기까지 했다.

한 번도 있을까 말까 한 기회를 잡고 있는 동안 그걸 즐기지 못할 이유가 뭐겠어? 여행이 끝나면 곧 헤어질 텐데 뭐. 그는 섬에서 자신의 일을 처리할 거고, 난 자메이카에 입항하는 첫번째 종달새 호를 타고 집으로 가 각자의 인생을 걷게 될 테지.

하지만 뭘 위해 집으로 가려는 거야? 지난 육 년간처럼 아무런 흥분도 없고 남자도 없이, 단지 추억만 되새기면서 하루 하루를 살아가려고? 적어도 이번엔 이 남자에 대한 추억이 꿈과 상상의 재료는 될 거야.

서글픈 위안이지만 그렇게라도 자신을 다독거리며 피할 수 없는 헤어짐에 대한 생각은 멀찌감치 밀어 뒀다. 궁상을 떨어 본들 현재를 망칠 뿐이고, 그럴 마음은 추호도 없었다. 대신에 '구제할 길이 없는 악당'과 함께 보내는 매 순간 순간을 철저히 음미하고 싶었다.

지금 그녀는 후갑판의 난간에 기대서서 그를 쳐다보며 음미하는 중이었다. 그는 항로에 대해 코니와 이야기를 나누느라 잠시 그녀를 제쳐두고 해도에 고개를 숙이고 있었다. 그녀는 그의 전갈을 받는답시고 그곳에 있긴 했지만, 그가 정말 그런 일을 시키는 경우는 드물었다. 코니에게 일러두기만 하면 누구에게 가는 전갈이던지 간에 그가 온 갑판이 떠나가도록 큰 소리를 질러 줬다.

바로 지금 그녀는 무시당하고 있는 데 조금도 신경 쓰지 않았다. 그 덕분에 제임스가 좀전에 보냈던 눈길에 흥분해 떨리던 몸을 진정시킬 수 있었다. 그의 눈은 선실로 돌아가자 마자 그녀에게 무엇을 해줄 것인가를 명확히 나타내는 뜨거운 열기를 담고 있었다. 다른 사람이 봤다면, 그녀가 오늘 아침에 햇볕을 너무 쬐었다고 생각할 정도로 벌겋게 달아올라 있는 참이었다. 아침……, 점심……, 저녁……, 두 사람은 시도 때도 없이 사랑을 나누었다. 그가 원하면 그 사실을 그녀에게 즉시 알렸고 언제든지 기꺼이 그녀는 응했다.

ㅡ조지애나 앤더슨, 넌 부끄러움이라곤 모르는 닳고닳은 여자가 되어 가고 있어.

자신의 내면에서 들려 주는 음성에 그녀는 픽 하고 웃었을 뿐이었다.

ㅡ나도 알아. 그리고 난 그런 모든 순간을 즐기고 있어. 하여간 말해 줘서 고마워.

그녀가 지금 이 순간을 즐기면서 실컷 그를 쳐다보는 것은 황홀한 설레임이었다. 이제 곧 그가 특별한 방식으로 치료해 줄 거라고 꼭 믿고 있는 '울렁증'을 경험하는 게 가늠하기 어려울 만큼 기뻤다. 그는 재킷을 벗고 있었다. 카리브 해에 가까워질수록 바람은 날카롭고도 따스해졌다. 그가 입고 있는 ―풍성한 소매 앞에 레이스가 달린 헐렁한 상의를 보고 그녀가 '해적풍'이라고 이름지은 셔츠가 바람결에 펄럭이고 있었다. 그리고 한쪽에만 한 금 귀걸이, 딱 달라붙는 바지차림에 무릎까지 오는 부츠를 신고 있는 그는 핸섬한 악마 같았다. 바람마저 그를 사랑하는지 그 강건한 몸을 애무하듯이 부드럽게 스쳐 지나갔다. 그녀가 하고 싶었던 것처럼…… 진정했다고 생각했던 게 맞아?

최근에 그녀에게 수도 없이 했던 것처럼, 자신도 그를 선실로 질질 끌고 가지 않으려고 바다 쪽으로 돌아선 조지애나는 돛대 위의 감시소에서 경고를 발하는 순간에 멀리 떨어져 있는 배 한 척을 보았다. 하나도 진귀한 일은 아니었다. 다른 선박들과 스쳐 지나가는 일은 바다에선 일상적인 풍경이었다. 또, 짧은 폭풍우가 지나간 후에 그 배가 시야에서 사라지긴 했지만 지금처럼 뒤를 따라오는 배도 있었다. 그러나 파수꾼이 아래에다 대고 소리친 다음 들은 말에 따르면 이번엔 달랐다. 이른바 해적선이었다.

조지애나는 난간을 꼭 잡고 그가 실수한 거라고 고쳐 주길 바라면서 가만히 서 있었다. 오빠들은 모두 수년 간 배를 타면서 한두 번씩은 해적과 맞닥뜨린 적이 있었지. 하지만 그걸 가문의 전통으로 만들고 싶진 않아. 하느님 맙소사, 제임스는 화물이 아니라 밸러스트만 싣고 있어. 화물 칸이 텅텅 비어 있다는 걸 알게 되면 피에 굶주린 해적들이 길길이 날뛸 텐데.

「우리에게 작은 오락거리를 주었다고 고맙게 여겨야 하는 건가?」

등뒤에서 코니가 제임스에게 하는 말이 들려왔다.

「먼저 그들을 데리고 놀고 싶나, 아니면 바람 불어오는 쪽으로 배를 돌리고 기다릴 건가?」

「기다리면 그들이 당황해 할 테지, 그렇게 생각지 않나?」

제임스가 유쾌한 어조로 대답했다.

「당황하면 우리한테야 좋지.」

「그렇겠군.」

조지애나가 천천히 돌아섰다. 충격적인 것은 그 말뿐만이 아니라 너무나 태연한 그들의 어조였다. 두 사람은 소형 망원경으로 그 선박을 바라보고 있었으나 조금도 걱정하는 기색이 없었다. 저게 빌어먹을 정도로 지독한 영국인의 냉정함이야. 위험을 깨닫지 못했나?

그때 제임스가 망원경을 내리고 힐끗 쳐다보고선 그녀가 놀란 토끼처럼 당황하고 있음을 알아차렸다. 하지만 잠시 후에 그가 전혀 냉정한 게 아니란 사실이 그녀를 더 크게 놀래켰다. 찰나에 사라지긴 했지만, 그는 해적선이 다가오는 게 즐겁다는 느낌을 주는 표정을 얼핏 내비쳤다. 마치 그를 흥분시키는 새로운 도전 감이고, 적에게 자신의 능력을 보일 기회라는 듯이. 만약 그가 진다면, 적이 다음 번엔 좀더 잘할 수 있을 거라며 격려해 주는 대신에 죽여 버릴 가능성이 더 큰 데도 말이다.

「솔직히, 코니,」

그가 조지애나에게서 눈을 떼지 않고 말했다.

「젊은 이든의 흉내를 내서 도망치면서 엄지 손가락을 코 끝에 대고 네 손가락을 펴 보이며 경멸이나 해주는 게 좋겠다고 생각하는데.」

「도망치자고? 대포 한 방 쏘지 않고?」

일등 항해사 코니가 믿을 수 없다는 듯이 반문했다. 조지애나는 표정까지 같은지 알고 싶었지만 눈을 돌리지 않았다. 그녀의 갈색 눈이 밝은 초록색 눈동자에 사로잡혀 있어서 딴 데로 돌릴 수도 없었다.

「젊은 애송이 이든이 그런 짓을 해서 자네가 거의 죽여 버릴 뻔했다는 기억을 상기시킬 필요가 있겠군.」

코니의 말을 귓전으로 흘리고 제임스는 여전히 조지애나의 눈을 쳐다보면서 어깨를 들썩거렸다. 그의 말이 그녀의 정수리를 파고들었다.

「그럼에도 불구하고 난 그들과…… 놀 기분이 아니야.」

마침내 코니는 그가 뭘 쳐다보는지 깨닫고 씩씩거렸다.

「자넨 나머지 사람들에 대해 생각할 수도 있어. 자네도 알다시피 우린 배에서 오락거리가 하나도 없어.」

그가 너무나 불만스럽다는 투덜거리자 제임스가 호탕하게 웃음을 터뜨렸다. 그러나 그는 샤프의 말 따위엔 아랑곳하지 않고 조지애나의 손을 잡고 계단을 향해 걸어갔다.

「그들을 물리쳐 버려, 코니. 내가 없이도 할 수 있겠지, 그렇지?」

제임스는 대답을 듣기 위해 기다리지 않았다. 걱정으로 애가 탄 조지애나가 의도를 묻기 위해 숨을 고르기도 전에 그는 후갑판을 떠나 계단으로 기운차게 내려가 그녀를 선실 안으로 밀어넣곤 문을 닫자 마자 키스를 했다. 오랫만에 싸움을 한 판 벌일까 생각했을 때 빠르게 혈관을 타고 흐르던 흥분의 출구를 발견한 그는, 이 색다른 출구가 싸움만큼이나 즐겁고 무자비한 승부가 될 수 있다는 점을 깨달은 것이다.

대포 한 방? 세상에, 해적이 뒤를 따라 오고 있어. 무서운 싸움이 벌어지려는 판에 어떻게 지금 사랑을 나눌 생각을 할 수 있지? 제임스! 그녀가 입술을 떼려고 버둥거렸으나 그는 키스를 멈추지 않았다. 단지 위치만 달라졌을 뿐이다. 그녀의 목에 그리곤 더 아래쪽으로.

「해적이 다가오고 있잖아요!」

자신의 두꺼운 조끼가 바닥으로 툭 떨어질 때 조지애나는 그를 나무라듯 말했다.

「이게 얼마나 무모한 일인지 알고 있어요? 안 돼요, 기다려요, 내 셔츠는 안 돼요!」

그녀의 셔츠도 바닥으로 떨어졌다. 또한 묶고 있던 끈들도 그렇게 됐다, 너무나 빠르게! 그가 이렇게…… 이렇게 열정적이고 성급하게 구는 것은 본 적이 없었다.

「제임스, 이건 농담이 아니에요!」
「미안하지만 내 의견은 다르오, 내 사랑.」
그녀의 등을 침대로 밀면서 자신의 입이 곧장 가슴에 닿게 그녀를 들어올리면서 그가 말했다.
「저건 귀찮은 일이고. 이게 진지한 일이지.」
그가 입 속으로 그녀의 젖꼭지를 집어넣자 '이게' 뭔지 그녀는 확실히 깨달았다. 그녀가 입고 있는 옷을 마저 벗기고 자신의 옷을 벗으면서도 그의 입술은 가슴을 떠나지 않았다.
세상에, 그의 입은 너무나 근사해. 제임스가 기가 막힌 연인이 아니라고 말할 수 있는 사람은 아무도 없을 거야. 물론 모든 사람이 다 그런 사실을 아는 것은 아니겠지만, 지금 이 순간 난 누구보다도 더 잘 알 수 있는 위치에 있어.
「하지만, 제임스.」
미약하게나마 그녀가 다시 한 번 더 해적에 대해 일깨워 줄려고 시도했다.
그가 혀로 그녀의 배꼽을 건드리면서 말했다.
「사랑에 대한 말이 아니면 더 이상 빌어먹을 말은 한 마디도 하지 마시오, 조-지.」
「무슨 사랑의 말이요?」
「'당신이 지금 하는 게 좋아요, 제임스. 좀더요, 제임스. 조금만 아래…… 제임스.'」
그가 아래쪽으로 움직이자 그녀가 숨을 헐떡거렸다. 그는 말을 계속 이었다.
「'바로 그거예요. 아, 내 사랑, 난 벌써 뜨겁고 젖어 있잖아요?'」

「그건…… 당신의…… 사랑의 말인가요?」

쾌감이 하도 강해서 바르르 떨면서 그녀가 가까스로 말했다.

「그 말이 내가 당신 안으로 들어가도 좋게 한 거요?」

「물론이죠.」

「그럼 그렇게 하겠소.」

그가 숨을 죽이곤 그녀의 엉덩이를 양손으로 잡아 자신을 좀 더 잘 받아들일 수 있게 들어올려 빠르고 깊게 그녀 안으로 들어갔다.

「지금이오.」

다행히도 해적은 멀리 떨어져 있었다.

그리고 조지애나는 그들에게 더 이상 관심이 없었다.

2권으로 이어집니다.